秒懂水滸傳

帶你進入假公司真堂口的梁山泊

- 林沖　為何是唯一的悲劇英雄
- 吳用　為何「大難大用」？
- 顧大嫂　為何改變了宋江的命運？
- 楊雄、石秀　為何算不上英雄？

湯大友◎著

崧燁文化

目錄

目錄

前 言

【人物篇】

史進為何第一個出場 8
魯智深為何能坐化成佛 13
林沖為何是唯一的悲劇英雄 19
柴進為何造反不成 23
梁山超級元老為何不受待見 28
楊志為何早早病退 32
晁蓋為何必須歸天 36
吳用為何「才難大用」 40
公孫勝為何甘當逃兵 44
朱仝、雷橫為何不是一類人 48
宋江為何爭議巨大 53
武松為何是梁山天神 59
孫二娘為何能當家 65
花榮為何魅力無窮 69
戴宗為何能當「情報處長」 74
李逵為何是標準強人 78
梁山水軍為何是模範部門 82
楊雄、石秀為何算不上英雄 87
時遷為何排名極低 92
李應為何有戰略眼光 96
顧大嫂為何改變了宋江的命運 101
扈三娘為何是啞巴美人 105
徐寧為何是個倒楣鬼 111

3

目錄

李忠、周通為何被人看不起 114

盧俊義為何只能當二把手 118

燕青為何人見人愛 122

蔡福、蔡慶為何不願上梁山 126

關勝為何得益於血統論 131

技術人才為何命好 139

方臘為何是草頭天子 145

牛二、李鬼為何上不得梁山 150

【綜合篇】

梁山最終排名技巧 154

精妙絕倫的梁山招安藝術 171

從詩詞看人性 183

梁山四大色狼和四大情種 192

愛情和友誼 210

小議梁山好漢的綽號和星號 218

前 言

　　中國四大古典名著之中，最為親近讀者的，也最為讀者所親近的，莫過於《水滸傳》。

　　《三國演義》文白相間，雖然這種洗練、流暢的語言給小說帶來了濃郁的歷史滄桑感，但比之《水滸傳》那生動、嫻熟的白話，在感染力上多少差了一層；《西遊記》故事熱鬧、精彩，想像力天馬行空，但實質上情節頗多重複，各種仙佛神怪畢竟離百姓太遠；《紅樓夢》有著讓讀者手不釋卷的強大魅力，問世不久就已經「家家喜聞，處處爭購」，然而過於深奧的文字內涵，阻隔了普通讀者們對小說的更進一步鑒賞。

　　唯有《水滸傳》貼近百姓，貼近民生。

　　從《大宋宣和遺事》開始就有對宋江等三十六人縱橫河朔，劫掠齊魯的記載，經過南宋、元代兩朝文人的不斷潤色豐滿，終於在元末明初施耐庵的筆下，形成了我們今天看到的《水滸傳》基本框架。這部小說著重塑造的晁蓋、宋江、吳用、武松、林沖、魯智深、李逵、石秀、戴宗、花榮、燕青等人，個個「情狀逼真，笑語欲活」，一個個英雄好漢的性格作風和理想志趣，常能反映出市民階層的人生嚮往。

　　中國傳統文學被理所當然地認為是儒家的四書五經、詩詞歌賦等，小說是上不得臺面的，是「出於稗官、街談巷議、道聽途說者之所造」「乃引車賣漿之徒之所操」。所以我們看到的古代小說，大多數是圍繞著帝王將相等歷史人物來謳歌和讚揚，少部分如「三言兩拍」，宣傳的是因果報應、才子佳人。

　　但《水滸傳》卻截然不同，她塑造的一百零八條好漢，最尊貴的，只是個沒落貴族柴進，其他人都是普通人——小官、小吏、中小地主、漁樵耕讀、江湖漢子甚至小偷流民，這就讓讀者產生強烈的代入感。兼之小說語言流暢、通俗易懂，敘事方法跌宕老道、章法絕奇，矛盾衝突環環相扣、紛至沓來，

故事結局慷慨悲愴、一詠三嘆，這些，都深深地吸引了數以億計的讀者！無怪乎金聖嘆要將這《水滸傳》與莊騷杜詩並稱為古今「才子書」了。

《水滸傳》是精彩的，歷代評論家也為這部奇書作了精彩獨到的點評，從李卓吾到金人瑞，從王國維到周樹人，一代又一代的才子學人各傾陸海，或金筆評論，或縱覽全構，或賦曲詩詞，紛紛以其獨到的慧眼為《水滸傳》作了極富個性的詮釋。

區區不才，願效仿前人鉤沉索隱。

這部書稿共分人物篇、綜合篇兩大部分，前者詳述梁山群雄（按照出場順序），輔以方臘、牛二、李鬼等反面角色；後者綜評原著精髓，從各個方面和角度進行深度剖析：排名、星號、綽號、招安、詩詞、戰爭、愛情、友誼等。此外，作為武俠小說的開山鼻祖，書稿中還加入了部分武俠視覺元素，願發前人之未有，告同好之所得！

700年前的臨安，燈紅酒綠、歌舞昇平，一代代的南宋君臣，徜徉在西湖的美景中醉生夢死。但是清河坊、湧金門的勾欄瓦舍裡，「青面獸」「武行者」「花和尚」的故事在說書人的口中，慢慢暈染進聽客的心裡；600年前的大都，巍峨雄壯、萬國來朝，一任任的馬上天驕，逐漸迷失在宗教的梵音裡不可自拔，但是齊化門、城隍廟的書場戲臺上，《雙獻頭》《李逵負荊》等曲目正上演得萬人空巷。

是的，《水滸傳》的生命力，一直流傳至今。

讓我們回到那個金戈鐵馬、俠骨柔腸的年代，讓我們感受那段氣勢如虹、波瀾壯闊的歲月！

湯大友

【人物篇】

【人物篇】

史進為何第一個出場

　　《水滸傳》的正本第一回是《王教頭私走延安府，九紋龍大鬧史家村》，九紋龍史進的閃亮登場，拉開了**轟轟**烈烈的一百零八將大聚義序幕。

　　水滸一百零八人，為什麼單單要將九紋龍史進當作第一段來描寫？金聖嘆曾評論：以名為引，蓋因史進寓意「歷史在前進」之意。

　　我卻不這麼認為。

　　因為史進是一個陽光健康、性格開朗的帥哥，同時，又是最傳統的演義小說英雄人物！

　　史進的故事，充滿了唐代傳奇英雄的韻味。

　　按照小說的情節，禁軍教頭王進因為得罪了高俅，連夜帶著老母遠逃延安府，半路在陝西華陰史家村借宿，由此而來結識了史進史大郎，從而引出波瀾壯闊的英雄之旅。小說裡是這麼描寫史進給人第一印象的：

　　只見空地上一個後生脫著，刺著一身青龍，銀盤也似一個面皮，約有十八九歲，拿條棒在那裡使。

　　從這裡我們可以看出：其一，史進皮膚不錯，臉若銀盤，說明至少不比浪裡白條張順、浪子燕青遜色多少。其二，年輕有活力，當時也就約莫二十歲，正是血氣方剛的少年小夥。其三，有漂亮的紋身。借其父史太公之口是這麼描述的：

　　太公道：「教頭在上：老漢祖居在這華陰縣界，前面便是少華山。這村便喚做史家村，村中總有三四百家都姓史。老漢的兒子從小不務農業，只愛刺槍使棒；母親說他不得，一氣死了。老漢只得隨他性子，不知使了多少錢財投師父教他；又請高手匠人與他刺了這身花繡，肩膀胸膛，總有九條龍。滿縣人口順，都叫他做九紋龍史進。

　　由此我們可以想像，以當時的審美觀點來看，史進確實是一個帥哥。因為宋代以有花繡為美，遠如五代周太祖郭威，由於他脖子上刺了一隻飛雀，

所以人們又叫他郭雀兒。再比如金庸小說《天龍八部》，丐幫幫主喬峰胸口，便刺著一個青郁郁的狼頭。

閒話少說，由於史進家不僅留宿王進母子，而且治好了王進老母的心疼病，因此王進感恩圖報，在一棍撂倒史進之後，正式成為史進的師傅——史進之前的七八位「有名師傅」儘是吹牛之徒，教的招式都是花拳繡腿，中看不中用。這裡面我們不得不提及的是打虎將李忠——史進的啟蒙武術老師，一個走江湖賣狗皮膏藥的漢子，後文詳述。

歷時大半年，史進十八般武藝一一學得精熟，王進見他已經頗有小成，於是提出繼續投軍，史進父子苦留不住，只能送別老師。

送別老師半年之後，史進的父親史太公去世。自此，「（史進）每日只是打熬氣力；亦且壯年，又沒老小，半夜三更起來演習武藝，白日裡只在莊射弓走馬。」

因為無人管束，加上武藝純熟，史進接替了史太公的職位，成為史家村新任里正。宋代的里正類似今天的長，具有統領全村抵抗山賊的職能，這裡的山賊，指的是少華山的三個強人：神機軍師朱武、跳澗虎陳達、白花蛇楊春。

朱武是安徽定遠人，使雙刀，武藝尋常，善使謀略；陳達是河北鄴城人，使出白點鋼槍；楊春是山西解州人，使大桿刀。

這三個人的籍貫很有意思：在三國時代，定遠屬吳，是魯肅故里；鄴城屬魏，是曹魏都城；而解州出了個大大的英雄，蜀漢第一大將關羽。

魏、蜀、吳都全了。

接下來的故事，就完全有了《三國演義》的味道。

陳達不顧朱武和楊春的勸告，執意和史進火拚。結果現在的史進已經不是昔日吳下阿蒙，三下五除二將他生擒活捉。

朱武、楊春失去左膀右臂，按照楊春的意思，就要和史進死磕——要說領導就是領導，不是靠匹夫之勇能夠做到的。且看朱武的表現：

【人物篇】

朱武道：「亦是不可；他尚自輸了，你如何拚得他過？我有一條苦計，若救他不得，我和你都休。」楊春問道：「如何苦計？」

這條效仿桃園結義的苦肉計，就是上門哭哭啼啼：「你要抓就把我們兄弟三人全抓去吧！我們生死都在一起。」

史進少不更事，看不透朱武老狐狸的空城計，腦子一熱，不僅沒將朱楊二人捆起來，反而大手一揮將他們全放了，更進一步，還和他們結成好友，多次私下聯繫。

世上沒有不透風的牆。由於手下的疏忽和叛徒的告密，中秋佳節之夜，華陰縣縣尉大人率領兩位都頭、三四百個捕快將史進住宅包圍了。這個時候，朱武不愧是神機軍師，且看：

話說當時史進道：「卻怎生是好？」朱武等三個頭領跪下道：「哥哥，你是乾淨的人，休為我等連累了。大郎可把索來綁縛我三個出去請賞，免得負累了你不好看。」

史進道：「如何使得！怎地時，是我賺你們來，捉你請賞，枉惹天下人笑。若是死時，我與你們同死；活時同活。你等起來，放心，別作圓便。且等我問個來歷情繇。」

由此而來，史進算是徹底和政府決裂了。四人打開房門，且戰且退，一起回到少華山。這時候的史進，已經落到有家不能回的境地，但是卻毅然拒絕朱武三人的加盟要求，喊出了「我是個清白好漢，如何肯把父母遺體來玷汙了！你勸我落草，再也休提。」這樣的話。

因為宋代禮法嚴謹，做強盜被看作最對不起祖宗的行為，即所謂「男盜女娼」，史進雖然講義氣，但是卻也不得不顧忌家族的榮譽。

有家不能回，有山不能上，留給史進的只有一條路：找師父去。

但是，天不遂人願，史進到了延安府，沒找著王進；而後輾轉到北京大名府，花光了盤纏，正所謂「一文錢累死英雄漢」，最後的史進，無奈做了獨行大盜，在赤松林攔路剪徑。

史進在赤松林遇到了舊相識魯達——這時候已經從軍官變成了和尚，法號「智深」。一個是地主少爺變成了攔路強人，一個是朝廷軍官變成了遊方和尚，相信他們的再遇也是充滿了無限感慨的。

魯智深正愁敵不過崔道成、邱小乙兩個江湖敗類，史進的出現，正好解決了他的煩惱。魯史聯手，順利殺死了生鐵佛、飛天夜叉，為民除了害。

魯達、史進的這次聯手，是他們在小說中唯一的一次合作。一部《水滸傳》，只有兩個俠士，一為魯達，二是史進。他們在瓦官寺的為民除害行為，無疑是小說最華美炫目的部分。

赤松林之後的史進，只剩下唯一的一條路可走，那就是重回少華山正式落草。《水滸傳》這本書講的是上山落草，史進作為第一個出場好漢，卻不是第一個落草的人物，究其原因，還是說明了「無奈」二字。在他心中，依然還保留著公平、正義的思想，即便自己是個強人（已然玷汙了父母的聲譽），但面對強搶民女的賀太守，史進還是毫不猶豫地隻身行刺。這就是史進的高大之處，也是朱武、陳達、楊春等人永遠無法企及的高度。

史進的出場，更多的是引起後續情節的發展，由史進而魯智深，由魯智深而林沖，進而楊志、晁蓋、宋江。《水滸傳》這本書為什麼吸引人？可以說，就是因為前期的故事相當生動有趣，讓人一讀之下欲罷不能，而且前期人物個個都很出彩，都算是頂天立地的英雄好漢。

這就是史進第一個出場的原因。

英雄排座次，史進的位置也很有趣，天微星九紋龍史進，排二十三位，僅次於李逵，在雷橫、三阮之前。其實不管是按照武藝還是貢獻排位，史進的位置都偏高了。史進上了梁山以後，做了兩件大事：一是去收伏芒碭山樊瑞、項充、李袞三人，結果大敗，險些中飛刀；二是攻打東平府，進城當臥底，結果被窯姐兒告發入獄。兩戰兩敗，不禁讓人掩卷長嘆造化不公。

歸依招安以後，史進隨大軍南攻方臘，一路披肝瀝膽打到方臘大本營，於睦州昱嶺關死於小養由基龐萬春之箭下，和他一同戰死的，還有石秀、薛永、陳達、楊春、李忠五人。

【人物篇】

　　當年少華山聚義廳上，史進、朱武、陳達、楊春四人或許歃血結盟，說過「但求同年同月同日死」這樣的話，一語成讖，史、陳、楊三人做到了，他們用自己的結局，應證了昔日的友誼。而朱武也捨棄了朝廷武奕郎的任命，辭官遠行，去投公孫勝，出家當了雲游道士，徹底地看破了紅塵。

　　《水滸傳》以史大郎、少華山引出波瀾壯闊的梁山義軍風雲，雖為一個配角，我依然認為，史進是梁山好漢中最具人格魅力的人物之一，他作為排頭兵出場，當之無愧。

魯智深為何能坐化成佛

有人說，水泊梁山一百零八條好漢，只有一個大俠，那就是魯智深。其實嚴格地說，只有一個超級大俠——魯智深！

魯智深的江湖經歷，已經超越了所有梁山好漢「替天行道」的範疇。在講這個論斷之前，我們有必要將梁山好漢的社會身份剖析一下。

北宋末年，或者說整個封建社會時代，存在於世間的，一共有三個階層，分別是：士大夫階層、小市民階層以及農民階層。

士大夫階層即指統治階級以及統治階級的下屬單位。他們信奉儒家正統思想，恪守「天地君親師」三綱五常，行事必須按照規則來運行，階級等級森嚴而不可越位。他們主要包括：皇帝（宋徽宗）、文臣（高蔡童楊四大奸臣、宿元景等忠臣）、武將（李成、聞達等）、各級地方小公務員（提轄、都頭、押司、制使、孔目、牢子、節級等）等。士大夫階層最大的特點是：他們完全享受朝廷福利津貼。

小市民階層即指「士農工商」中的「工」和「商」以及廣大無業人員。其包括沒落貴族（柴進）、大地主（盧俊義）、小地主（史進、孔明、李應等）、走江湖的（李忠、薛永等）、底層文人（吳用、朱武、蕭讓）、篆刻匠人（金大堅）、造船師（孟康）、鐵匠（湯隆）、泥瓦匠（陶宗旺）、屠夫（曹正）、醫生（安道全、皇甫端）、裁縫（侯健）、腳伕（王英）、漁夫（三阮、二張等）、出家人（魯智深、武松、公孫勝）、樵夫（石秀）、獵戶（解珍、解寶）、小商販（郭盛、呂方）、無良商販（白勝，孫二娘夫妻，朱貴、朱富兄弟等）、小偷（時遷、段景住）、無業人員（石勇、鄧飛等）以及奴僕（杜興、燕青）。小市民形態最大的特點是：他們既不享受朝廷福利津貼，也不需要靠親自耕地來滿足生存的需要，生活完全依靠自己。

農民形態即廣大生活在社會最底層的老百姓。他們沒有自己的思想和發言權，「三畝地一頭牛，老婆孩子睡一頭」即是其人生最高理想。他們是《水滸傳》中受士大夫流和小市民流雙重欺負的對象。農民形態的最大特點：完全依靠天時地利和「人勤」來生活。

【人物篇】

　　上述三種形態，不是一成不變的，可以相互之間轉化。比如武都頭落了髮，就從士大夫流降為小市民流；而盧俊義招安破方臘後，就一躍成為士大夫流。通讀整本《水滸傳》，我們發現：所有的梁山好漢都是從士大夫流和小市民流中選拔而出的，而且全書沒有一條綱領是為處於社會最底層的農民階級說話！梁山杏黃大旗「替天行道」下有一副對聯——「常懷貞烈常忠義，不愛資財不擾民」，但是事實是這樣嗎？答案不言而喻。

　　施大爺應該很羨慕那種富家子弟的生活，書中的大小地主們，多少都給予了讚揚的筆法，而對於農民，則進行不遺餘力的嘲諷，比如李逵的哥哥李達。因此，我們可以看到，占據中間層的小市民階層，既不滿於統治階級的管理，又瞧不起農民階級的地位。他們衣食無憂，羨慕士大夫流的清閒和趾高氣揚，但是又無力去改變現狀，於是他們處處行事的目的只是為了滿足「自己的需要」，而對於不如他們的農民階級，則毫不留情地進行歧視和旁觀。

　　我們看見：七星劫生辰綱，口號是「劫富濟貧」，但是我們沒有看見晁蓋等人任何事後「散佈金銀」的行動；武松只要別人馬屁拍得舒服，可以立馬和殺人犯張青、孫二娘，以及地方小惡霸施恩稱兄道弟；林沖為了繳投名狀，被逼無奈也要強迫自己去殺一個無辜的挑夫；秦明只要有新歡，就可以把殺妻之仇拋於一邊，而花榮竟也十分大方地同意了；王英眼見無法滿足性慾，竟然要和老大燕順、宋江拚命；至於搶上司女兒做老婆的董平、以殺人為唯一樂趣的李逵，更加落了下乘。所有的人，行事之前，都會考慮一下：對我「自己」有沒有好處？

　　可以這麼說，整本《水滸傳》，有悲天憫人意味的，也只有白勝在黃泥崗上的一首歌謠：

　　赤日炎炎似火燒，野田禾稻半枯焦。農夫心內如湯煮，公子王孫把扇搖。

　　閒話少說，言歸正傳。講了這麼多，該讚揚一下魯智深了。

　　魯智深一生行事，率性而為，從不仰人鼻息，見識堅定，敢愛敢恨，豁達大度，不愧是梁山第一好漢！最難能可貴的是：魯智深行事完全是為了「他人」而不是「自己」！

拳打鎮關西是魯達第一功。為了救助弱勢群體金翠蓮父女，魯達只用三拳，就將一貫欺行霸市的不法奸商送上西天，大快人心。

桃花村醉打小霸王周通是魯智深第二功。此時此刻魯達已經出家為僧侶，但是不僅沒將火性收斂，反而變本加厲，以一己之力獨抗數百土匪而面不改色，真乃大丈夫也！

而後，魯智深看到生鐵佛崔道成、飛天夜叉邱小乙霸占寺廟、欺壓鄉民，照理說，魯智深完全可以不聞不問，一來不干自己的事，二來大家都是出家人。但是魯大師卻不這麼認為，依舊強行出頭和二人死掐。以一敵二落了下風，落荒而逃後不是「風緊扯呼」，而是和史進聯手，以二對二，終於為民除害。

再後面的情節大家就耳熟能詳了：大相國寺發配看菜園，制服眾潑皮，倒拔垂楊柳，舞杖識林沖（此套杖法流傳後世，號「瘋魔杖法」，金庸小說《射鵰英雄傳》中丐幫簡長老曾用此武功與黃蓉打狗棒法過招。梁山好漢武功流傳後世的還有燕青的燕青拳，參仙老怪梁子翁擅長；郭嘯天的家傳戟法也是從先人郭盛處學來，稍加變動而已），從而將小說的第一個高潮順利引導開來。

魯智深野豬林救了兄弟性命，自己卻被高俅四處追殺，無奈之下，只得和同樣落魄的老鄉楊志聯手，在林沖徒弟曹正計策下，殺了二龍山匪首鄧龍，從而完成自己人生「武官—和尚—強盜」的偉大轉變。有趣的是，二龍山火並那一幕和梁山易主、王倫送命有異曲同工之妙，只不過一個是林教頭出大力，一個是林教頭的徒弟曹正施計謀。

可以說，宋江四處招募的人才當中，二龍山是實力最強大的一夥。三個大頭領——魯智深、楊志、武松，江湖上都闖下諾大的「萬兒」！四個小頭領——施恩、曹正、張青、孫二娘也不是泛泛之人。比少華山的史進、朱武、陳達、楊春，桃花山李忠、周通，白虎山孔明、孔亮，清風山燕順、王英、鄭天壽，對影山呂方、郭盛，黃門山歐鵬、蔣敬、馬麟、陶宗旺，飲馬川的裴宣、鄧飛、孟康，不知道名聲響亮多少倍。

【人物篇】

　　所以我們看到，對於收編二龍山的烏合之眾，宋江是相當重視的，魯智深排第13位，武松第14位，楊志第17位。曹、施、張、孫雖然排名比較後面，但是宋江內心很明白他們都是完全服從組織分配的，因此只要和魯、武、楊培養好關係即可。這三人裡面，楊志完全贊同招安，可以撇開不提。

　　然而，魯智深、武松二人並沒有完全被宋老大的「恩惠」感化。我們看到，梁山好漢排座次大團圓後，武松就敢於第一個跳出來叫：「今日也要招安，明日也要招安，冷了兄弟們的心！」鐵桿小弟李逵也按捺不住：「招安招安，招甚鳥安！」魯智深和他們不一樣，魯智深有理講理而不是開口亂罵，循循善誘勸導老大：「只今滿朝文武俱是奸邪，矇蔽聖聰，就比俺的直裰，染做皂了，洗殺怎得乾淨？招安不濟事！便拜辭了，明日一個個各去尋趁罷。」

　　宋江怎麼辦？對於小弟李逵，可以大聲喝斥；而對於魯、武，則只能溫言慰問。

　　魯智深能夠給人留下深刻印象，當然不是完全靠他的莽夫形象。我們看到：打死鎮關西後，他能假意罵：「你這廝裝死！」給自己留下寶貴的逃跑時間；和崔、邱二賊火拚不敵，能夠尋思：「（現在不能去）他兩個並我一個，枉送了性命。」頗有點「好漢不吃眼前虧」的意思；野豬林救林沖後，一路護送周詳，計劃之周到，恐怕不是一般人能體會到的（可悲的是，北宋末年腐敗之極，即便是魯智深對董超、薛霸完全占上風，也只能恩威並施，既要嚇唬，又要行賄，可見其內心之矛盾）；別人一聽說宋江名字，連忙盲目崇拜，魯智深卻能考慮：「我只見今日也有人說宋三郎好，明日也有人說宋三郎好，可惜灑家不曾相會。眾人說他的名字，聒得灑家耳朵也聾了，想必其人是個真男子，以致天下聞名。」提出懷疑的客觀態度，不跟風，不盲從，實屬難能可貴。以上幾個案例，都體現了魯智深「智」的方面。

　　而對於「義」這方面，魯智深也表現得相當出色：李忠、周通吝嗇好色，魯智深向來看不太起，但是李周二人為呼延灼圍困，魯智深能夠不計前嫌出手相助；史進路見不平為畫師王義討個公道，結果自己被賀太守監禁起來，武松建議等大隊人馬來了再說，魯智深卻不以為然：「等俺們兄弟來，史家兄弟性命不知道哪裡去了！」自己單槍匹馬去救人。

在這段戲裡面，武松表現出一個料敵機先的智勇雙全形象，而且事態發展確實和他預料一樣。但是，魯智深卻很好地詮釋了一個俠肝義膽的英雄形象，雖然是個失敗者，卻雖敗猶榮！

魯智深還是一個很「可愛」的人：文殊院初為和尚的笑話；桃花村以和尚之身說「男大當婚，女大當嫁」，脫得赤條條毆打周通；華州失手被擒，被賀太守拷打，能夠說「俺是花和尚魯智深，你若打死我，俺哥哥宋公明下山來，砍了你的驢頭！」——這些都說明魯智深的率真、直性。

魯智深對世事早已看得透熟，雖為出家人，卻古道熱腸，處處為別人考慮，而對於自己，卻很不在意。在一禪杖掃倒方臘以後，我們看到宋江熱情邀請首席功臣魯智深回師還俗，封妻蔭子（君主時代功臣的妻得到封贈，子孫世襲官爵。舊時指為官的榮耀），光宗耀祖，而魯智深卻道：「灑家心已成灰，不願為官，只圖尋個淨了去處，安身立命足矣。」可笑宋江依舊愚鈍：「便到京師去主持一個名山大剎，為一僧首，也光顯宗風。」魯智深見他實在是權欲熏心，已經不可能用佛法去點化，只能乾脆一口拒絕：「都不要！要多也無用，只得個囫圇屍首，便是強了。」這段話，已經毫無轉圜餘地，相當不客氣。「宋江聽罷，默上心來，各不喜歡。」

這一段話將魯智深的形象烘托得極為高大，就像金庸小說男主角，除了郭靖，全部歸隱起來。魯智深也效仿了這條路，和武松、林沖一起選擇六和塔作為終老之地，在杭州固守兄弟的最終情誼！

也許，只有每日的潮信才能讓他們體會到當年「金戈鐵馬，氣吞萬里如虎」的戰爭歲月。魯智深坐化了，他做了半輩子和尚，臨死之前才明白「圓寂」之意，總算沒有白當一回出家人。魯智深死得了無牽掛，人生所有目標均得以實現，再也沒有什麼放心不下的地方。正如大惠禪師說念偈語：

魯智深，魯智深！起身自綠林。兩只放火眼，一片殺人心。

忽地隨潮歸去，果然無處跟尋。咄！解使滿空飛白玉，能令大地作黃金！

【人物篇】

　　魯智深死後，沒有任何遺產，隨身多餘衣物及朝廷賞賜金銀，並各官布施，盡都納入六和寺裡常住公用。渾鐵禪杖並皂布直裰，亦留於寺中供養，可謂是赤條條來，赤條條去，大公無私！

　　魯智深是一個仁心滿懷的大俠。在他身上，不僅顯示出梁山好漢中難得的「仁義」一面，而且更為寶貴的是，他的一生，率性而為，見識堅定，敢愛敢恨，豁達大度，灑脫瀟灑，唱響了一曲「關西大鼓」的英雄讚歌！

　　魯智深泉下有知，當在月白風清之夜，爽朗呵呵大笑：「灑家生平殺人放火，卻能博個『仁俠』名聲，實在是不枉人間走一遭！」

　　梁山好漢最終修成正果的有宋江、戴宗、張順三人。宋、戴是山神，張順是龍王，然而真正能成佛的只有一人，那就是魯智深。山神、土地神都是些不入流的小神仙，而佛則是受萬民頂禮膜拜的精神支柱。縱觀梁山所有好漢，也只有魯智深才有資格配上這個稱號。

　　能在人性和佛性中閃耀光輝，像恆星一樣永遠光照後世，魯智深做到了，而且做得很圓滿。在無盡蒼穹，魯智深閃爍著他那雙眼睛，笑看人生浮華歲月。

林沖為何是唯一的悲劇英雄

　　豹子頭林沖，身為五虎將之一，卻是一個完全被萬惡勢力逼上梁山的好漢。現今所用的「逼上梁山」這一成語，說的就是林沖的這段悲慘經歷。

　　原本生活安定的八十萬禁軍槍棒教頭，只因娘子被自己上司的衙內看中，他的一生從此改變。我們也由此看到當時官場裡的極度黑暗，似乎越不能得到的東西越好，林沖成了一個官場勢力迫害的犧牲品。從被騙買刀，到誤入白虎堂，再到野豬林，最後到草料場，和林沖過不去的都稱得上是他的領導或同事，這些人平時笑容滿面，幹的卻是背後插刀的下作事。

　　官場黑暗，殺人無形，或許林沖以前略知一二，或許林沖對此並未上心，他只想置身事外，潔身自好。但「匹夫無罪，懷璧其罪」，這是顛撲不破的真理。身為國家棟樑，只因妻子貌美，竟然成為原罪，遭受一系列非人的政治迫害。在這樣惡劣的前提下，再三忍氣吞聲的林沖最終不得不反，成為第一個上梁山的天罡星，命運如此安排林沖，致使再能忍受的林教頭還能如何？！

　　官場骯髒，江湖也並非一片淨土。好不容易到了梁山，林沖又遇到了「匹夫無罪，懷璧其罪」。可笑的是，這次的誘因是他的傑出武功——妒賢嫉能的白衣秀士王倫，處處防備林沖，怕他搶班奪權，怕他功高震主。我想，王倫時代的林沖，心情應該是很鬱悶的，寄人籬下的日子不好過，大丈夫又怎能每天看人臉色？

　　從岳廟到梁山，林沖是委屈的，是無奈的，是憤恨的。好在，命運終於轉向了！生辰綱事件爆發後，晁蓋等七人來投奔梁山，王倫仍是故技重施，這終於使林沖忍無可忍，一刀砍了這位狹隘的白衣秀士並尊晁蓋為梁山之主。

　　林沖推舉晁蓋、吳用、公孫勝三人為梁山領導核心，完全是一片公義，不存私心，這是大英雄的戰略眼光——為梁山的未來發展而考量。晁蓋為主，統領全局；吳用為次，出謀劃策；公孫再次，呼風喚雨。梁山經過了短暫的王倫時代，邁入晁蓋時代，變化是脫胎換骨的，成績也有目共睹。王倫時代的梁山，簡直不能稱為「強盜」，當史進等人在陝西少華山風風火火闖九州

【人物篇】

的時候，王倫還只敢先讓朱貴作眼，然後選擇單身客人下手。而晁蓋時代的梁山，就可以大敗濟州官兵，大鬧江州法場！

只是換了領導層，效果截然不同！

從此梁山的聲譽日益壯大，引得各路好漢加盟。這時候的林沖應該是意氣風發的，他不僅親眼見證了梁山的發展，並且憑藉自己的本事，確立了自己在梁山第四把交椅的位置，算是他最美好的歲月了。

火拚王倫、重置寨主以後，林沖準備將妻子接回梁山，夫妻團聚，不料妻子早在半年前就自盡了，林沖的反應是「潸然淚下，絕了掛念」。這是林沖人性的一次絕佳體現：鐵漢柔情。

林沖人性的偉大之處就在於他是一個有血有肉、有情有義的「人」，他坦蕩而不自私，磊落而不矯情。這一點是其他好漢無法相比的。（他們要麼不近女色，要麼視女人為財物，要麼就是色狼。）

其實林沖有再獲愛情的機會：三打祝家莊俘獲了美女一丈青，論才貌、論武藝、論年紀，林沖都是上上之選，一丈青假使能和豹子頭結成一段佳話，也是《水滸傳》中值得大書特書的一筆！然而，為了政治需要，或者說，為了宣傳效果，施耐庵竟然筆鋒一轉，給予了我們一個意想不到的結局：一丈青配給流氓王矮虎，成了政治犧牲品。

此時的林沖，坐實了「悲劇英雄」的名號。

魯智深是大俠，林沖是英雄，這是讀者的共識。

林沖有患得患失、忍氣吞聲的性格缺陷，正如《哈姆雷特》裡的憂鬱王子。高衙內的私慾直接導致了林沖的家破人亡，直如《奧賽羅》的悲劇源自於人心的猜忌與妒恨，美滿姻緣因此破碎。而心胸狹窄的白衣秀士王倫的下場，和眾叛親離的《李爾王》有異曲同工之妙。而高家父子的殘忍、貪婪、無恥，又和《麥克白》不謀而合！

莎翁的四大悲劇，林沖一個人就全遇到了。

《倚天屠龍記》後記中寫到：

中國歷史上成功的政治領袖，第一個條件是「忍」，包括克制自己之忍、容人之忍以及對付政敵的殘忍。第二個條件是「決斷明快」。第三是極強的權力慾。張無忌半個條件也沒有。

三個條件，林沖只占據了第一個，第二、第三個條件都不具備，所以林沖成不了「成功的政治領袖」。從晁蓋時代到宋江時代，梁山上的林沖面目是一致的，那就是服從命令，奮勇殺敵。

林沖的戰鬥力，包括武力、智力、體力、魅力、魄力五方面，都是上上之選！論武力，梁山好漢、馬軍頭領，沒有一個是林教頭敵手（包括關勝、秦明、呼延灼）。林教頭大小近百戰，誰見過他「不敵落荒而逃」的場景？論智力，林沖心細如髮，善於把握戰機，能夠審時度勢，這一點也是靠匹夫之勇得不來的；體力方面，豹頭環眼狀若張飛的形象，恐怕可以打滿分；林的魅力，可以折服晁蓋、吳用等大佬，也不可等閒視之；而衝鋒陷陣，身先士卒，林的魄力指數也不可小視。

林沖和他的結拜兄弟們打出了梁山的赫赫威名，兩贏童貫，三敗高俅。梁山泊活捉高俅後，宋江、吳用等人「納頭便拜」，林沖、楊志二人卻是對高俅「怒目而視」，這是真正的人性反應，真實可信！

最終，作者還是跳不出時代侷限，林沖同樣受了朝廷招安，破大遼，擒田虎，滅王慶，征方臘，處處都有林教頭的驍勇身姿。當我看見林沖和大家一樣全夥受招安後，依舊衝鋒在最前線，最終破了方臘，卻在六和塔中風而死，心中莫名地感到悲哀：這不是豹子頭的人生，這是懦夫的寫照！

大陸電視劇《水滸傳》將林沖之死做了大膽變革：得知宋江放了高俅後吐血身亡。這一大膽改動實在是絕佳妙筆！

林沖這個悲劇英雄，不應該讓他永遠悲劇下去。

作為耳熟能詳的小說人物，林沖的形象深入人心。

是的，林沖身上有太多中國人的影子，就像張無忌，是金庸群俠中最接近常人的一位。

【人物篇】

　　我們為林沖的遭遇感慨，為他的不幸嗟嘆，為他的命運傷心。

　　是的，讀者維繫了太多的情感在這個英雄身上，為他的高興而歡呼，為他的難過而流淚。

　　好在在梁山上，除了丈八蛇矛在月白風清之夜陪伴林沖之外，還有一個灑脫的方外知交魯智深能和他一起排遣心懷。

　　好朋友，永遠在一起。六和塔就是我們友誼的見證，滔滔錢江水奔流不息。逝者如斯夫，而傳奇永存！

　　林沖奮鬥了一輩子，為了顧全大局而隱藏了自己的本性。他是一個愛心滿懷的悲劇英雄、一個被時代葬送的英雄。

　　月圓之夜，蛇矛閃耀冷光，正如林沖的眼神，堅毅而剛強，給他的強盜生涯抹上亮麗的一筆。

　　忍到盡頭無須忍，逼上梁山美名揚！

柴進為何造反不成

　　小旋風柴進，江湖上赫赫有名的世家子弟，血統無比高貴，乃後周皇帝正宗後裔，名聲遠播，人所共知，招牌之響亮和及時雨宋江隱隱並駕齊驅，大有分庭抗禮之勢。小說第35回《石將軍村店寄書，小李廣梁山射雁》借石勇之口說出來，「可知當時江湖上說話最有份量的除了公明哥哥，便是他柴大官人了。」而有趣的是，石勇所說的次序，竟然是柴先宋後。當然這個細節我們可以不予細談，蓋因小說家推動情節、渲染氣氛需要。

　　柴進因祖上禪位有功（實際上是被刀兵逼迫之下的無奈之舉），世襲滄州橫海郡做他的富翁生涯。其實宋太祖武德皇帝趙匡胤，人品倒真的不錯，雖說是陳橋兵變，黃袍加身，有點不厚道，但人家對大哥柴榮還是忠心耿耿的。況且統一中華後，也沒有對荊湖高繼沖、後蜀孟昶、南漢劉、南唐李煜、吳越錢俶等諸侯國「皇帝」背後下狠招（其弟趙光義則心狠手辣得多）。對於患難與共打江山的老兄弟，也沒有如劉邦、朱元璋一般鳥盡弓藏，而是請大夥吃頓散夥飯，史稱「杯酒釋兵權」。

　　老趙家對老柴家真算不錯，不僅不要柴家子孫參與社會建設，而且還頒給丹書鐵券──一種超級護身符，不管你犯多大的原則性錯誤，除了公開造反外，一概不予追究。

　　一個人若胸無大志，加上有這種寄生蟲一般的優厚條件，他還能有什麼積極進取的銳氣？但是，我們的小旋風柴大官人不一樣！其實，在他的血管裡，始終燃燒著復國興邦的熱血；在他的胸腔裡，始終有著天下若大亂，趁機搶班奪權的決心！

　　書中寫到柴進門招天下客，江湖豪俠只要能夠避開官府追捕，逃到他的莊上，便可以大搖大擺、神氣活現地恢復自由身。比如因賭博爭吵打死同伴的石勇，比如和清河縣皂吏打架，致人昏迷的武松，比如殺了小妾亡命江湖的宋江。即便是路過犯人，也可以順道上門來打打秋風，比如被人陷害，發配滄州的林沖。如此等等，不一而足。

【人物篇】

　　此外，柴進還暗中資助江湖勢力。比如王倫時代的梁山，沒有柴進提供資金，王倫不可能在梁山開山立寨。

　　柴進到底收攬了多少有案底的人？書中沒有細寫，只是借店小二之口說他平時養了三五十個莊客。個人認為這個數字是偏少的。一來柴進門下員工跳槽率甚高，上文的石、武、宋、林諸人均先後因故離職。二來店小二提供的情報和真實情況應有差異。柴進養了多少人馬，能告訴你這小人物麼？我覺得一千左右是比較恰當的數字，按照他的家產以及出場排場來看，這個數字比較合理。

　　問題在於，柴進為什麼要養這麼多江湖漢子？這不是和國家權力機關明顯唱反調嗎？他養的莊客，整天大碗喝酒，大塊吃肉，過著無憂無慮的生活，既不參與管理工作，也不插手生產勞動。柴進的企圖昭然若揭——收買人心，伺機造反！

　　一個朝代的更替，和平演變無疑是痴人說夢。中華民族五千年的發展，始終演繹著「大亂—大治—大亂」的軌跡。正所謂「一將功成萬骨枯」，帝王將相的輝煌，是建立在無數人的纍纍白骨之上的。真實的歷史，不僅有他們金戈鐵馬的蕩氣迴腸，更有數以百萬計不知名的幕後英雄的默默奉獻！

　　應該說，柴進的策略、計劃都很不錯。宋徽宗時期，國家積貧積弱，官僚主義盛行，貪汙腐化，上行下效，外敵有金兵虎視眈眈，內患有四大草寇藉機作亂。一旦大宋失去民心，只要柴進振臂一呼，帶上自己的莊客和流寇朋友與金兵真刀真槍幹一架，老百姓還不望風景從？只要驅逐了韃虜，這皇帝寶座的位置，自然是他柴大官人的。

　　柴進心生異志，朝廷不會不管，收拾柴進的大好時機隨後終於來了。柴進的叔叔柴皇城，在高唐州有一地處黃金地段的花園別墅，被高唐州知州高廉的小舅子殷天錫看上——高廉是高俅的族弟。

　　一個是昔日皇族，一個是當今權貴，矛盾不可避免地產生了。

　　柴皇城被殷天錫氣死，李逵憤而出手打死了殷天錫。由此而來，柴進被高廉打得一佛出世，二佛升天，自己也被關進了死牢。

鳳子龍孫有什麼用？丹書鐵券有什麼用？豢養莊客有什麼用？

血統敵不過權貴，皇家保證書敵不過權貴，私兵也敵不過權貴。

舊勢力完敗於新勢力。

殷天錫、高廉不可能不知道柴進的底細，他們這麼做絕對是有人授意指使的。唯一的可能：宋徽宗對柴進頤指氣使、獨霸一方的態度很不滿意！

所以柴進才有了牢獄之災。

趙匡胤立國，頒布兩條祖訓：善待柴家，不殺士大夫。如今第一條被宋徽宗破了，北宋是要行將就木了。

宋江點起大軍攻破高唐州，李逵井下救出柴進，留給柴進的路也只有一條：上梁山。

柴進只能聽天由命了，梁山好漢排座次以後，柴進位列第十位，號「天貴星」，和排第十一位的天富星「撲天雕」李應共同掌管梁山錢糧。位次在宋、盧、吳、公孫四大天王和五虎將之下，而在八驃騎、倒拔垂楊柳魯智深、赤手空拳打死猛虎的武松之上。

梁山好漢，真正的大金主並不多，除了柴進、盧俊義是富甲一方的大地主，晁蓋、史進、李應、穆家兄弟、孔家兄弟應該是為數不多的小地主。不論功勞、武力等因素，柴進坐這個位置，都是相當的，因為他不僅是梁山大地主，而且是唯一的貴族！理所當然。

柴進上梁山之後，由於自身條件所限，極少親自上陣殺敵。大的功勞只有三件：

一、金銀賄賂北京的劊子手蔡福、蔡慶兄弟，保全盧俊義性命。

二、和宋江入東京看花燈，入睿思殿刮去「山東宋江」的御書。

三、上演《無間道》，和燕青臥底方臘老巢，還因勢利導成為方的附馬爺。

【人物篇】

對於前兩件事，倘若不是看在柴進身上與生俱來的貴族氣息，宋江一定會委派他的心腹戴宗去完成任務。只是戴宗不過是個小小監獄典獄長，連下書都出漏子，哪裡能夠如柴進般進大內四處遊玩面不改色？

柴進在征方臘途中，冒充文士打入敵人內部，獲取方臘的信任，依靠的卻是拍馬功夫。書中寫道：

柴進奏道：「臣柯引（化名：柯即柴，引即進）賤居中原，父母雙亡，隻身學業，傳先賢之秘訣，授祖師之玄文。近日夜觀幹象，見帝星明朗，正照東吳。因此不辭千里之勞，望氣而來。特至江南，又見一縷五色天子之氣，起自睦州。今得瞻天子聖顏，抱龍鳳之姿，挺天日之表，正應此氣。臣不勝欣幸之至！」言訖再拜。方臘道：「寡人雖有東南地土之分，近被宋江等侵奪城池，將近吾地，如之奈何？」柴進奏道：「臣聞古人有言：『得之易，失之易；得之難，失之難。』今陛下東南之境，開基以來，席捲長驅，得了許多州郡。今雖被宋江侵了數處，不久氣運復歸於聖上。陛下非止江南之境，他日中原社稷，亦屬陛下。」方臘見此等言語，心中大喜，敕賜錦墩命坐，管待御宴，加封為中書侍郎。自此柴進每日得近方臘，無非用些阿諛美言諂佞，以取其事。

柴進如此這般，那是耳濡目染之故，自己在滄州做大財主的時候，身邊這樣一來的人不要太多！武松因為不肯拍馬，所以才一直得不到重用。此時此刻柴進才總算明白過來，自己為什麼不會成功，原因和宋徽宗一樣，身邊賢良之士太少，而阿諛奉承之徒太多！

柴進估計也不想讓方臘死得這麼慘烈，雖然貴為附馬，卻也一直老老實實呆著，沒故意給方臘施什麼陰招。可惜清溪城破之後，金芝公主自殺，不知道柴進心中會不會有那麼一絲愧疚和不安？

柴進破了方臘以後，怕奸臣陷害自己曾當過方臘附馬，秋後算帳的滋味不好受，稱病返鄉為民，忽一日無疾而終。

也許這是柴進大徹大悟了。

柴進這個人物，能用「有心復國，無力回天」八個字來形容。他慷慨大方，但識人不明；他籌謀策劃，但時運不濟；他深入敵後，但作用不大。

　　這就是落魄王孫的失敗之處。

　　出來混，遲早要還的。

　　小旋風、及時雨，這對「風雨」黃金組合，不僅沒有引起風雲變幻、世界大同，反而使一場轟轟烈烈的農民起義銷聲匿跡。千載之下應生長嘆：「寶刀空利，不也悲夫？」

【人物篇】

梁山超級元老為何不受待見

　　梁山的蓬勃壯大，先後歷經三代領導人——王倫、晁蓋、宋江的功勞。正是他們的位置更替，梁山才能由弱到強，成為一支實力不可小覷的地方武裝割據力量。

　　一百零八將裡面，一直呆在梁山的「三朝元老」有三人：杜遷、宋萬、朱貴。他們是梁山名符其實的前輩級人物。然而三人的地位卻相當卑微：杜遷排第83位，宋萬排第82位，朱貴排第92位。

　　梁山的第一代領導人王倫，因為仕途困頓，不得已跟隨杜遷投靠柴進柴大官人，爾後又在柴進的資助下，隨同杜遷在梁山落草。可以說，梁山真正的第一代領導人，不是王倫，而是杜遷！

　　在王倫、杜遷的號召下，梁山先後又吸納了宋萬、朱貴兩人，由此而來山寨終於有了雛形：王倫為主，杜遷、宋萬相輔，朱貴刺探情報。但初具規模的梁山實力很弱，業務範圍僅僅包括單身客商，對於成群結隊的客人，只能無奈放過。

　　王倫氣量狹小，杜遷三人武藝平常，林沖的到來，成為檢驗四人人品的試金石。書中寫道：

　　王倫起身說道：「柴大官人舉薦將教頭來敝寨入夥，爭奈小寨糧食缺少，屋宇不整，人力寡薄，恐日後誤了足下，亦不好看。略有些薄禮，望乞笑留。尋個大寨安身歇馬，切勿見怪。」林沖道：「三位頭領容復：小人『千里投名，萬里投主』，憑托柴大官人面皮，徑投大寨入夥。林沖雖然不才，望賜收錄。當以一死向前，並無諂佞，實為平生之幸。不為銀兩賫發而來，乞頭領照察。」王倫道：「我這裡是個小去處，如何安著得你？休怪，休怪。」朱貴見了，便諫道：「哥哥在上，莫怪小弟多言。山寨中糧食雖少，近村遠鎮，可以去借。山場水泊木植廣有，便要蓋千間房屋，卻也無妨。這位是柴大官人力舉薦來的人，如何教他別處去？抑且柴大官人自來與山上有恩，日後得知不納此人，須不好看。這位又是有本事的人，他必然來出氣力。」杜遷道：「山寨中那爭他一個！哥哥若不收留，柴大官人知道時見怪，顯的我們忘恩背義。

日前多曾虧了他，今日薦個人來，便恁推卻，發付他去！」宋萬也勸道：「柴大官人面上，可容他在這裡做個頭領也好；不然，見得我們無義氣，使江湖上好漢見笑。」

很明顯，杜遷、宋萬、朱貴三人出於公義，站對了立場。所以王倫最終死在林沖手裡，而杜遷三人一直活到了南征方臘之前。

「摸著天」杜遷對應的星號是「地妖星」，「雲裡金剛」宋萬對應的星號是「地魔星」。如果我們打開《水滸傳》，就可看到楔子「張天師祈禳瘟疫洪太尉誤走妖魔」裡，洪信自作主張，惹下潑天的禍事，放走百八「妖魔」——而梁山最早的好漢，就是「地妖星」和「地魔星」！蓋「以名為引」也！

當然施耐庵草蛇灰線，伏筆千里。洪太尉上山時遇見最早的動物——一只吊睛猛虎，一條雪花大蛇，也暗扣了《水滸傳》出場最早的好漢——「跳澗虎」陳達、「白花蛇」楊春！

杜遷、宋萬兩人綽號相當雄壯，一曰「摸著天」，一號「雲裡金剛」，看來都是高個子。但個子高未必本領就強，寺廟裡的四大金剛、哼哈二將，論個頭都很可觀，但宗教地位很低，杜遷、宋萬也不幸對號入座。

其實按照取名慣例，杜遷似乎更應該叫「杜千」才對！這樣一來才和宋萬對應起來。然而施老先生看似無意而為的取名藝術，卻隱藏著相當深刻的寓意：遷者，遷移也。梁山這塊風水寶地是杜遷首先發現的，但是最後三易其主，杜遷自然非「遷移」不可！

杜遷、宋萬的本領，雖然不甚高強，但也絕不是酒囊飯袋，宋江破北京大名府，委派杜宋二人滅府尹梁中書滿門，兩人基本上完成任務——單單漏了最重要的梁中書夫妻——能夠在府尹家裡縱橫馳騁如入無人之境，這兩人也不會是好惹的。

武藝平常的杜遷、宋萬並沒有政治野心，也不會倚老賣老，他們生活的目標就是得過且過。所以我們看到，不管是王倫時代、晁蓋時代還是宋江時

【人物篇】

代,這兩人都是一付隨遇而安的怡然自得模樣,「願為哥哥持鞭墜鐙」,梁山姓什麼不重要,重要的是「做人呢,最重要的是開心」。

征方臘途中,宋萬是最早犧牲的將領,杜遷卻是在最後的大決戰中英勇獻身。兩人作為吳頭楚尾,為梁山流盡了最後一滴血,暗示了梁山的最終悲劇結局。宋萬陣亡後,宋江想起此人有「梁山泊開荊之功」,也不禁惻然,下令排下烏牛、白羊,親自奠酒祭祀──不管宋江是發自真心,還是收買軍心,對於宋萬來說,這也是一種告慰。

再說朱貴。

朱貴的外號「旱地忽律」,有兩種解釋。第一,「忽律」即鱷魚,旱地裡的鱷魚,皮膚顏色相差無己,良好的保護色便於偽裝和攻擊敵人。第二,「忽律」指一種有劇毒的四腳蛇,它生性喜食烏龜,將獵物吃剩一個空殼後鑽入其中,冒充烏龜,有人不知撿起它後,便發出奪命一擊,直接致人死命。

不管哪種解釋,有個相同之處:「忽律」是一種善於偽裝的可怕動物,這和朱貴的工作性質很相像。這個綽號,相當貼切人物身份!

朱貴這人,雖然冒了兇猛動物的名,心地卻相當善良。

林沖入夥事件,第一個和王倫唱反調的是最低微的朱貴!面對王倫的「糧食短缺」「屋宇不整」「人力寡薄」「耽誤前程」四條子虛烏有的藉口,一一做出回覆,讓王倫啞口無言。

這非常不簡單!

在後續的「投名狀」名詞解釋中,也是朱貴糾正了林沖的思維定式。可以說,沒有朱貴的熱心助人,林沖晉身將相當坎坷。

或許,這就是所謂「英雄惺惺相惜」吧!

朱貴對「名利」二字看得極淡。

王倫年代,朱貴列最後一席;加上林沖,朱貴依舊是最後一席;晁蓋來了,朱貴在十一位頭領中,還是最後一席;花榮等九人投奔梁山,朱貴本來又是

最後一席——恰好叛徒白勝橫空出獄，朱貴才「光榮」地名列倒數第二位。而一直到最後的百八人大聚會，朱貴的名次都相當後面。

但朱貴表達過不滿嗎？沒有。只看到他屢屢讓位，看不到他爭名奪利。

命運對朱貴是相當不公的。朱貴的東山酒店，肩負著聯繫山寨、偵察敵情和吸收英才的三項作用，朱貴也曾大力資助過林沖、戴宗、李逵等大咖，但不管是哪個領導人當家，朱貴總是邊緣小人物，從無例外。

朱貴身上還有一股正氣。當他看到李逵大斧排頭砍去，濫殺無辜的時候，朱貴一聲大喝：「不幹百姓事，休只管傷人！」此時此刻，朱貴的命運，其實已經塵埃落定。

征方臘結束後，朱貴於杭州城中感染瘟疫，兄弟朱富對他不離不棄，悉心照料，最終兩人同時染病身亡。朱貴可以瞑目了，他做了一生有良知的強盜，別人不理解，嫡親的弟弟總歸理解了。

梁山超級元老，都有不凡的人生。

【人物篇】

▎楊志為何早早病退

　　青面獸楊志，乃梁山好漢中真正的名門之後、將門虎子，血統論排名前三的人物。如果單從出身來講，小旋風柴進是後周皇室嫡系後裔，大約是冠軍；大刀關勝據說是三國關老爺子孫，雖說過了八百年，這血液純度有待考證，可人家家譜上白紙黑字寫得清清楚楚明明白白，不由得你不服氣；第三便應該輪到我們楊志先生了，楊家將的故事，那可是風靡萬千少女，折服無數少男啊，「大破天門陣」「穆桂英征西」，那可是說書先生案頭的保留節目！再後面大約才輪到呼延灼、彭玘等人。

　　自北宋開國始，楊家將一直是標竿一般的模範典型：既忠又勇，既節又烈，是朝廷的心腹、軍隊的脊樑。楊家後人，怎麼能上梁山落草為寇和朝廷對著幹呢？這不是一個人毀掉一個家族的榮耀嗎？

　　所以，楊志應該是最不想上梁山的好漢。

　　青面獸楊志背負的家族責任太重了。他動輒就介紹自己是「三代將門之後，五侯楊令公之孫」，中過武舉，做過殿司制使官。可那又怎樣？徽宗皇帝、太尉高俅、樞密使童貫這夥人，沒派楊志去鎮守邊關，卻讓他下江南押運花石綱（花石綱是中國歷史上專門運送奇花異石以滿足皇帝喜好的特殊運輸交通名稱）。騷擾百姓。有這樣的一群昏君奸臣，楊志的理想「邊庭上一槍一刀，博個封妻蔭子」恐怕是實現不了了。

　　因為黃河風浪打翻了花石綱，楊志只能四處湊錢，準備了一擔子的金玉財物去樞密院梳理關係。這筆巨額賄金也十分波折，先是被王倫、林沖等人看上，僥倖未失，後是行賄打點無效，楊志被趕出殿帥府。

　　楊志還是把「名分」二字看得太重。黃河中失了花石綱，選擇變賣家產賄賂上司，而不是直接落草為寇；王倫盛情款待，給足了面子，也不為所動；英雄落魄汴梁街頭，也不是說用塊黑布蒙面去搶點銀子來，只得滿含心酸將祖傳寶刀變賣。一個英雄，落到如此田地，心中痛楚，恐怕不是能用語言來表達的。即便對於無賴牛二，楊志也表現出一個極具耐心的業務代表素質：

要剁銅板，可以；要吹毛斷髮，可以；要殺人不見血，殺隻狗不滿意，只有殺了你這個狗都不如的惡棍！

因為命案，楊志被發配大名府充軍。大名府留守司梁中書上馬管軍，下馬管民，是大名府的頭號父母官，但此人卻不同於一般的庸官，竟然頗具慧眼，看出楊志的與眾不同！

能做到太師蔡京的女婿，梁中書果然有兩把刷子。

「青面獸北京鬥武急先鋒東郭爭功」是十分精彩的一回書，楊志輕鬆比槍、比箭贏了周瑾，引來了急先鋒索超的不服——索超是周瑾的師父。楊、索二人日後都是天罡星，楊志排第 17 位，索超排第 19 位，兩人又同時入選梁山馬軍八驃騎兼先鋒使，看起來，確實是棋逢對手，將遇良才。

比武的結果也是二人戰成平手，不分勝負。

真的是這樣嗎？

楊志在梁山腳下和林沖步戰五十餘回合不分勝負；在大名府和索超馬戰五十餘回合不分勝負，這說明他的戰鬥力在梁山好漢中，完全可以進入「十大元帥」之列。但是這並不代表楊志的戰鬥力和林、索二人一樣，事實是介於二人之間。

林沖要繳投名狀，第一次殺無辜的好人，難免心中忐忑不安，戰鬥力便要打個折扣，況且楊志挑財物是要去打點關係的，安身立命的東西，哪能放棄？此消彼長，林的真實戰鬥力在楊之上。和索超鬥武，那是以犯罪之身升級，切不可得罪太多人，同樣在官場混跡的楊志深知「花花轎子人抬人」的道理，故而手下留情，和索超鬥個平手。

楊志的情商並不低，情商低的是李逵。

改變楊志命運的，是膾炙人口的「黃泥崗事件」。七星面對楊志，勝者一帆風順，負者一敗塗地，誰也輸不起。

七星聚會當中，其實人人都會耍兩手：晁蓋能搬動石塔，雙臂臂力應該不小；吳用雖說是個書生，但也頗有膽略，曾用銅鏈架開正在惡鬥的劉唐、

【人物篇】

雷橫；公孫勝毆打晁蓋家丁十餘人如拋稻草人；劉唐能和鄆城縣步兵都頭-雷橫交手五十餘招不分勝負，想來也不是無能之輩；三阮更從小說中給的綽號便可見一斑。

七人辛苦做局、設套，終於騙走了十萬貫的生辰綱（過生日時成幫結隊押送的東西就叫做生辰綱），逼得楊志一度想要跳崖自殺。

這說明了兩點：

第一，楊志的戰鬥力，恐怕是不可輕易撩撥的。

第二，這就是楊志的宿命。

路路斷絕、無處可去的楊志，最終只能選擇落草為寇，和魯智深一起做了二龍山之主。對於楊志來說，家族榮耀、個人奮鬥這些，都可以說往日雲煙了。從這時起，楊志就像變了一個人，變成了一個沉默寡言的沒嘴葫蘆，得過且過，心如止水。

楊志被迫上梁山，嚴格來講，只是二龍山被實力更大的梁山收購了！從他個人內心世界來講，恐怕是不太願意的。小說第五十八回「三山聚義打青州，眾虎同心歸水泊」寫道：

楊志起身再拜（宋江）道：「楊志舊日經過梁山泊，多蒙山寨重義相留，為是酒家愚迷，不曾肯住。今日幸得義士壯觀山寨。此是天下第一好事。」宋江答道：「制使威名，播於江湖，只恨宋江相見太晚！」

短短兩句看似無關緊要的對話，實質上闡明了兩人的觀點！楊志對晁蓋是有情緒的，要不是七星劫了生辰綱，他楊志也不會落得這般田地！所以楊志會明褒暗貶，譏諷說「天下第一好事」云云；而宋江，早已經聽出他的弦外之音、不滿之意，故而連忙拉攏收買，稱呼楊志是當日官銜「制使」，而不是失陷生辰綱時的「提轄」，更不是「楊英雄」「楊大俠」等江湖稱謂，「只恨宋江相見太晚」。

楊志對於梁山，有一種說不清的感覺，在梁山上的功勞也很不起眼：攻打大名府，只是策後馬軍；關勝要遊說水火二將，吳用要派林沖、楊志監督；

盧俊義攻打東昌府,楊志和沒羽箭張清交手兩招,頭盔上挨了一石子,伏鞍歸陣。哪裡有半點楊家將後裔的威風？！

或許,楊志根本不想為山寨效忠吧。

宋江受招安,最高興的莫過於楊志,滿足了他的畢生心願。多麼黑色幽默啊,楊志一心為國效力,高俅趕他,潑皮侵他,老都管害他,路路斷絕,只能走到了朝廷的對立面,當了強盜；上山沒多久,梁山泊整體受招安,楊志竟然又當回了武官,可以用軍功換前程。楊志的命數,堪稱奇特、波折！

可惜征方臘途中,楊志只是僅僅過了長江,便在丹徒縣患病不起,最終也病死異鄉,竟然欲「一刀一槍在邊疆上搏一個封妻蔭子」而不可得！

對於命運多舛的楊家將後人來說,還有什麼比這樣的結局更讓人扼腕嘆息的呢？

早早病退,早早離開這個舞臺,大宋朝,確實快完了。

也許,「三代將門之後,五侯楊令公之孫」的楊志,謹遵祖先遺志,刀槍只對外敵,而對於方臘,只是人民內部矛盾。他舉不起自己的鋼刀,正如汴梁城惹事的寶刀,收歸國有後,從此不聞蹤影。

[人物篇]

晁蓋為何必須歸天

托塔天王晁蓋，梁山第二任寨主，原濟州鄆城縣東溪村的大地主、當村保長，為人慷慨大方，仗義疏財。出於對黑暗的現狀強烈不滿，因此當劉唐將生辰綱的消息透露給他的時候，晁蓋想也沒想就一口答應下來，兩人一拍即合，建立起深厚的友誼。一個生活安樂的富裕地主，能夠拋家棄業鋌而走險，為了「劫富濟貧」的崇高目標，犧牲小我，成就大我，晁蓋可謂真好漢！

晁蓋在梁山三代領導人當中造成承前啟後的作用，正是他的不懈努力，梁山才能不斷發展壯大起來，並且由繼承人宋江完成從巔峰到衰落的拋物線路徑。

這樣一個人物，為什麼會壯志未酬身先死？

劇情需要。

因為晁蓋是一個好大哥，但不是一個好帶頭大哥。

我們以智取生辰綱和江州劫法場兩戰來分析。

智取生辰綱是小說的一個重頭戲，晁蓋、吳用、公孫勝、劉唐、三阮加白勝，八人去劫取梁中書的十萬貫金銀寶貝。鑒於青面獸楊志押解生辰綱，吳用事先定下了「力則力取，智則智取」的八字方針：能智取就智取，減少本方人員傷亡；計劃失敗則正面死磕，倚多為勝，奪了這筆不義之財！

智取生辰綱的總「導演」是吳用，支開雷橫的是他，說三阮撞籌的是他，設定計策的是他，最關鍵的酒中下藥環節也是他一手操辦。吳用不僅心細，而且膽大。反觀晁蓋——表現不明顯。那麼問題來了：晁蓋應該做什麼？

黃泥岡事發，源於白勝被捕，而白勝之所以被捕，源於身份外洩——濟州緝捕使臣何濤的弟弟何清早早就認出了晁蓋的假販子身份，又透過他人之口知道了白勝的情況，兩下合拍，黃泥岡大案終於告破。

故而，在這場戰役中，作為七個人的帶頭大哥，晁蓋要做的就是隱藏幕後，絕不露面！因為晁蓋是地方名人，太多的人認識他了。販賣棗子的外地客人，六個和七個有區別嗎？只怕沒有。

所以說，智取生辰綱，多晁蓋不多，少晁蓋不少。如果晁蓋沒有現身，說不定何清也想不到線索；萬一計策被楊志識破，以劉唐、公孫勝、三阮的戰鬥力，硬奪生辰綱的成功幾率也不小。

所以說，晁蓋最好的決定就是在黃泥岡附近埋伏起來，暗中觀察同伴的表演，演得好就一起出來裝貨、推車；演砸了就馬上抄傢伙、併肩一起上，這才是晁蓋最合理的選擇。

港臺槍戰片中，打架鬥毆事件都是小弟揮著斧頭上，真正的老大戴著墨鏡幕後操作，而晁蓋卻不能很好地學習、貫徹和領會這種精神。可惜了。

晁蓋還有處事婆婆媽媽的毛病。

黃泥岡東窗事發，宋江早晨巳時捨命報信，晁蓋開始收拾家產，一直收拾到晚上一更都沒能結束！其間共有九個鐘頭的寶貴時間沒能有效利用起來！而正是他的拖拖拉拉效率低下，直接導致了鄆城捕快的前後合圍！要不是朱仝徇私舞弊，晁蓋還是逃不脫恢恢法網！

晁蓋識人的本領也很一般。

因為無處可去，吳用建議大夥兒投靠梁山安身立命，晁蓋天真地認為王倫會喜不自禁——既得到大批部下，又得到無數金銀，可謂「人財兩得」。事實上連阮氏三雄都知道王倫心胸狹窄，沒有容人之量。果然，晁蓋等人上了梁山後，王倫依舊是推三阻四，拒絕接納。

好在林沖火並了王倫，尊晁蓋為山寨之主。

晁蓋上臺後，出手不凡。首先大賞功臣，犒勞三軍，迅速穩定了人心，然後修理寨柵，打造兵器，做好後勤工作，接著才是安排船隻，訓練士兵，提升梁山的作戰能力。這一套「先發展，再爭霸」的策略，完全符合當時的形勢需要。正是這「三步走」的正確方案，導致隨後的濟州捕快部隊幾乎全軍覆沒，團練黃安也被梁山生擒，最終病死強盜窩。

【人物篇】

　　在這場家門口的水泊保衛戰中，晁蓋很好地利用了天時地利人和，指揮全軍大獲全勝，從此開創了梁山的新局面。但是隨後的另一場攻堅戰卻使我對晁蓋的指揮水平大搖其頭！這場戰役，就是著名的江州劫法場之戰。

　　晁蓋的大恩人宋江在潯陽樓頭觸犯了文字獄，進而連累了戴宗落水。晁蓋留下吳用、公孫勝、林沖、秦明看守大本營，自己親率梁山大軍去劫法場！

　　如前所說，晁蓋義氣當頭，勇氣可嘉。但是，這個人員配置真的合適嗎？

　　正軍師、副軍師、主將、先鋒官，全部放在替補席上，帶去的人馬，由晁蓋統一指揮。

　　結果是大夥兒救了宋江、戴宗後，找不到撤退的路！一大幫人，跟在李逵後面，像沒頭蒼蠅一樣亂跑！好在監斬官早就嚇得逃之夭夭，要是有人鎮定指揮，關起門來打狗，恐怕晁蓋等人要全軍覆沒！

　　這麼重要的一場戰役，晁蓋竟然根本沒安排斷後的人員和撤退的路線，打到哪兒算哪兒。這，簡直是開玩笑。

　　好在「主角不死」的定理再次發威，張順率領揭陽鎮勢力從水路及時前來接應，全軍安全撤退，避免了不必要的損失。可以說，如果不是李逵和張順的歪打正著，晁蓋此行，不僅不能救出宋江，反而要將自己和部下的性命送在江州！

　　至此晁蓋的性格已經袒露無遺。他急公好義，熱心助人，心存善良，不肯濫殺無辜，視兄弟如股肱，但卻是個有勇無謀的魯莽漢子，遇事判斷不明，行事拖泥帶水，缺乏全局觀念。這樣的人，能成為好朋友，但卻萬萬不能成為好領導。

　　反觀宋江，在安全上船後，親自制訂了「攻打無為軍，活捉黃文炳」的計劃，安排人手井井有條：薛永探路，侯健內應，白勝臥底，石勇、杜遷埋伏，李俊、張順接應，其餘人等趁火動手。事實也證明，這次排兵佈陣是何等見效，無為軍大傷元氣，黃文炳被生擒活捉。

晁蓋、宋江的指揮能力一對比，就看出高下來了：宋江久在公門，熟稔計謀；晁蓋不過是一村之長，管理不了龐大的團隊。

曾頭市一戰，晁蓋欲為自己正名，挑選了林沖、劉唐、三阮、杜遷、宋萬、白勝等一幹「自己人」，也不帶吳用這個軍師，匆忙上陣，結果被史文恭一箭射死。

不管晁天王曾頭市中不中箭，他都必然會死，因為晁蓋的性格，完全不符合梁山再次發展的需要。梁山的發展經歷成立、成長和成熟三個時期，王倫創立了梁山，出於人格缺陷，不能發展壯大，所以他要讓位給晁蓋。同樣，晁蓋可以帶領梁山成長，卻不能導致成熟，所以他也要讓位給宋江。「物競天擇，適者生存」，這一點很符合進化論。

晁蓋一死，宋江馬上成為代理寨主，緊跟著就是把「聚義廳」改成「忠義堂」！向朝廷正式傳遞了投降信號。

晁蓋對梁山的發展，功不可沒，然而當你不適合領導這個時代發展的時候，你就必須讓位。晁蓋可以做我們的好朋友，卻不能做一個好領導人，也許他更適合坐柴進或者李應的位置，當他振臂一呼的時候，命運已經書寫好了他的結局，為了梁山大計，晁蓋必須歸天。這看起來有點意料之外，實際上也在情理之中。

晁蓋最後的遺言是：「若那個捉得射死我的，便叫他做梁山泊主。」看起來很有點兒戲的意思。堂堂梁山之主，豈能這麼隨便？如果不是這條意氣性質的遺囑，晁蓋可以算作一條好漢，但正是這條或許能損害宋江、吳用切身利益的遺命，給晁蓋的一生畫上一個不那麼光彩的句號。

英雄空有鴻鵠志，無奈抱憾落寞亡。

【人物篇】

吳用為何「才難大用」

　　智多星吳用，乃梁山的軍師、宋江的左膀右臂、招安計劃的堅定擁護者。其發跡的路線是「鄉村教師—強盜頭子—朝廷命官」，走的是一條和科舉考試殊途同歸的路。

　　科舉制度始創於隋，形成於唐，完備於宋。宋代重文輕武，科舉考試是步入政壇的敲門磚。一般的讀書人十年寒窗，為的就是一朝成名，頭戴烏紗跨馬遊街，從而封妻蔭子，光宗耀祖。

　　而吳用的這個夢想，早早就破碎了。

　　小說中交代，吳用在發跡前，在鄆城縣東溪村當一名名不見經傳的鄉村私塾老師，和村長晁蓋是結拜兄弟，從小一起玩泥巴長大。小說中借吳用自己尋思：「晁蓋我是自幼結交，但有些事，便和我相議計較。他的親眷相識，我都知道。」由此可見，晁、吳二人關係相當鐵桿。

　　二人年紀相仿，都是四十歲左右的中年人，且都是單身漢。

　　晁蓋的單身尚可視為「鑽石王老五」，吳用就慘了點——應該是無力娶妻。

　　劉唐和雷橫曾在吳用家門口打過一架。吳用家的大門，只是籬笆門，可見吳用的生活水平是十分清貧的。

　　人到中年，科舉不第，家境貧寒，三大要素一綜合，吳用自然娶不到老婆。

　　吳用不甘對命運低頭，他要改變自己的命運，不想再做一個收入菲薄的鄉村私塾教師，所以當晁蓋向他透露劫取生辰綱的計劃時，吳用不僅欣然同意，而且還推薦了阮氏三雄前來入夥。

　　吳用的這種做法，其實和王倫並無二致：都是中年秀才，都是科舉失利，都是家境寒酸，都艷羨富貴生活，所以，這兩人先後都上了梁山。

為什麼王倫被殺死而吳用一直都是高層？這主要是兩人的定位不同：王倫覺得梁山是自己的，自己是老大；吳用從來不覺得梁山是自己的，自己只想當老二。所以定位決定了歸屬，決定了命運。

下面我們要討論兩個關鍵問題：

第一，吳用為什麼捨棄了結拜弟兄晁蓋轉投新人宋江？

第二，吳用的真實水準到底如何？

這也是廣大水滸迷很關心的兩個問題。

對於第一個問題，我認為，這還是吳用為了自己的前途。

從清貧到富有，吳用達到了。但吳用畢竟是個讀書人，「萬般皆下品，唯有讀書高」「朝為田舍郎，暮登天子堂」，吳用追求的終極目標還是出將入相做大官。

顯然，晁蓋無法滿足他的願望。晁蓋只要「大碗喝酒、大塊吃肉、大秤分金」，今朝有酒今朝醉，吳用的追求絕不止於此。

只有宋江和吳用的目標是一致的。

他們都是小知識分子，都嚮往宦海生涯，所以能很快一拍即合，成為新的合作夥伴。在小說中，宋江屢屢找吳用商議大事，而吳用則處處維護宋江的地位，兩人互幫互助，各取所需。

故而，吳用離開晁蓋是早晚的事，毫不奇怪。

再看第二個問題，很多人喜歡拿《水滸傳》中的智多星吳用和《三國演義》中的臥龍諸葛亮相比，認為這兩人不論是出身還是經歷，都存在太多的相同點：一樣隱居亂世，一樣才高八斗，一樣輔佐明主，一樣殫精竭慮，一樣死而後已。

其實差別很大。

智取生辰綱積累了梁山的第一筆原始資金，正是這十萬貫的金銀寶貝，才能讓火並王倫後的梁山有發展壯大的資本。這一筆錢，吳用等人思索良久，

【人物篇】

籌謀再三，計劃可謂滴水不漏。雖然順利從楊志手上騙得錢財，卻因為吳用的一招昏棋，險些前功盡棄，一番心血毀於一旦。

吳老師千算萬算，卻忘記了「偽裝」一條！作為地方名人，晁村長這張臉誰不認識？吳老師在住宿登記的時候，非要說他是安徽棗販，為此七人付出了昂貴的學費——拋家棄業上梁山，而重要的串場演員白勝也被抓獲，並且當了無恥的叛徒。這段不光彩的經歷，直接導致了白勝在未來梁山上的可悲地位。

吳用百密一疏！

如果說一次是失誤，兩次便是錯誤。吳老師在相同的地方連續又摔了一跤：梁山恩人宋江發配江州，酒後大言潯陽樓題了反詩，由於文字獄事件，眼見要送命，吳用讓戴宗送假信給蔡九知府，拖延時間來救宋江的命。然而身為小學語文老師的吳用，恐怕自身水平也不過如此，設計的書信中，印章稱謂忘記避諱！而正是這個錯誤，讓同樣是落魄文人的黃文炳看出端倪！進而將梁山的詭計一言戳穿！所以雖同為文人，至少在處事精細方面，吳用不如黃文炳多矣！

宋江當年為了迫使秦明落草，採用冒名頂替的方法，手段之下作，觸目驚心。吳用更是青出於藍：為了拉朱仝下水，指使李逵斧劈四歲的小衙內！手段殘忍，令人髮指；為防止呼延灼反悔，逼迫他反間破了青州城，由此作為「投名狀」絕了呼延灼之念；為了騙盧俊義上山，險些害得他家破人亡。

蜀漢丞相諸葛亮會這麼做嗎？想來想去，諸葛亮也就是誤用了一次馬謖而已。

只要宋江看上的人才，吳用一定想方設法搞到手！對於這樣的得力下屬，宋江非常滿意。然而有一個人相當不滿意，那就是正直的晁蓋。眼見得宋氏集團日益坐大，軍師吳用密謀跳槽，晁蓋沉不住氣了，不聽任何人的勸導，拋開軍師去打曾頭市——結果送了自己的性命。

晁天王一死，宋江和吳用假惺惺流下難過的眼淚後，利用雙面間諜郁保四，破了曾頭市。而對於活捉了史文恭的盧俊義，也是吳用明裡暗裡阻撓晁蓋遺言的實現，從而使宋江的寨主交椅坐得鐵桶般穩當！

　　梁山不斷壯大，連大宋政府也感到害怕，童貫、高俅連續征討，先後失利。在擒獲高俅後，吳用完全表現出一個小人之態：先是十分巴結逢迎，將樂和隨同蕭讓作為人質，等高俅下了山，連忙又做事後諸葛之態。書中寫道：

　　且說梁山泊眾頭目商議，宋江道：「我看高俅此去，未知真實。」吳用笑道：「我觀此人，生得蜂目蛇形，是個轉面忘恩之人。他折了許多軍馬，廢了朝廷許多錢糧，回到京師，必然推病不出，朦朧奏過天子，權將軍士歇息，蕭讓、樂和軟監在府裡。若要等招安，空勞神力！」

　　回回看到這裡，吳用的醜陋嘴臉一覽無餘！如此「料敵」可嘆可悲！說到底，吳用只不過是個玩弄權謀的江湖騙子！遠遠不能和大賢諸葛亮相提並論！

　　宋江和吳用的關係，說得刻薄點，可謂「狼狽為奸」。正是他們為了自己的功名利祿，將梁山兄弟的鮮血染紅了自己的紅頂子，而踏著兄弟纍纍白骨升遷的宋江，最終也死在朝廷的一杯毒酒下。

　　宋江死了，兔死狐悲，吳用最終也吊死在宋江的墓前，完成了人生最後一次偽裝。吳用孤家寡人一個，死得了無牽掛，因為他知道，朝廷對付了宋江，下一個目標就是自己，而現在的梁山，已經成為板上魚肉！朝廷才是最大的黃雀，方臘作為一只短命的蟬，消失在歷史舞臺，而兩只螳螂，最終也會成為黃雀的腹中美餐。

　　有個成語叫「螳臂當車」，吳用肚子裡是有些墨水的，歷史的車輪滾滾前進，對於梁山好漢來說，這是一場更類似於小市民暴動的「農民起義」。俗語說「秀才造反，十年不成」，又說「百無一用是書生」，宋江和吳用都是書生，這種缺乏明顯「為廣大農民階級謀福利」綱領，只反貪官，不反皇帝的「農民起義」，它的滅亡，也只是個時間問題。

　　吳用、吳用，正如你的名字——實在無用！

【人物篇】

▍公孫勝為何甘當逃兵

　　梁山好漢中最神秘的人物是誰？相信大多數人會不加思索脫口而出：入雲龍公孫勝！誠然，正如他的綽號，公孫大郎從頭至尾一直是個神龍見首不見尾的世外高人，松紋古錠劍一舉，頓時天昏地暗風雨大作，梁山好漢四面合圍，於是乎敵人丟盔棄甲屁滾尿流，我軍鞭敲金鐙齊唱凱歌。正是由於他的道法神通，梁山大軍方能無往不利，無堅不摧。

　　小說中的公孫勝呼風喚雨，法術無邊，按照我的理解，他大約是個傑出的氣象學家，能夠預知天氣變化。畢竟神鬼之說，終屬虛構，玄幻不可信。

　　撇開那些撒豆成兵的情節，公孫勝是一個怎樣的人？

　　我覺得他是一個對梁山失望的逃兵。

　　公孫勝第一次出場，就是主動拜訪晁蓋，從而湊滿了七星之數。公孫勝雖然是最後加入七人團隊的，但是位置不低，坐擁晁蓋、吳用之後的第三把交椅，在劉唐、三阮之上。這一方面是看在公孫勝的江湖聲望上，另一方面源於公孫勝提供了「生辰綱從黃泥岡過」這個重要情報。

　　公孫勝是個出家人，師傅是著名的仙長羅真人。身為道士，講究清虛淡泊，修道成仙，那麼，公孫勝為何想要劫取生辰綱？

　　梁山好漢中三個出家人，魯智深、武松都是犯了命案後，為了便於逃亡，一個做了和尚，一個假扮頭陀。公孫勝和他們不一樣，他一出場就是貨真價實的道士，他要劫取生辰綱的動機是什麼？

　　我認為是劫富濟貧！

　　公孫勝是方外之人，不為衣食而擔憂，他不像吳用、劉唐、三阮等人都是窮人，所以，他不需要金銀來改善生活。

　　更何況，如果追求榮華富貴的話，對公孫勝而言，其實輕而易舉。

　　公孫勝處在一個適逢其時的年代，北宋皇帝很信仰道教的。從太宗開始，各代皇帝對道家發展都給予了大力的支持，尤其在真宗和徽宗期間，有過兩個高潮，徽宗皇帝自己，在給燕青的赦免書上就自稱「神霄玉府真主宣和羽

士虛靜道君皇帝」，頭銜很長，範圍涉及教主、神仙、皇帝三大塊，徽宗對道教的崇奉幾乎達到了相對瘋狂的地步。道教因此得以迅猛發展，許多道士得到徽宗的信任，如劉混康、林靈素、虞仙姑等，皆得以升官發財。

　　作為道士，如果不求上進，直接進京面聖，就可以混個好位置，從此以後吃喝不愁。但是公孫勝不一樣！雖然跳出紅塵，然而在他心中，始終把解救黎民當作首要大事！公孫勝看見百姓身處水深火熱之中，萬民嗟嘆，不禁怒從中來，將梁中書十萬貫民脂民膏將要路過山東黃泥岡的消息，告知了他心目中的大英雄晁蓋。

　　公孫勝不為名利，也不為聲望，完全為了窮苦老百姓出頭。他自己一個人，是沒有辦法打敗楊志的，也無法搬走十一擔金銀財寶，所以他必須聯合晁蓋，借助大家的力量實現理想。公孫勝的計劃很成功，渴望一夜暴富的晁蓋採納了他的意見，並且順利得到實施。

　　但是，晁蓋他們的後續所作所為很令公孫勝失望：黃泥岡得手以後，眾人只顧自己分錢，完全忘記了活動的初衷。此時此刻公孫勝後悔了，雖然三阮、劉唐也屬於「貧苦農民」，但那只是一小部分，代表不了全體，公孫勝於是想到了逃避。

　　這種情況一直延續到宋江上梁山。

　　宋江一上山，第一件事情就是將新、舊兩派頭領人為地分成兩邊：

　　再三推晁蓋坐了第一位，宋江坐了第二位，吳學究坐了第三位，公孫勝坐了第四位。宋江道：「休分功勞高下，梁山泊一行舊頭領去左邊主位上坐，新到頭領去右邊客位上坐，待日後出力多寡，那時另行定奪。」眾人齊道：「哥哥言之極當。」左邊一帶，是林沖、劉唐、阮小二、阮小五、阮小七、杜遷、宋萬、朱貴、白勝；右邊一帶，論年甲次序，互相推讓，花榮、秦明、黃信、戴宗、李逵、李俊、穆弘、張橫、張順、燕順、呂方、郭盛、蕭讓、王矮虎、薛永、金大堅、穆春、李立、歐鵬、蔣敬、童威、童猛、馬麟、石勇、侯健、鄭天壽、陶宗旺。共是四十位頭領坐下。大吹大擂，且吃慶喜筵席。

【人物篇】

　　可以看出，左邊的全部是晁蓋時代和王倫時代的人物，人數共九人，右邊不一樣，最近的少壯派高達二十七人！是左邊的整整三倍！這種一邊長一邊短的不平衡格局，不僅僅反映在排位美觀程度上，更深層次的含義不言而喻！

　　公孫勝不是瞎子，他能看出來。

　　宋江分派完新舊頭領後，幹的第二件事情就是將老父和兄弟宋清接上山來。宋清人稱「鐵扇子」，換句通俗的話講，就是廢物一個，誰家裡收藏一把沒用的鐵製扇子啊？宋江初上梁山，先分化瓦解梁山結構，培植親信勢力，然後完全為自己考慮，不顧全國通緝的身份也要頂風作案。

　　我想，此時的公孫勝，應該心冷了吧？

　　公孫勝萌生去意，緊隨宋江之後，向晁蓋提出了返鄉省親的願望：

　　只見公孫勝起身對眾頭領說道：「感蒙眾位豪傑相帶貧道許多時，恩同骨肉。只是小道自從跟著晁頭領到山，逐日宴樂，一向不曾還鄉看視老母。亦恐我真人本師懸望，欲待回鄉省視一遭，暫別眾頭領三五個月，再回來相見，以滿小道之願，免致老母掛念懸望。」晁蓋道：「向日已聞先生所言，令堂在北方無人侍奉，今既如此說時，難以阻當，只是不忍分別。雖然要行，再待來日相送。」

　　晁蓋同意了公孫勝的「探親假」，宋江卻不願意，他建議公孫勝也把老母搬到梁山來，結果被公孫勝婉拒。

　　顯然，公孫勝是打算一去不回了。

　　事實也證明了公孫勝的逃兵行為。他回到薊州後，馬上改名換姓！將「一清道人」變成「清道人」，隱姓埋名，希望能夠和母親、師傅安度晚年，將昔日梁山送別情景忘了個乾乾淨淨。

　　公孫勝的如意算盤打錯了，梁山如果沒有劫難，公孫勝自然可以託辭不出，譬如三打祝家莊，有沒公孫勝都一樣。但是梁山假如遇見大困難，非公

孫勝不能解決的時候，那肯定是要公孫勝再次出山的，這場戰役，就是高唐州之戰。

宋江「請」公孫勝的一幕很有意思，與其說是「請」，不如說是「劫持」。他委派了自己最心腹的兩個人——戴宗和李逵去完成這個任務！

戴宗很聰明，他已經預料到改名換姓的公孫勝不想見他們，於是採用了先禮後兵的方式，甚至不惜讓李逵動粗，最終羅真人只能同意公孫勝下山。羅真人在公孫勝出發前，送了八字真言——「逢幽而止，遇汴而還」。公孫勝也確實做到了，攻打大遼後止步不前，回到汴梁城便辭別大夥回山，沒有參與征方臘之戰，是梁山第一個脫離團隊的好漢。

公孫勝還是跑了。

公孫勝是個相當淡泊的人，雖然地位很高，但是很少參與內政管理，分別的時候，對於金銀，也「推卻不受」。也許他看開了，當起初的「劫富濟貧」變作一場鏡花水月時，他就想到了逃避，想到了置身事外，但是身處亂世，天下又有哪裡才是桃源聖地？當他託付無數理想的晁天王死後，宋江更是徹底暴露本來面目，將革命勝利果實拱手相讓，公孫勝灰心了，「一切恩愛會，無常最難久」，這注定是一場類似於小市民暴動的「農民起義」，一場可以預知結果的悲劇運動，公孫勝在對抗外敵成功後，掛冠而去，實現師傅的願望，回到了二仙山，繼續壯大道教的未來。

公孫勝不是個人格高尚的人物，他只是一個逃兵，一個團隊精神很差的人，一個不願意身處染缸的隱士。他自己無力改變現狀，也不想去改變現狀，他只有再三躲避，而最終他也成功了。

公孫勝並非全無兄弟情誼，他在梁山上收了個徒弟，名叫混世魔王樊瑞，在破方臘過程中立了大功。而樊瑞、朱武從南方前線九死一生，全身而退，終於也看破了紅塵，投公孫勝出家。梁山好漢中，恐怕最逍遙自在的便是他們三個，遊遍四海列國，踏足塞北江南。昔日叱吒風雲的好漢，長城內外繼續行俠仗義，遠比吊死在宋江墓前的吳用、花榮更鐫刻在心！

【人物篇】

朱仝、雷橫為何不是一類人

美髯公朱仝、插翅虎雷橫，本是山東鄆城縣的馬兵、步兵都頭，手下掌管著幾十個捕快、衙役，在鄆城一縣，也算是「跺跺腳地動山搖」的實權派人物。這二人最終上了梁山，可視為千千萬萬的朝廷底層小官吏身份轉變的經典案例。

作為鄆城縣的正、副都頭，朱仝、雷橫是押司宋江的老同事。都頭和押司哪個官大？不好說，因為「都頭」本是軍職，宋代縣級政府維持治安的頭目，稱之為「縣尉」；押司，又叫押錄，是知縣的政務助理，屬於高級小吏。考慮到宋代以文制武，姑且認為押司比都頭略大一些。

顯然，朱都頭和雷都頭平時對宋押司著實巴結、奉承，因為在鄆城縣，宋江是個黑白兩道通吃的大人物，和這樣的人搞好關係，有利於自己的社會活動。

看起來，朱仝、雷橫應該是一類人，實際上，這兩人之間也頗有不同。

先說雷橫。

小說中介紹，雷橫「原是本縣打鐵匠人出身，後來開張碓坊，殺牛放賭」。這短短20個字，提供了很豐富的訊息量：

第一，雷橫從事過多種職業，從最初的鐵匠到中期的舂米作坊主，再到後期的賭場老闆。

第二，雷橫從一個奉公守法的老百姓變成了頂風作案的地方一霸。

中國古代私宰耕牛是犯法的，因為牛是三牲之首，又是重要的農耕畜力，故而受到特別的保護。雷橫能夠殺牛，說明他開始藐視法律，而公開放賭，更是視社會道德為無物。

一個身強體壯、藐視法律、聚眾賭博的暴發戶，最終竟然當上了鄆城縣管理治安的二把手，是不是黑色幽默？

這樣的人當上治安副隊長，鄆城縣的士紳百姓可就遭了秧，比如東溪村晁蓋村長。

雷橫初次出場亮相，便是歪打正著捕獲醉臥靈官殿的赤髮鬼劉唐。劉唐因為面容兇殘，因此被巡邏的雷都頭拘捕了——難道長得醜活該被抓、被吊？

劉唐是來投奔晁蓋的，而雷橫在捕獲劉唐後，藉口天色尚早，不如去晁保正家歇一歇再走。他這「歇一歇」便是讓尚在呼呼大睡的晁蓋連忙起來，招呼下人擺酒置飯。從小說中兩人對話來看，雷橫到晁蓋家打秋風，絕不是一次、兩次。

劉唐、晁蓋杜撰了一個甥舅的關係，騙取了雷橫的信任。既然抓錯了人，這雷橫吃飽喝足，也該有點自覺性了吧？雷橫可不是善類，面對晁蓋遞過來的十兩銀子，半推半就之下也就笑納了。這就不明白了，難道抓錯人，還要給你感謝費？可見雷橫面對賄賂，早就業務純熟。

雷橫在鄆城縣這山高皇帝遠的地方，算是白道上的大咖，雖然不曾明目張膽地敲詐勒索，但是這種「靠山吃山」的江湖習氣，表露無疑。

再說朱仝，朱仝和雷橫不一樣。

朱仝長得漂亮：一部虎鬚髯，面如重棗，目若朗星，似關雲長模樣。這是一個帥哥。

更重要的一點：朱仝本是本處富戶，因為仗義疏財，學得一身好武藝，故而一躍成為鄆城正都頭。

宋代的捕快、衙役，很多由地方納稅大戶舉薦、自薦擔任，所以，朱仝能當上治安隊長，完全是個人實力和個人魅力的體現，和雷橫截然不同。

雷橫喜歡吃拿卡要，小說中也說他「有些心匾窄」。朱仝不一樣，《水滸傳》裡找不到朱仝欺壓良善、魚肉百姓的記載，可見朱仝的人品比雷橫高尚多了。

晁蓋、宋江先後上了梁山後，自然難以忘懷這兩個公門好友，先後下書邀請加盟。然而朱雷二人回答的口徑出乎意料地統一：「家中諸事繁多，落草下次再說。」可見對於「大塊吃肉，大碗喝酒」的行為，兩人是不羨慕的——

【人物篇】

現在的生活比你們有情趣得多，何必因小失大？而雷橫，哪怕是出差途中被邀請上了梁山，也絲毫不為所動，堅決要求下山。

宋代官員薪酬相當豐厚，朱仝、雷橫兩人過著衣食無憂的幸福生活。如果不是「白秀英事件」，朱雷二人的後半生人生軌跡，基本可以確定。但是，正是這個三流歌星的出現，徹底改變了二人的命運。

鄆城縣前任知縣大人時文彬的離任，源於晁蓋和宋江的先後逃脫。而正是朱雷兩人明火執仗的包庇行為，才使時大人清白的官宦生涯畫上句號。後繼的縣令，人品就不那麼高尚了，從東京赴任過來，竟然帶上昔日的相好——三流歌星白秀英。

在大宋首都娛樂圈，頭牌是李師師，其次是趙元奴，這兩人是徽宗皇帝的情婦。上樑不正下樑歪。新任鄆城知縣就包養了三流歌星白秀英。

白秀英在鄆城縣經常開「個人演唱會」，雖說是不入流的小歌星，然而首都娛樂場所泡大的白小姐，在鄆城這個小地方還是很有號召力的，過來捧父母官小蜜場的閒人如過江之鯽數不勝數。其實老百姓也未必喜歡這種走廊說唱歌手，只是滿足一下八卦心——縣長的二奶，到底是什麼貨色？

雷橫遭遇了職場的「七年之癢」！雷捕頭聽說白小姐的演唱會非常熱鬧，於是如同老百姓一樣，去聽聽到底有什麼新鮮。眾人看見雷都頭來了，連忙將最好的主席臺位置留給雷隊長——雷隊長自然毫不客氣。

歌唱完了，舞也跳完了，白小姐來收錢了，雷隊長後悔了——出來沒帶錢！其實白小姐也不想想，這雷隊長，在鄆城地面上消費，什麼時候帶過錢？

雷橫有點難為情，如果白小姐不是縣長的二奶，他早袖子一甩走人了，但是不巧的是，白小姐正是他上司的小蜜，雷橫只能低聲下氣說好話：「對不起，我今天忘記帶錢了，明天給你加倍送過來。」

白小姐如果聰明一點，明白做人的道理，笑一笑也就過去了。可惜她實在搞不清形勢，依仗自己的身份，非要雷橫出錢。這雷橫面子上下不來，正沒好聲氣，白小姐的爹白玉喬不識好歹地冷嘲熱諷起來：「沒錢？沒錢出來混什麼？什麼雷都頭，我以為是驢筋頭。」

朱仝、雷橫為何不是一類人

士可殺不可辱。雷橫雖然算不上一個「士」，但鄆城地面上還從來沒有哪個傢伙膽敢當面辱罵雷老虎。雷隊長熱血上湧，一拳將白老頭打得口角迸裂，鮮血直流——雷橫不打女人，總算還有三分男子氣概。

白秀英告了枕頭狀，新知縣把雷老虎捆在縣衙外示眾！雷橫的寡母在縣衙門口哭訴、痛罵，繡花枕頭白秀英竟然無知到去毆打雷橫的老母。雷橫再也按捺不住，掙脫繩索，抬起枷鎖將白秀英打個腦漿迸裂。

這一枷下去，雷橫只能上了梁山。

因為雷橫是朱仝放走的，朱仝自然要背鍋——被發配滄州。

由於朱仝是個帥哥，滄州知府對他一見傾心，讓他整天帶著自己的四歲小兒逛街遊玩。

一個堂堂的馬兵都頭，竟然淪落到一個男保姆的地步。然而朱仝沒有任何不適的感覺，面對雷橫的上山召喚，依舊表示出一個良好的改造人員的素質：堅決不去，老老實實呆滿幾年，依舊回家做都頭。

而吳用面對這個形勢，唆使李逵斧劈了四歲小兒，從而徹底斷絕了朱仝的幻想。朱仝是條好漢，直接掄起刀便和李逵拚命——不管怎麼說，小孩是無辜的。

朱仝最終還是被騙上了梁山，然而上山後，他再一次看見李逵，依然選擇取刀火並，朱仝不因為「聚義兄弟」這種虛幻的幌子而喪失自己的原則。

朱仝是為數不多的俠客之一。

朱仝代表著一小批忠心大宋政府的地方小官吏，他們有良知，有著憧憬海晏河清、天下太平的美好夢想。朱仝上山，是非常不情願的。他依舊相信政府仍然英明，哪怕目前的內外交困現狀時時灼燒著他的心。

雷橫代表更多的腐敗小官吏群體，他們衣食無憂，利用手中職權，凌駕在普通老百姓之上。如果不是突發事件，他們也是絕對不願意落草為寇的。他們上山，更多的是一種逃避——當前途和命運相牴觸的時候，生命才是最可貴的。

【人物篇】

　　朱仝和雷橫，代表兩種上山的小官吏典型案例。不管是無奈被迫的，還是無辜被騙的，上梁山都和他們的人生宗旨完全背道而馳。他們上山，更多的是被當作一種收買人心和對外宣傳的需要——晁、宋二頭領知恩必報。朱仝和雷橫的武藝，相當一般。劉唐吊了半夜，沒吃早點便能勝過酒足飯飽的雷橫；張清隨便兩招，便能將朱、雷二人彈弓打麻雀般打下來。然而兩人的地位相當高，不僅同列天罡星，而且朱仝的位置猶在武松之上！同為都頭，武松功夫比之朱仝可高得太多。只因朱仝救過宋江的命，而武松卻三番兩次公開頂撞，所以朱仝能夠傲視同儕！

　　征戰方臘，雷橫戰死沙場，朱仝卻百死一生。回來後安安心心、老老實實為國繼續效力——高俅、童貫是不會對忠心大宋政府的小角色朱仝開刀的，他完全站在政府一邊，完全值得相信。朱仝的下場，可能是宋江夢寐以求的——宋室南渡後，在劉光世麾下領兵破金國侵略者，最後官至節度使。

　　北宋末年，廟堂內外已經徹底腐朽沒落，就連小小縣級行政機關下屬的執法小吏，不管尚算正直的，還是以權謀私的，全部都能藐視法律的存在和踐踏法律的尊嚴，這個政權的法制健全與否，也可見一斑了。整個大宋政府，從上到下，從裡到外，大量充斥著雷橫這樣的典型代表，就像一棵華蓋大樹，從樹根開始就不可救藥地腐爛了，區區堂皇外表，又能支撐多久？

宋江為何爭議巨大

作為《水滸傳》的男主角，呼保義宋江向來是個爭議性極大的人物，讚美者說他為了國家，為了兄弟的未來殫精竭慮，死而後已；反對者說他兇狠殘忍，用兄弟的鮮血給自己鋪設了一條金光閃閃的飛黃騰達之路，但是最終依舊死在更兇狠殘忍的統治階級手中。

非黑即白的二分法是不可取的，宋江作為梁山的帶頭大哥，他受招安、打方臘、封大官，最後以一杯毒酒了此餘生，這個人的傳奇一生，又該如何全面評判？

我嘗試從宋江的落草來分析。

宋江想不想落草為寇？顯然是不想的。宋江原本是山東鄆城縣的押司，歲月靜好、現世安穩，黑道、白道都有朋友，這樣的「成功人士」怎麼會捨家棄業上梁山？

改變宋江人生軌跡的事件是「殺惜」，閻婆惜作為宋江的情婦，紅杏出牆與人私通在先，約法三章勒索錢財在後，性質十分惡劣，宋江一時衝動，犯下故意殺人的罪責。宋江殺人後，沒有選擇投案自首，而是知法犯法，潛逃到柴進莊上避風頭。

宋江此時犯了一個大錯。按照小說中鄆城縣衙上下的表現，只要宋江主動投案，大事化小，小事化了，無非多花點錢。區區金銀對於宋江來說，根本無足輕重。但宋江走了一招爛招，導致了日後兩罪併罰，發配江州。又因為潯陽樓題反詩，犯了文字獄冤案，最終綁上刑場，就地正法。

宋江被梁山好漢救上山，此時只剩下「落草」一條路可走，走投無路的宋江只能違背意願坐了第二把交椅，僅次於晁蓋。

透過宋江上山前後的表現來看，在官場，他是人人稱頌的大善人、及時雨；在草莽，他是威風八面的山大王、大角頭。看起來兩種不同的人生，竟然在宋江身上完美結合——不覺得奇怪嗎？

【人物篇】

　　一個扶危濟困、憐孤恤寡的慈善家，同時又是一個心狠手辣、一意孤行的黑道大哥，到底哪個才是真面目？顯然是後者。

　　宋江出事前，鄆城縣滿縣人丁，沒有一個不說宋江好的，上司、同僚、下屬，包括鄰居、路人，多多少少都承受過宋江的恩惠。但是，宋江一上梁山，頓時風格大變，變得讓人倍感陌生，且看：

　　為了賺秦明上山，宋江平白無故放火燒了青州城外幾百戶老百姓的房屋，死傷百姓上千。這些百姓何辜？要成為宋江陰謀的犧牲品？秦明的妻子被宋江間接害死，宋江就讓花榮的妹妹做補償品，這兩個不幸的女性何辜？

　　李逵殺死扈三娘滿門（只逃走一個哥哥），扈三娘被脅迫入夥，宋江轉手就把扈三娘賞給了大色狼王英，梁山上就沒好男人了麼？

　　宋江看上了盧俊義，害得盧員外家破人亡，為了劫牢救人，大名府半城百姓死於非命。

　　夠了。如果說祝家莊、曾頭市的莊丁、村民還有「無奈脅從」的罪責，那江州城、大名府、青州城的無辜百姓，又哪裡得罪了宋江？所以說，宋江的「仁義」是分對象的：能為我所用，我就仁義；與我無關，我不仁義。

　　再舉一個唐牛兒的例子。

　　唐牛兒是鄆城縣的一個小商販，賣糟醃為業，平時受過宋江幾次好處。宋江殺惜後，被閻婆設計扭送在縣衙門口，唐牛兒激於義憤，打了閻婆一個嘴巴，宋江趁機跑了，唐牛兒卻被閻婆拖進了縣衙。這個倒霉的唐牛兒最終被知縣時文彬當作替罪羔羊，安上一個「故縱凶身在逃」的罪名，脊杖二十，刺配五百里外。

　　「脊杖二十、刺配五百里外」符合什麼樣的罪責？有參照物。宋江「迷途知返」，最終的判決是「脊杖二十，刺配江州」，江州（今九江）距離鄆城一共760公里（1公里＝1千米）——可見唐牛兒幾乎和宋江等罪判決了。顯然，這很不公平。

宋江當了山大王後，有沒有找回恩人唐牛兒，接他上山享福？對不起，沒有。這個無足輕重的小人物，已經徹底被宋江忘記了。所以說，宋江的「仁義」是分對象的，是假仁假義。

宋江博得「仁義」之名，是要花本錢的。小說中介紹，宋江生性大方，仗義疏財，賙濟貧苦，扶助困難，故而得到了一個「及時雨」的外號。他有具體事跡輔證：

宋江打賞武松、李逵等人，一出手就是十兩雪花銀，即便對於走江湖賣藝的病大蟲薛永這種絲毫不起眼的陌生人，也甩手就是五兩銀子出去。

閻婆惜賣身葬父，宋江一時心軟，給了閻婆惜母女十兩銀子喪葬費。閻婆惜感恩圖報，做了宋江的外室。宋江將閻婆惜母女安置在縣西巷內的一處二層小樓裡，「沒半月之間，打扮得閻婆惜滿頭珠翠，遍體金玉」。

那麼問題來了，宋江的這些錢哪裡來的？

宋代官員俸祿相當優厚，其與漢代相比，增加近十倍；與清代相比，也高出二至六倍多，但是僅限於五品以上的高級官員，而五品以下的官員，也只是維持小康生活水平而已。無品的辦事小吏就更不用說了。可見，宋江的巨額財產，可算來歷不明。

宋江私放晁天王後，劉唐奉命取了一百兩蒜條金來感謝，宋江竟然不以為意，只是要了其中的一條而已。想必這種回扣性質的感謝費，他見得多了。也就是說，瞞上欺下、中飽私囊的知法犯法行為，宋江是輕車熟路之極！連他的二奶閻婆惜小姐也曾輕蔑地說：「公人見錢，猶如蠅子見血，哪有貓兒不吃腥的道理？」

上下一對照，答案昭然若揭：宋江號稱「忠孝仁義」，他對朝廷忠嗎？如果忠誠的話，也就不會給晁蓋通風報信了；他對父親孝嗎？如果孝順的話，也就不會事先寫除籍聲明了；他對別人仁嗎？唐牛兒幫他脫身自己身陷大牢，宋江不管不問；他對兄弟義嗎？征方臘回來後，林沖中風，途經杭州不能再走，宋江為了不影響自己的升遷，竟讓已經斷臂的武松照顧林沖！導致半年後林沖不治身亡。

【人物篇】

宋江的忠孝仁義，多少是要打個問號的。

宋江還是個極度自我的人。

宋江喝多了黃湯，潯陽樓上題反詩，最終導致了知恩圖報的晁蓋幾乎傾全山之力來搭救宋江。晁蓋等人冒著「槍林彈雨」，終於一個不少逃出生天，讀者本已大鬆一口氣，不料這宋江一醒過來，第一件事情就是要求晁蓋給他報仇，掉轉槍頭再去攻打江州，活捉黃文炳出氣。宋江為了一己私慾，將大局觀和好漢的生命拋之九霄雲外。

宋江上了梁山，第一件事就是將新舊頭領人為分成兩邊，晁系舊將一邊，自己的人馬一邊，開始表現出他搶班奪權的勃勃野心。

宋江將晁蓋壓制其下，而後續的連續征戰過程中，更是像海綿一樣不停招賢納士，一直到晁蓋覺得自己快被架空了，這才不聽「勸告」執意去打曾頭市，結果由於過度輕敵和不解敵情，最終一命歸西。晁蓋一死，宋江立馬將「聚義廳」改成「忠義堂」，正式向外界表示了投降的信號。

盧俊義實現了晁天王的遺囑，但是宋江照樣玩弄手段，既獲得自己的切身利益，也堵上了大家的嘴。

上述種種，只不過是宋江真實人性的滄海一粟體現。接下來，我們要談一個焦點問題：招安。

數百年來，「梁山泊全夥受招安」一段戲一直充滿爭議：招安是對還是錯？咱們從主觀因素和客觀因素兩方面剖析。

主觀因素方面，宋江是梁山大哥，具有決策權，他若一力堅持，他人難以改變。宋江為什麼一定要受招安？因為工作環境。落草之前，宋江是官府小吏，在鄆城一縣，也算是個黑白兩道通吃的人物。但宋江僅僅只想當押司小吏嗎？只怕未必。

宋代做官易做吏難，當底層小吏，活多錢少責任大、開展工作困難多，所以小吏羨慕廣大官員悠閒的生活、豐厚的薪水。宋江是個讀書人，「學成

文武藝，貨與帝王家」，區區「押司」絕不是他的終極目標，出將入相、一品大員才是他的夢想。

這個夢想其實並不遙遠。

混混可以當太尉，太監能夠統三軍，金鑾殿上，瓦釜雷鳴的貨色俯拾皆是，真正的人才如林沖、楊志、裴宣、歐鵬、馬麟，不是大材小用，就是傾軋迫害，逼得這些國家棟樑上山落草，走到了政府的對立面。凌振作為火器專家，卻派去看守軍備倉庫；宣贊只是因為貌醜，始終不得重用——這些就公平合理嗎？

宋江和吳用一樣，都要追求自己的人生目標——做大官。所以，受招安是必然的，這是主觀因素。

客觀因素上講，招安也是必然的。梁山的全夥受招安，即便沒有宋江做領導，那也是遲早的事。試想，梁山頭領一百零八人，士兵近十萬，天天大魚大肉，又不種田養豬搞生產建設，所有物資全部都是靠搶劫而來，建山數年，周圍的富裕城市全部被搶了一遍，諸如青州、高唐州、東平東昌兩府、祝家莊，哪怕是遠點的城市，只要富裕，比如北京大名府、陝西華州、凌州曾頭市，也都在所難免。要是梁山再不受招安，坐吃山空該怎麼辦？真的如李逵所說，要「殺去東京，奪了鳥位，不強似這個鳥水泊裡」麼？

故而，不論是主觀因素還是客觀因素，梁山肯定是要被招安的。招安以後，該怎麼辦？

洗白身份，當了官兵，自然要受人管轄。高俅、童貫定下「驅虎吞狼」之計，讓宋江和方臘自相殘殺。

宋江能不能拒絕這個任命？不能。如果拒絕剿匪，那就是兩頭不討好：義軍視你為叛徒，朝廷視你為奸賊，正如先叛明後叛清的吳三桂，永世不得翻身。

有人會問：能不能換個任務？比如說，去戍守地方？這裡就要引入宋代的兵制了。

【人物篇】

　　宋代兵制「兵不知將，將不知兵」，上下級之間互不瞭解，這樣的部隊戰鬥力可想而知。如果宋江拒絕南征，按照宋代兵制，十萬梁山男兒將由樞密院簽發、三衙司分派，全部打散、化整為零，進入全國各地的禁軍、廂軍武裝中。這樣帶來的問題就是──梁山好漢會被一個個暗算而死。

　　綜上，為了保證梁山官兵的整體性，南征方臘是唯一的途徑！知根知底、磨合成熟的梁山官兵，是征討方臘的最佳人選。

　　故而，宋江領導的梁山義軍，受招安、打方臘都是水到渠成的事情，不能全部怪罪到宋江頭上。另外，歷史上宋江一夥從未征討過大遼，打方臘也是可能性低到忽略不計，歷史和小說還是差異很大，這點需要特別註明。

　　該到了為宋江蓋棺定論的時候了。

　　作為小說的第一主角，宋江的一言一行，反映的是作者的心聲。《水滸傳》的作者絕不止施耐庵、羅貫中，這是一部集前人大成的同人演繹作品，南宋以降的400多年來，多少不知名的作者為梁山英雄的故事增添血肉，所以我們今天看到的《水滸傳》，有很多值得商榷的細節，而宋江作為小說主角，勢必「備受關照」，故而人物形象多元、複雜，數百年來，為讀者所熱議、評論。

　　至於在本書中，宋江到底該得到什麼評價，我想，還是應該交給讀者們自行評判，一千個人心中就有一千個哈姆雷特，仁者見仁，智者見智，相信大家的看法一定精彩、全面。

武松為何是梁山天神

如果說宋江是《水滸傳》第一主角的話，武松絕對能當第二主角。

武松是施耐庵最嘔心瀝血刻畫的人物，一個人就占了整整十回的篇幅，不管在七十回的版本，還是百回版本，還是百二十回的版本裡，其他的故事可以壓縮，可以刪減，但是好漢武二郎的故事，絕不能少哪怕一丁半點！武松的故事已經成為一個相對獨立的可以摘取成冊的經典片段。

讀者為什麼喜歡看武松的故事？因為痛快，因為解氣，因為情節精彩，因為酣暢淋漓。武松是《水滸傳》中最膾炙人口的人物，你可以不知道梁山其他好漢的姓名，但是武松絕對如雷貫耳！只要是中國人，都應該知道打虎英雄武二郎的故事。

我在魯智深篇褒獎花和尚是梁山第一大俠，在林沖篇讚揚豹子頭是梁山第一英雄，但是作為梁山第一好漢，一個敢作敢當的熱血青年，非行者武松莫屬！

行者武松作為《水滸傳》的靈魂人物，很多地方如同《西遊記》裡的孫大聖。孫大聖大鬧天宮，目無「法紀」，敢作敢為，成為千古造反派的典型代表。武二郎在腐朽的官僚體制不能懲治罪惡的情況下，鬥殺西門慶、醉打蔣門神、大鬧飛雲浦、血濺鴛鴦樓，也無時無刻不昭示著一個重要的主題：天不行道，我自出手！可以說，孫悟空最後修成正果號稱「鬥戰勝佛」，武松最後也隱隱是梁山的「鬥戰勝佛」，一個戰無不勝的最後真正皈依佛教的戰鬥英雄！有趣的是，施耐庵和吳承恩兩位大文豪，都不約而同地給自己最喜愛的角色取了相同的綽號：行者。不知道冥冥之中，是否有天意存在。

武松的故事，可用「虎起龍收」來概述，景陽岡打虎起頭，二龍山落草收筆。

武二郎第一次英雄出場，就是赤手空拳打死危害四方的吃人老虎。梁山上真正打死老虎的一共有四人，除了武松以外，尚有李逵和解珍、解寶兄弟。二解純粹是中大獎，老虎自己踩窩弓藥箭上，拋開不算；李逵殺死四虎，其中兩大兩小，表面上看戰績比武松輝煌，但是要知道李逵不僅占了腰刀、朴

【人物篇】

刀兩把兵器的便宜，而且運氣成分還占了相當大的比重。要說真正硬碰硬，有技術含金量的，還是首推武松的赤手空拳打老虎。

景陽岡的「三碗不過岡」酒店，做生意很實在。「透瓶香」酒的酒精含量相當高，一般人最多只能喝三碗，大約三斤，但是武松天賦異稟，一連喝了十八碗！而後不聽良言勸告，跟跟蹌蹌獨自上了景陽岡。

要說武松的酒量雖宏，卻比不過《天龍八部》裡的丐幫幫主喬峰。喬峰連喝三十碗燒刀子酒面不改色，武松喝了十八碗燒酒，已經相當勉強。但是後來發生的故事，喬峰、武松幾乎同樣出彩：赤手搏虎！

武松有個很有趣的生理特徵：大吃一驚後往往有出乎意料的收穫！在柴進家烤火，宋江不慎踢翻火鍬，大吃一驚的武松頓時出了一身冷汗，由此而來驅逐了久患不癒的瘧疾；景陽岡上老虎出現，武松又嚇出一身冷汗——這些冷汗全是「透瓶香」轉變的，由此而來酒意全消！使武二郎從混沌狀態中完全清醒了過來！「人獸大戰」一觸即發！

武松的武器是一根哨棒，非金非鐵，純木製造，這樣的防身武器對付老虎，顯然是不夠的。由於武松一棍子沒打中老虎，反而打中了靜止的枯樹，結果防身武器一分為二，武松頓時又處於戰鬥的劣勢。破釜沉舟的情況，往往能夠激發人類隱藏的無限潛能，在再次「大吃一驚」的情況下，武松置於死地而後生，大吼一聲，將老虎按倒在地一頓拳腳，終於又取得了「意料之外」的驚喜！

很多人都忽視了打虎中的一個細節：哨棒之折斷。其實這個細節，昭示著武松的一生命運，暗示著武松的性格！

哨棒是什麼？武松唯一可以倚靠的武器！當武松失去這個武器的時候，只有靠自己的力量來改變現狀！在打虎戰役中，這根「出師未捷身先死」的棒子，卻沒有沾上半根虎毛！施耐庵寫這根棒子目的為何？到底有什麼寓意？

我想，這根棒子就是象徵後文的大宋政府法律武器！而老虎就是西門慶、蔣門神、張都監等一干吃人不吐骨頭的地痞惡霸！

武松因為打虎有功,被陽谷縣縣令破格提拔為步兵都頭,表面上看,縣令大老爺慧眼識人,對武松相當不錯。但事實是,這個父母官是個不折不扣的貪官!他提拔武松,只是利用武松強有力的力量而已!當他把在任兩年多搜刮的金銀送回東京的時候,第一個想起的押送保鏢,就是武松!正如梁中書委派楊志護送生辰綱一樣,貪官不管大小,手段完全相同。

　　正是武松這一「出差」時差,導致了哥哥武大郎的家庭劇變。武大郎的死,縣令有責。而武松在得到確鑿的證人和證據的時候,早已上下行賄的西門慶已經封住了縣令的良知。我們看到,堂堂陽谷縣都頭,一個可以行使執法權的公務人員,竟然不能仰仗法律武器來捍衛自己的合法權益!簡直是個天大的笑話!正如打虎的哨棒,根本不能碰到老虎哪怕一根汗毛!

　　西門慶大大低估了武松的能力,認為「錢能通神」的他,以為勾結「權錢交易」的縣令就可以為所欲為!所以我們看到,當武松鋼刀插進淫婦潘金蓮胸口的時候,西門慶絲毫沒有不祥之兆,他依舊和酒肉朋友在獅子樓喝花酒,而摟在身旁的,竟然又是個不知名的妓女。

　　鬥殺西門慶是十分精彩的篇章,武松又為民除了一害。西門慶之害猶勝猛虎,猛虎不管好壞,隨機吃人;西門慶那是專欺良善,而且吃人不吐骨頭!

　　在殺死西門慶、潘金蓮以後,武松對法律武器沒有喪失信任,選擇了投案自首。應該說,武松的人緣不錯,曾經將打虎的報酬全部無償散發給老百姓,因此衙門內外為他說好話的人不少。而西門慶在喪生之後,陽谷縣已經沒有可以要挾縣令的人物,縣令出於民意,開始故意篡改事實。

　　武松殺西門慶前:

　　知縣道:「武松,你也是個本縣都頭,如何不省得法度?自古道:『捉姦見雙,捉賊見贓,殺人見傷。』你那哥哥的屍首又沒了,你又不曾捉得他姦;如今只憑這兩個言語,便問他殺人公事,莫非忒偏向麼?你不可造次,須要自己尋思,當行即行。」

　　次日早晨,武松在廳上告稟,催逼知縣拿人。誰想這官人貪圖賄賂,回出骨殖並銀子來,說道:「武松,你休聽外人挑撥你和西門慶做對頭。這件

【人物篇】

事不明白,難以對理。聖人云:『經目之事,猶恐未真;背後之言,豈能全信?』不可一時造次。」

武松殺西門慶後:

且說縣官念武松是個義氣烈漢,又想他上京去了這一遭,一心要周全他,又尋思他的好處,便喚該吏商議道:「念武松那廝是個有義的漢子,把這人們招狀從新做過,改作:『武松因祭獻亡兄武大,有嫂不容祭祀,因而相爭,婦人將靈床推倒,救護亡兄神主,與嫂鬥毆,一時殺死。次後西門慶因與本婦通姦,前來強護,因而鬥毆,互相不伏,扭打至獅子橋邊,以致鬥殺身死。』」

真是「官字兩張口」。這明目張膽的兩度歪曲事實,前後有天壤之別,對於大宋法律,又是一次無情的嘲笑!

老虎吃人,是最低層次的傷害;土豪、劣紳吃人,是中等層次的傷害;官府衙門吃人,那才是最高層次的傷害——很快,武松就會體會到。

武松故意殺人,只判了個「脊杖四十,刺配兩千里外的孟州」,即便是四十下的板子,也「止有五七下著肉」,可見即便在象徵法律威嚴的公堂上,衙役也可以「便宜從事」,從而讓武松得到不折不扣的「便宜」——這份懲罰,怎麼算都是相當輕微的。

武松沒有喪失對大宋法律的信任,但可惜的是,大宋法律再一次欺騙了他的感情。孟州小管營施恩名字取得真好,「施恩圖報」,果然人如其名,施恩絕對不是個好漢,他只是個標準的地方小惡霸,經營快活林娛樂中心,收取各入駐商家的保護費過日。最過分的是,連張青、孫二娘都不榨取的妓女人群,施恩也毫不放過,「路過妓女要先參見小弟,然後許她趁食物」。可笑的是,施恩白叫了「金眼彪」這個外號,簡直就是標準的繡花枕頭!同樣混跡官場的黑暗勢力蔣門神,可以輕鬆搞定施恩,施恩在這場「狗咬狗」的黑勢力比拚中倉惶而逃。

施恩和蔣忠,代表了新舊兩股涉黑官場勢力,舊勢力敵不過新勢力的相撲神技,便發動強有力的糖衣砲彈,俘虜了簡單青年武松的心。而武松是個

「你敬我一尺，我敬你一丈」的意氣漢子，在接受了別人的恭維後，如同和張青、孫二娘結拜一樣，和施恩結成異姓兄弟，隨後施展醉拳神功，大破蔣門神的相撲技藝。

新勢力在爭奪地盤的戰役中失利，沒有選擇忍辱負重，而是變通走捷徑。施恩再聰明，卻料不到法律的「隨意性」，孟州守禦兵馬都監張蒙方，受了蔣門神和張團練的大量賄賂，定下「指鹿為馬」的栽贓陷害之計，將武松陷入死牢。武松再有天神一般的蠻力，相對國家機器，終歸是渺小的，要不是施恩正氣尚存，上下買通，又得到兩個相對較正直的官吏葉孔目、康節級的關照，武松早冤死在孟州死牢裡！

大有諷刺意味的是，完全冤枉的武松，死罪可免，活罪卻難逃，成為了梁山上唯一的一個雙重發配的人物，這次是以待罪之身「脊杖二十，發配恩州」。宋江、林沖臉上只有「上聯」，武松臉上不僅有上聯，而且有下聯，對仗相當工整。

由此而來武松算是徹底見識了大宋法律的黑暗，武松醒悟了！不管是大宋政府的哪個機構，看中的只不過是武松的硬件設施！最後對待武松的結局是驚人的巧合——過河拆橋！

武松沒有接受再次發配服刑，他身帶枷鎖竟然能連殺兩名防送公人、兩名蔣門神的徒弟！相比林沖、盧俊義面對相同兩個公人董超、薛霸的窩囊，武二郎的表現可圈可點，綻放出璀璨的絢爛光芒！武松的這次出手，標誌著他徹底和政府決裂，所以他會摸回孟州城，連殺張都監滿門十五口！粉牆上留下的，不是拖泥帶水的宋江、林沖之流的詩詞，而是乾淨利落的八個大字「殺人者，打虎武松也！」好漢做事，敢作敢當！這個「虎」，正暗示張都監等吃人的白道猛虎！

武松的性格，不像林沖那麼內斂。林沖遭受不白之冤，無非殺了陸虞候等三人，隨即上了梁山。武松不一樣，武松是個有恩報恩、有仇報仇的快意漢子，咱不能吃這個啞巴虧！武松血濺鴛鴦樓以後（鴛鴦樓名字取得也很有意思，張都監將丫環玉蘭作為誘餌，原本計劃和武松「結婚」，不料這對「鴛鴦」分離在鴛鴦樓下），直接就在張青和孫二娘的幫助下，轉換成行者身份。

【人物篇】

　　至此，江湖中再也沒有打虎的都頭，只有漂泊的行者。從孟州城到蜈蚣嶺，再到孔家莊，最後在二龍山武松完成了人生的偉大轉變。

　　武松是一個生活在《水滸傳》中活生生的「人」，他不像宋江那麼虛偽，不像吳用那麼市儈，不像林沖那麼忍讓，不像李逵那麼粗魯。他敢愛敢恨，用自己的全部力量去懲惡鋤奸，但求盡力，事在人為。我們看到，武松能搶孔亮的熟雞和酒吃，把蔣門神的小老婆遊戲性質地拋進酒缸。這些行為在那些「高大全」的好漢看來，都是相當不可思議的，但這正是武松率真坦蕩的一方面，武松像我們身邊的鐵桿朋友，能夠仗義執言，能夠關鍵時刻挺身而出，所以自古以來，武二郎得到無數讀者的喜愛，人們永遠難以忘記一個用自己的力量去維護正義的「路見不平一聲吼」的天神一般的英雄好漢！

　　武松是一個真心為朋友的好漢，梁山上結拜兄弟特別多，比如少華山的史進、朱武等，宋江更是把「結拜成異姓兄弟」當作拉攏人心百試不爽的法寶。征方臘，梁山兄弟損兵折將，作為結拜總瓢把子的宋江，很少假惺惺灑兩滴鱷魚的眼淚。倒是武松，得知施恩落水溺死，反而放聲大哭一場！武松心裡，始終記得別人的恩惠，哪怕是別有用心的恩惠！

　　武松由於受到廣大讀者的喜歡，很多評書說《水滸傳》，都把魯智深擒方臘「篡改」成武松獨臂擒方臘，但是幾乎沒有什麼人提出反對意見，因為這兩個人物，都是廣受歡迎的角色，而巧合的是，兩人都選擇六和塔作為最後的歸宿，算是徹底地皈依了佛教。武松不像魯智深，他接受了大宋政府的「清忠祖師」稱號和十萬貫錢的賞賜，有這麼多金錢的保障，武二郎可以酒肉穿腸過地「以終天年」了，對於大多數悲劇結局的梁山好漢來說，武松算是為數不多的喜劇結尾。

　　世有猛虎，而後有英雄！

孫二娘為何能當家

都說「男人的一半是女人」「每一個成功的男人身後都有一個默默奉獻的女人」，人類社會是由男性和女性有機融合的，梁山好漢若個個是堂堂鬚眉、赳赳武夫，氣勢固然雄壯了，可總覺得少了點什麼。梁山好漢女性角色雖然不多，卻也廖若晨星般有三個，眾所周知，是顧大嫂、孫二娘、扈三娘。

這三位女性角色裡，估計孫二娘最家喻戶曉。

母夜叉孫二娘的出名，不在於相貌和武功，而在於開黑店賣人肉包子。兒時看《水滸傳》，對孫二娘這個人物又驚又怕——她簡直深諳「取之於民，用之於民」的法則！其他強盜殺人滅口，總歸有些遺骸可尋，可這孫二娘，標準屬於「吃人不吐骨頭」類型！用武松的話來說，「肥的切做饅頭餡，瘦的拿走去填河」，能夠做到羚羊掛角無跡可尋，也難怪這個十字坡的黑店能夠成功躲開官府勢力的三番五次檢查。

十字坡酒店的老闆是張青，老闆娘是孫二娘，這兩人的結合，也真是「門當戶對」。

張青綽號「菜園子」，換句現代的話——就是「農民」！這張青，還真十足是個標準的小市民。

張青和孫二娘的「愛情故事」大約屬於「不打不相識」一類，在殘酷的對敵鬥爭中結下深厚的感情。書中寫道：

那人道：「小人姓張，名青，原是此間光明寺種菜園子。為因一時間爭些小事，性起，把這光明寺僧行殺了，放把火燒做白地，後來也沒對頭，官司也不來問，小人只在此大樹坡下剪徑。忽一日，有個老兒挑擔子過來，小人欺負他老，搶出來和他廝並，鬥了二十餘合，被那老兒一匾擔打翻。原來那老兒年紀小時，專一剪徑。因見小人手腳活，便帶小人歸去到城裡，教了許多本事，又把這個女兒（按：孫二娘）招贅小人做個女婿。

由此可見，張青人品相當低下：殺僧毀廟在先，攔路搶劫在後。更關鍵的是：還不長眼。

【人物篇】

　　張青屬於標準的白目，不敢找那些看起來孔武有力的，竟然專門瞄準老弱病殘下手，結果還看走了眼，一個正當青年的大漢，竟被這麼個不起眼的老傢伙一扁擔掃倒在地。原來這孫元昔日在江湖上也曾闖下諾大的「萬兒」！張青真是「小偷遇見賊祖宗」了。

　　再說這張青，運氣還真不是一般的好，這孫元不知道喜歡他哪裡，竟然把他帶回家親授武藝，最後還把寶貝女兒孫二娘嫁給他做老婆。老頭一扁擔得到個上門女婿，這筆生意不知道是賺了還是虧了。

　　現代心理學上有個名詞，叫做「角色互換」。也許孫元看見張青的出現，竟然無端勾起自己少年時風華正茂的崢嶸歲月，從而大起惺惺相惜之意。又或者孫元是個完美主義者，看見張青功力這麼差，實在給強盜界丟臉，於是在強烈的社會責任心督促下，他決心將張青培養成一個合格的人才，繼續從事他這份有前途的職業。

　　由此而來，孫二娘和張青本著「魚找魚，蝦找蝦，田雞捉住癩蛤蟆」的門當戶對原則，建立了一個幸福的家庭。透過張青的描述可知，孫二娘的功力盡得其父真傳，因此在家中具有說話決定權的，大約是孫二娘而不是他張青。

　　武松將計就計打翻了孫二娘，嚇得張青跪地求饒，三人化敵為友。張青生怕武松責怪他們濫殺無辜，說出了十字坡酒店的「三不殺原則」：

　　一、不傷害雲遊僧道。

　　二、不傷害行院妓女。

　　三、不傷害流放罪犯。

　　對於第一點，張青的解釋是「他又不曾受用過分了，又是出家的人」。或許是張青對昔日殺僧焚寺一事心內有愧所致，又或者清湯寡水的僧道實在沒有油水可撈。

對於第二點，書中解釋「他們是衝州撞府，逢場作戲，陪了多少小心得來的錢物，若還結果了她，那廝們你我相傳，去戲臺上說得我等江湖上好漢不英雄。」

正所謂「盜亦有道」，行院妓女身處社會最底層，受人欺壓換取財物，她們的錢是不忍奪取的。至少在這一點，張青已經有了很明顯的社會進步認識；而孫二娘估計也相當認同這一點，一來怕張青犯原則性錯誤，二來也覺得這種品質的「黃牛肉」可能味道欠佳。

其實孫二娘不知道，張青覺得她們「陪了多少小心得來的錢物」，他張青自己又何嘗不是？從她們身上，張青隱約看到自己的悲慘世界。

第三點則是標準的江湖交友手段，十字坡酒店能夠聲名遠播，一來固然是孫二娘的收尾工作相當利索，不留任何線索。二來，有那麼多的黑道朋友關照，恐怕也是官府不敢輕易查封的原因。這一條是酒店營業的關鍵所在。

且慢，這三條法則，真的遵守了嗎？

根本沒有！

根據張青的自述，他們曾殺死一個無名頭陀，還差點害死了魯智深——第一條不攻自破。

至於「不傷害流放罪犯」就更是笑話了，武松臉上的兩行金印清晰可見。

所以說，十字坡酒店的「三不殺原則」是子虛烏有的。張青在家沒什麼地位，說話毫無份量，這倒是可以確認。

孫二娘是個行事老到、滴水不漏的辣手角色，計劃周全，處驚不亂，心理素質非常優秀！而其丈夫不論從智力還是武力方面來講，遠遠不是妻子的對手，因此我相信，在這個家庭中，占主導地位的非孫二娘莫屬！

孫二娘和張青算不得什麼好漢，充其量也只是個不法奸商，他們落草的動機，完全是依託實力更強大的黑勢力，實現自己逍遙快活的人生理想。孫二娘拿手的本領是察言觀色，刺探情報，上了梁山後也一直是在山下酒店中處理日常事務：接納四方好漢，觀察官府動向。

【人物篇】

　　孫二娘和張青由於其小市民出身的硬傷缺陷，在梁山上也一直得不到什麼說話的機會，然而他們也無所謂，只要能在這個群體中生活下去，而且能夠不必擔驚受怕，天天有大魚大肉，那麼其他一切都是可以商量和容忍的。

　　孫二娘只有在家庭中，才能實現其「當家做主」的權利，在男尊女卑的封建社會，她應該很滿足這種現狀。而張青，年輕時的雄心壯志早已消磨殆盡，真正實現了他「菜園子」的含義──三畝地一頭牛，老婆孩子睡一頭。只要能有安定團結的家庭局面，其他的一切對他來說都完全不重要。

　　孫二娘無疑是幸福的，有個很愛她的丈夫，而且從小到大一直倍受呵護，她的人生堪稱完美，雖然平淡，卻充滿真情。張青陣亡時，外表冷峻的孫二娘哭得也很傷心，真情流露。

　　當年有部武俠電影，風靡一時，叫做《新龍門客棧》，張曼玉飾演的龍門客棧老闆娘金鑲玉，風騷大膽，敢愛敢恨，一時間征服無數影迷的心。

　　孫二娘吐了口唾沫：「我呸！這些都是老娘玩剩下來的！」

花榮為何魅力無窮

　　梁山好漢中彪悍、粗壯的人士占了多數，帥哥雖然為數不多，數數卻也有一把。譬如浪子燕青、九紋龍史進、宋江的貼身侍衛長呂方和郭盛、雙槍將董平、沒羽箭張清、白面郎君鄭天壽、浪裡白條張順等。

　　可是若要問最帥的帥哥是哪位，相信無人能出小李廣花榮之右。小說中寫他：

　　齒白唇紅雙眼俊，兩眉入鬢常清。細腰寬膀似猿形。能騎乖劣馬，愛放海東青。百步穿楊神臂健，弓開秋月分明。雕翎箭發迸寒星。人稱小李廣，將種是花榮。

　　由此可見，齒白唇紅、面如冠玉的花榮，論相貌堪比潘安、宋玉，「增一分則肥，減一分則瘦」。用現代審美標準來說，真是要臉蛋有臉蛋，要身材有身材。

　　小李廣花榮不僅相貌出眾，身手也相當了得！作為將門虎子、名門之後，官拜清風寨副知寨，槍法出神入化，罕有匹敵。當然最令人津津樂道的是他的神箭絕學，弓開滿月，箭去流星，亂軍之中取敵首級如探囊取物，己方「花榮施射」，敵方「花容失色」！

　　花榮的神箭絕學應該是《水滸傳》中最耀眼的武學了，很多人都對他「梁山泊射雁」「祝家莊滅燈」兩番經典出手唸唸不忘。「梁山泊射雁」一舉奠定花榮在梁山排位上的座次，正所謂：未見其人先聞其聲，由此一戰成名，人送外號「神臂將軍」！而在奠定宋江梁山地位的關鍵一戰「三打祝家莊」戰役中，要不是花榮將敵方偵察紅燈一箭射落，梁山好漢早已全軍覆沒，哪裡輪到後來宋黑廝這般耀武揚威？

　　在梁山大大小小近百戰中，小李廣就是一面旗幟，一種無形的震懾力量。兩軍相遇，雙方主將倘若勢均力敵，如果其中一方突施冷箭，往往能夠做到一擊必殺！小李廣大名滿江湖，絕非浪得虛名之輩！所以我們看到，方臘手下大將「小養由基」龐萬春（也是個神箭手），對於梁山好漢向來以「草寇」冠之，然而對於花榮，卻也不敢大意，「我聽得你這廝夥裡，有個甚麼小李

【人物篇】

廣花榮,著他出來,和我比箭。」這正是一種高手寂寞、英雄相惜的心理在作怪。

宋江最貼心的心腹除了李逵,便是他花榮。李逵是在江州以十兩銀子收購的死士,花榮為何和宋江交情這般鐵桿,小說中卻未曾詳細交代,只是簡略說兩人一直是朋友。

我們看到,宋江在殺了妍頭以後,惶惶如喪家之犬,為了避開官府追捕,四處流竄,先後投奔沒落貴族柴進家,自己的徒弟孔明、孔亮家,然而在那兩個地方都沒待長——兩家都是些門客、奴僕性質的防衛武裝,連民兵性質都說不上,大宋政府軍說滅就滅,正好花榮到處在找這個山東哥哥,宋江一思索,「大隱隱於朝,小隱隱於市」,乾脆冒險反其道而行,混入政府軍內部暫避風頭。

宋江的如意算盤打得很不錯,最危險的地方往往也就是最安全的地方。清風寨地區有四股武裝力量盤踞:清風寨政府軍、清風山燕順團夥、二龍山魯智深團夥以及桃花山李忠團夥,處於一種軍閥割據的混亂狀態,宋江混在這個四不管地區,而且是混在最高防衛長官的家裡,應該是相當安全的。

宋江運氣說好不好,說差也不差,被清風山燕順、王英、鄭天壽三人輕而易舉捉上山去後,不僅壯大了自己的江湖實力,而且結識了重要的過場人物:清風寨正知寨劉高的老婆——一個被大色狼王英搶上山來欲發洩性慾的市長夫人。江湖上殺人放火一幹手段,強盜是不以為恥的,相反若是做出點汙辱婦女的勾當,卻往往為人所鄙薄。譬如宋江點評王英「原來王英兄弟要貪女色,不是好漢的勾當」。再加上宋江畢竟是個讀書人,這厚黑學裡的「假仁假義」表面文章自然是要大做特做一番。於是在宋江苦口婆心規勸下,王英只好眼睜睜地看著獵物走人。

宋江這麼做,一來是拉攏不好色的燕順、鄭天壽二人,做高姿態,使他們更加死心塌地地為己效力;而對於王矮虎,宋江也是採用了「打一耙,拉一把」的策略——這次你「吃虧」了,我下次找個比她更漂亮性感的女人給你!怎麼樣,老大不虧待你吧?而後續的故事也確實表明了老大言出如山,

只要大權在握，區區一個降將一丈青，我愛配給誰就配給誰！哪怕這個男人膽小好色猥瑣無能！哪怕扈三娘是自己的「義妹」！

但正是這個劉太太，將花榮的美好前途毀於一旦！劉太太從險些被姦汙的境地逃出來，不僅沒有知恩圖報，反而將仇恨的種子深深埋藏在心底。在無意間看見和花榮一起逛燈會的宋江後，便指使丈夫設計，將宋、花二人陷入大牢。

花榮英俊瀟灑，體健貌端，金領職業，又無不良嗜好，內有賢妻，外無橫禍，怎麼看也是個人人艷羨的成功人士。加上他人品不錯，關心民眾疾苦，看不慣同僚貪汙腐敗，劉高早想除之後快！正好上天給了劉高這麼一個千載難逢的好機會，劉高自然抓住了機遇。

所以說，在當時那麼一種極度黑暗的官僚團體裡面，一個人身處染缸，要麼同流合汙，要麼置身事外。而既要保持自己的操守，又要試圖用一己之力努力改變腐敗的現狀，無異於痴人說夢。不幸的是，花榮正是最後一種人，一種信念支撐的耿直無華的人，他對貪官劉高平時的所作所為相當不滿，只恨自己是二把手，官大一級壓死人，也只能徒呼奈何！

好在在清風山的努力下，宋江、花榮安全上山，這也標誌著花榮徹底和黑暗官場決裂。而在後續的討伐過程中，宋江運用奸計，收伏了日後梁山上脾氣最火爆的先鋒官——霹靂火秦明。

宋江收秦明的手段，實在是下作得可以：用替身演員冒名頂替嫁禍秦明，屠殺青州城外數百戶無辜的老百姓，而慕容知府一氣之下殺了秦明的家小，使秦明落到有家不能回的境地。宋江笑嘻嘻地說：「這些都是我叫人做的，你現在反正光桿司令一個，不如和我們一起合夥幹吧。放心，我會賠你一個更年輕漂亮的女人，怎麼樣？」而這個女人，就是花榮的親妹妹！

這是一場標準的政治婚姻！中國兩千年的封建歷史，女人總是政治鬥爭的犧牲品，不論是出塞的昭君，還是和親的文成公主。恐怕在她們的內心，都是萬分不情願離鄉去國的。而花榮的妹妹，小說中竟然無一言描述，她已

【人物篇】

經完完全全被當作一個商品，一個奇貨可居、待價而沽的商品，用來交易和買賣！

秦明的性格，如同他的外號，花榮的妹妹，應該比其兄長還要千嬌百媚，兩人結合，到底有多幸福，恐怕是個未知數。宋代本就是宗教禮法最森嚴的朝代，加上秦明的霹靂火爆性格，花小妹恐怕多數是要終日受氣、以淚洗臉。而小說中秦明陣亡之時，對於花小妹，也無一點交代，由此可見，兩人夫妻感情，恐怕要大大打個折扣。

花榮有沒有考慮過這一點？他當然不是全無心肝之人。然而花榮的眼光，早已經遠遠超越了秦明：宋江嫡系部隊在群龍無首的情況下，商議上梁山投奔晁蓋，正所謂「強龍不壓地頭蛇」，雙方大將相差無幾：宋氏手下有花榮、秦明、黃信、燕順、王英、鄭天壽、呂方、郭盛、石勇九人，晁蓋手下原有吳用、公孫勝、林沖、劉唐、三阮、杜遷、宋萬、朱貴、白勝十一人，倘若日後如同林沖、王倫一般火拚起來，己方大約要吃虧——林教頭武功天下第一！自己絕無勝算，哪怕是槍箭齊施！但是，只要和秦明聯手，林沖殊不可畏！同為五虎將的秦明抵擋林沖二十招應無大礙，而這段時間，足夠自己放冷箭偷襲成功！

正是這樣的中心思想，花榮默認了這場政治婚姻，而事實也證實了花榮的選擇。宋家軍人數雖然略少，但實力已經超過了晁家軍！花榮梁山射雁，正是向晁蓋傳遞一個信號，表明一個立場：秦失其鹿，天下共逐之！而這個行動，正是回應晁老大不信花榮能夠一箭分兩鵰的最好回答！花榮自身並不在乎威望，他的所作所為，完全是為暫時不在的宋江立威！

花榮初上梁山，名列晁、吳、公孫、林之下，排第五位，秦明作為他的妹夫，排第六位。但是一百零八將大團圓後，秦明位列五虎之一，花榮卻在其下，只是區區八驃騎之首！竟然完全顛倒了過來！原本是花榮的位置，卻被剛剛上山的董平搶走！

估計宋江自己也不願意委屈自己的心腹，然而花榮卻為他考慮得很多：董平是個轉面無恩的小人，為了一己私慾，今天可以出賣上司，明天就可以出賣梁山！要想安住他的心，只有給他個很高的地位！宋、盧、吳、公孫四

大天王的位置他自然不敢染指，關勝、呼延灼是名家後代，林沖武功天下第一，秦明和自己是上山元老，這些都可以壓過董平，但是為了安撫人心，自己就退一步海闊天空，與楊志、徐寧、張清為伍，而董平得到了意料之外的大餡餅，自然鐵了心去報答宋江！

　　花榮為了朋友，捨棄了自己的大好前途、江湖名譽和摯深親人，最終將自己的生命也奉獻在宋江的墓前。他和宋江的友誼，已經遠遠超過一般的「刎頸之交」的範圍。為什麼他一聽說宋江殺了自己的小老婆就那麼高興？為什麼他事事這般「克己忍讓」，處處為他人考慮？為什麼在劉高的囚車中，他要求「不要亂了我的服飾」，身處囚籠依舊注意自己的形象？為什麼他在懸樑之前能夠對吳用說「妻室之家也自有人料理」？想必已經安排好身後一切。為什麼宋江死後，除了要狗頭軍師吳用、凶悍小弟李逵繼續效命，還對這個「相貌梁山第一」的花榮唸唸不忘？

　　世界上有哪種感情，可以令人做出這麼大的犧牲，為了顧全大局，不惜捨棄如日中天的事業，而且放棄了個人名譽、嫡親妹妹的終生幸福，最終以死明志？

　　有很多事情，其實不必多想，也不用多想。

【人物篇】

戴宗為何能當「情報處長」

看過《水滸傳》的讀者，一定對神行太保戴宗這個人物不陌生，因為他太神奇了，神奇到令人過目不忘的地步。戴宗沒有白叫這個綽號，「神行太保」區區四字，將其特點、品性表露無遺，哪像「雲裡金剛」宋萬、「摩雲金翅」歐鵬等人空有其名，華而不實？

戴宗的「神行法」確實了得：腿上綁兩個甲馬，一日便可以跑五百里；若是綁四個，便可以飛奔八百里。看起來和現代汽車使用四行程引擎還是二行程引擎倒有幾分相似之處。戴宗的「神行法」不僅可以自己使用，而且可以轉授他人，我們看見小說中不僅戴宗經常長跑健身，而且楊林、李逵、安道全三人在機緣巧合之下，也有幸嘗過「神州行」的滋味。

要是使用了神行法，戴宗自己是必須全程食素，但是同伴可以吃葷，這一點從戴宗和楊林的對話中可以看出，隨從者不忌飲食。但是戴宗為了作弄李鐵牛，使梁山第一莽漢永遠敬畏和臣服自己，也曾故意撒謊騙人，看見李逵偷吃牛肉，因勢小懲薄誡，騙得李逵一路吃素，從而讓李逵對他不敢有絲毫無禮之處。

其實我一直在想：戴宗口口聲聲說神行時只能吃素，只是個掩人耳目的幌子，他自己完全可以葷素照單全收！只是為了保證神行法在外人眼裡的神秘性，所以給它披上一件虛幻的皇帝新裝而已。

因為獨一無二的本領，戴宗在梁山上地位很高，天速星神行太保戴宗，梁山排第 20 位，在元老劉唐、打手李逵、水軍八傑等人之上。

戴宗在梁山上地位尊崇，不僅僅在於他獨一無二的長跑特技，更重要的是，他是吳用、宋江的好朋友。

宋江在發配江州途經梁山的路上，吳用就大力推薦了好朋友戴院長，宋江當然不能浪費這麼優秀的人力資源，在江州監獄中，故意不送賄賂給戴宗，只等他上門來索取。

戴宗作為江州兩院押牢節級，不枉他「太保」之名。凡是新來囚犯，「常例送銀五兩」，倘若不給他，按照戴宗自己的話來說「我要結果你也不難，只似打殺一個蒼蠅」。由此可見，戴宗和雷橫、蔡福等小官吏一樣，信奉「靠山吃山，靠水吃水」的「真理」，盤剝罪犯，手段惡劣。

很難相信，這樣的人會成為吳用的好朋友。

宋江欲擒故縱，故意不給戴宗好處費，逼得戴宗親自出馬來要。這一段戲不是閒筆，昭示了戴宗的一個致命弱點：眼界太淺、格局太低。

說他眼界淺、格局低，不是汙衊，下文有據可查。

宋江題了反詩，被關進死牢，吳用偽造了蔡太師的回信，讓戴宗帶回江州。這封回函中的破綻被黃文炳看出，蔡九知府開始審問戴宗：

知府道：「我正連日事忙，未曾問得你個仔細。你前日與我去京師，那座門入去？」戴宗道：「小人到東京時，那日天色晚了，不知喚做甚麼門。」知府又道：「我家府裡門前，誰接著你？留你在那裡歇？」戴宗道：「小人到府前尋見一個門子，接了書入去。少刻，門子出來，交收了信籠，著小人自去尋客店裡歇了。次日早五更去府門前伺候時，只見那門子回書出來。小人怕誤了日期，那裡敢再問備細，慌忙一徑來了。」知府再問道：「你見我府裡那個門子，卻是多少年紀？或是黑瘦，也白淨肥胖？長大，也是矮小？有須的，也是無須的？」戴宗道：「小人到府裡時，天色黑了。次早回時，又是五更時候，天色昏暗。不十分看得仔細。只覺不怎麼長，中等身材，敢是有些髭鬚。」知府大怒，喝一聲：「拿下廳去！」旁邊走過十數個獄卒牢子，將戴宗驅翻在當面。

蔡九問了三個問題，戴宗的三個答覆——都是差評。

江州在汴梁東南方，由江州進汴梁，不是南門就是東門。

堂堂太師府，難道還沒有接待信使的能力，需要信使「自尋客店歇息」？

當蔡九最後一個問題發出的時候，內心已然震怒，一品太師府在戴宗的眼裡，既寒酸又失禮，這簡直是天大的笑話！雖然戴宗編造了「門子」的外

【人物篇】

貌特徵，但明眼人都看得出來，什麼「中等身材，敢是有些髭鬚」，都是模棱兩可的廢話。

戴宗挨了一頓打，差點被砍頭，也是咎由自取。

上了梁山後，戴宗因為其出色的奔跑能力，擔任「總探聲息頭領」，手下有員工十二人：

四方酒店的接待人員，共八人──孫新、顧大嫂、張青、孫二娘、朱貴、杜興、李立、王定六。

走報機密步軍頭領四人──樂和、時遷、段景住、白勝。

這十二人有個共同的特點：地位卑微。除了樂和作為孫立的小舅子，名次偏高外（77位），其餘的全部在89位以後，而第100名這個分水嶺以後的人物，除了扛大旗的郁保四，全部都是戴宗的部屬。

宋江這麼做，有他的苦心：戴宗所擅長者，只是長跑，對於行政管理，能力十分差勁。宋江攻打曾頭市，戴宗潛伏了數日，回報宋江「市口紮下大寨，法華寺作中軍帳，不知何路可進」──說了跟沒說一樣！倒是他的下屬時遷，仔細刺探了幾天，回答得既詳細又全面。

由此可見，戴宗雖然作為「情報處長」，綜合能力卻十分一般。論顧全大局，不如顧大嫂夫妻；論開門營業，不如孫二娘夫妻；論手腳靈活，不如時遷；論外語能力，不如段景住；論唱歌跳舞，不如樂和；哪怕是演戲，都不如賣假酒的白勝來得逼真！

宋江對這個心腹的能力也心知肚明，所以他也只能撥一些排位最後的頭領歸戴宗管理！正是戴宗的長跑能力，掩蓋了他職務能力上的不足。

宋江去東京賞花燈，帶上柴進、燕青、戴宗、李逵四人前去李師師家喝酒。柴進身有貴族氣息，燕青生性聰明能幹，所以他們可以和宋江一起拜見花魁；戴宗只是小小監獄節級，連下書都出了大漏子，又怎能去這些高檔娛樂場所？至於李逵，更是粗鄙魯莽，宋江帶他，不過是貼身保鏢而已，所以他們兩人就只能站在門外等酒宴結束！

不得不說，宋江真是管理學專家！

宋江很明白戴宗何時能用，何時不能用。我們看到，宋江得了背瘡，張順騙得神醫安道全上山，宋江惟恐耽誤自己病情，委派戴宗前來接應——先把醫生接上來，張順你可以慢慢走回來。而同樣的情況，晁蓋中了藥箭，宋江好像就忘記了戴宗的存在，一直伏在晁天王的床頭痛哭，一直哭到晁蓋歸天為止。

高，實在是高！

戴宗總是在宋江最需要的時候才出馬。都說「錦上添花易，雪中送炭難」，正是這種「急大哥所急，想大哥所想」的行為，才能讓帶頭大哥深刻銘記在心——不管戴宗的能力多麼一般，他也是雷打不動的小頭目。

戴宗的故事告訴我們：能力一般不要緊，只要有過硬的獨一無二的特長，或者能給予領導雪中送炭般的幫助，總會有所回報。

宋代通信速度極慢，陸游在四川給東南山陰（今浙江紹興）友人寫信曾說：「寫得家書空滿紙，流清淚，書回已是明年事。」可見當時驛站處理公文效率之低下。戴宗如果安分守己，倚靠自身奔跑特長逐步晉升，會有大好的前途，可惜其時北宋政局實在已是風雨飄零，獨木難支！絲毫不曾重視和挖掘這種人才！戴宗沒有奔跑在宋金前線上，對於他自己來說，也是個不大不小的遺憾。

西方神話裡，有個腳上長有一對小翅膀的年輕神仙，名叫赫爾墨斯，是宙斯和美艾的兒子。他是傳說中跑得最快的神，因此成為宙斯的信使，寓意「快速銀」，現代化學元素銀的符號「Ag」便是源於此人。赫爾墨斯和神行太保戴宗倒有三分相似之處，可見不管古今中外、東方西方，對於這種能夠迅速傳播訊息的人物，大家相當厚愛，而正是這種美好的願望，在近代科技飛速發展後得到了實現，促使電信、交通行業的發展和壯大，說起來，戴宗的功勞倒也殊不可沒。

【人物篇】

▌李逵為何是標準強人

　　如果說宋江是《水滸傳》中爭議性最大的人物，那麼李逵應該排第二。

　　20世紀六七十年代，全民批《水滸傳》，炮轟宋江的「投降主義」，視李逵為「最堅定的農民起義戰士」。時過境遷，今天估計不會再有人這麼看待李鐵牛了。那麼，李逵，到底是個怎樣的人？

　　我認為，黑旋風李逵是一個可憐、可悲復可恨的人物。

　　說他可憐，這廝衝鋒陷陣，向來赤膊打頭陣，大小百餘戰，連頭髮也沒掉一根，運氣之好，難以置信，最後卻死在自己最親信的大哥手裡，而且是死於「陽謀」而不是「陰謀」。

　　說他可悲，這廝空有一身蠻力，智商卻近乎為零，莽撞粗魯，膽大包天，從結識宋江開始，一直充當鐵桿打手兼幫兇，以殺人為樂，並樂此不疲。

　　說他可恨，真有「哀其不幸，怒其不爭」之意。此人視人命如草芥，對敵不管是官兵還是平民，統統「大斧排頭砍去」，仗著宋江的庇護，恃寵而驕，屢屢凌辱同事，譬如對朱仝、公孫勝，狐假虎威，小人得志。

　　這麼一個渾人、蠢人，因為斧砍杏黃旗、壽張喬坐衙、扯詔謗徽宗、陪同喝毒酒四件事，竟然評價兩極分化，也真是咄咄怪事！

　　就以壽張喬坐衙來分析吧！

　　李逵誤入壽張縣衙，要過過做縣太爺的癮。李逵是這麼審案的：

　　公吏人等商量了一會，只得著兩個牢子裝做廝打的來告狀，縣門外百姓都放來看。兩個跪在廳前，這個告道：「相公可憐見，他打了小人。」那個告：「他罵了小人，我才打他。」李逵道：「那個是吃打的？」原告道：「小人是吃打的。」又問道：「那個是打了他的？」被告道：「他先罵了，小人是打他來。」李逵道：「這個打了人的是好漢，先放了他去。這個不長進的，怎地吃人打了，與我枷號在衙門前示眾。」李逵起身，把綠袍抓紮起，槐簡揣在腰裡，掣出大斧，直看著枷了那個原告人，號令在縣門前，方才大踏步去了。

只有唯暴力是從的莽漢，才會崇尚武力，並以此作為行為準則。梁山好漢中，宋江、戴宗、楊雄、裴宣四人都是公門出身，如果他們也這般判案，估計早早就下崗失業了。

李逵曾說過一番豪邁的話：「晁蓋哥哥便做大宋皇帝；宋江哥哥便做小宋皇帝；吳先生做個丞相；公孫道士便做個國師；我們都做將軍；殺去東京，奪了鳥位。」

其他人倒還罷了，假如李逵真的當了將軍，他又會如何治軍？手下的這幫將佐兵卒會不會聽他的？征方臘結束後，李逵被封為潤州都統制，手下有三千兵馬。很難想像，有「與眾終日飲酒，只愛貪杯」的李大將軍，這三千兵士的戰鬥力到底如何？宋江告訴李逵他喝了奸臣的毒酒，李逵的第一反應是「我鎮江有三千兵馬，哥哥這裡楚州兵馬，盡點起來，並這百姓都盡數起去，並氣力招兵買馬，殺將去。」——李逵可真是天真幼稚，朝廷兵馬、鎮江百姓，憑什麼和你一起造反？如果不聽你的，是不是又要「大斧排頭砍去」？

所以說，宋江臨死之前拉李逵墊背，替朝廷去掉了最後一個也是唯一一個安全隱患，這番識相行徑，深得徽宗君臣讚許。朝廷在梁山、楚州兩地大興土木，為宋江等人建造忠烈祠，說是「受萬萬年香火」——不要開玩笑了，五年以後，金兵就攻破了汴梁，俘虜了北宋皇族三千人去坐井觀天去了。

很多人對李逵濫殺無辜大搖其頭，但是對他的「孝心」相當讚賞。其實這是標準的誤解！

李逵因為殺了人，從山東沂水縣百丈村逃竄到江西九江，一晃十多年沒有回家，也沒和老母、兄長李達通音訊。老母衣食住行，全靠長子李達幫人打長工維持，李逵身在他鄉，卻沒見任何資助的孝心表現，發的薪水，除了喝酒，就是賭博！他看見老大接父，這才想起自己還有個老母，還有個嫡親老大！於是他也要接老娘上山，與其說這是孝心的體現，不如說這是一種刻意的模仿行為。而上天也和他開了個大大的玩笑，李逵剛有孝心的表現，老母就被老虎吃了，真正是「子欲養而親不待」！

【人物篇】

　　喪母事件對李逵以後的性格變化影響很大，李逵的心理逐漸扭曲！宋江攻破祝家莊，李逵對於投降的扈家莊大開殺戒，幾乎滅了扈三娘全家；為了逼迫朱仝落草，竟然斧劈了年方四歲的垂髫幼兒！為了請公孫勝出山，先嚇公孫老母，後砍公孫師傅，行為惡劣直比地痞流氓！破了大名府，李逵一馬當先，殺得滿身血汗，在他率領下，北京一城死傷百姓將近一半……

　　可以說，正是喪母事件，激發了李逵內心深處一種變態的殺人理念！我失去了最親密的人，我讓你們也得不到！這種病態的觀點，不僅沒有得到宋江的制止，反而變相獲得允許——世人多罪，天殺星李逵是幫人超脫的——這就是宋江的藉口。

　　李逵當然要再次對宋江感恩戴德！由此而來李逵算是徹底成為宋江的貼心人，宋江的一切言行他都當作聖旨來執行。我們看見，李逵四柳村殺狄小姐和她情人王小二，手段相當殘忍——李逵道：「吃得飽，正沒消食處。」就解下上半截衣裳，拿起雙斧，看著兩個死屍，一上一下，恰似發擂的亂剁了一陣。

　　可以說，此時的李逵已經完全蛻化變質成一個標準的殺人惡魔，他見不得任何美好的事物。崔鶯鶯不是和張生結成了千古佳話麼？人家小姐和情人私會有你什麼事，你要這般變態殘暴？最不可思議的是，臨走前他還逼著狄老頭感謝他「成功捉姦」並且吃了「犒勞飯」才拔腿走人。此人性格分裂，漸進魔態！

　　李逵是宋江在江州用十兩銀子買來的死士，一生忠心耿耿，唯獨在招安一事上，屢屢和大哥唱反調。李逵反對招安，有他原始、樸素的想法：

　　李逵道：「你那皇帝，正不知我這裡眾好漢，來招安老爺們，倒要做大！你的皇帝姓宋，我的哥哥也姓宋，你做得皇帝，偏我哥哥做不得皇帝！你莫要來惱犯著黑爹爹，好歹把你那寫詔的官員盡都殺了！」

　　李逵曾經也是公門中人，在江州做過一陣小牢子，但他這種三觀，確實很難想像。

李逵一生有三好——好酒、好賭、好鬥。這三大愛好，宋江使用了「同飲」「借錢」和「寬慰」三條繩索，將李逵牢牢掌控在自己手裡。這個頭腦簡單、無知無識、孔武有力的莽漢，是最適宜的部下，生前為我所用，死後也為我帳下小鬼。正因為宋江的自私，才反襯出李逵的「忠義」，故而宋江是爭議最大的人物，李逵緊隨其後列居次席。

所幸，這樣的標準「強人」，梁山上有且只有一個。

【人物篇】

▎梁山水軍為何是模範部門

梁山泊方圓八百里，蘆葦茂密，港汊縱橫，水勢浩淼，茫茫蕩蕩。正是這得天獨厚的天然屏障，才能使梁山義軍坐擁地利，攻防自如。宋江領導的梁山好漢以此為根據地，劫富濟貧，替天行道，幹出一番轟轟烈烈的大事業。

梁山水軍，是防護梁山的第一道武裝力量，下轄八員頭領：阮小二、阮小五、阮小七、李俊、張橫、張順、童威、童猛。其中除李俊的跟班二童屬於地煞星，其餘六人均得以順利進入天罡星團體，算是梁山各派系中分得蛋糕較大的既得利益者。

這八人裡面，三阮屬於晁派，李俊、二張、二童均屬於宋派，看起來有點水火不相容的意思，然而水軍集團內部關係相當融洽，八人之間早已摒棄門戶之見，團結友愛，精誠合作，成為梁山上的模範部門，最典型的例子莫過於征大遼後，看見大宋政府如此不公，六名水軍核心將領向上級打申請報告「打回老家去」，雖然最後被駁了回來，但水軍八傑目光之遠見，可見一斑。

梁山水軍頭領，幾乎個個擁有獨立思考的頭腦，他們不像李逵那樣，完全就是個沒有思想的殺人武器。而正是水軍將領的為人處事頗有主見這一優點，導致他們的結局歡笑遠多於淚水，不管生者、死者，均得以流傳後世，大名遠颺。

王倫時代的梁山，水軍力量一片空白，只敢偷襲落單客商。晁蓋時代大大不同，三阮率領十數漁家，便能順利擊敗一千兵馬；到了宋江時代，更了不得了，水軍八傑迎戰高俅的十萬水兵，不僅擊潰對手，而且俘虜了當朝太尉，這份成績，堪稱耀眼。

梁山水軍，是一支百戰百勝的精銳之師！

因為戰績出色，故而水軍將領排位很高，從第 26 位到第 31 位，被李俊、阮小二、張橫、阮小五、張順、阮小七六人包了。李俊因為自帶二童為小弟，又是張橫的結拜兄弟，故而一躍成為八傑的首領。

宋江、吳用排座次，李俊正好在阮小二之前，張橫正好在阮小五之前，張順正好在阮小七之前，這恐怕不是無意而為，頗有點用宋系水軍壓制晁系水軍的意思。幸運的是，我們卻看不出這種兄弟鬩牆的苗頭，晁系水軍和宋系水軍關係融洽，合作相當愉快。

梁山水軍第一次會師在江州白龍廟，晁蓋率領梁山英雄劫了江州法場，救了宋江、戴宗性命，跟隨李逵一路殺到潯陽江邊，大軍「前有堵截，後有追兵」，情形相當不妙。三阮正準備游過大江去奪船擺渡，張順恰到好處地率領揭陽鎮三霸集團前來接應，從而能夠讓晁宋大軍全身而退。正是英雄相惜，水軍八傑在殘酷的對敵鬥爭中建立了牢不可破的深厚友誼。

我們看到，在後續的大大小小戰鬥中，水軍戰士上下一心，服從安排。疑兵不貪戰功、伏兵不畏艱險，精誠合作，各負其責，很好地貫徹和執行了上級交代的任務，八傑更是身冒矢石奮不顧身，為廣大戰士做出良好的表率作用。可以說，在晁蓋犧牲後，宋系水軍在人數占優的情況下，很好地團結了同事，目光不可謂不遠大。

八位好漢裡，阮小七和張順是作者重點塑造的英雄。

中國人兄弟裡面，最有出息的往往是老幺，而阮小七正是這種人物，相對比大哥、二哥，阮小七更加聰明機靈，敢作敢為。

宋江為招安，一直煞費苦心，用盡手段，由此而來梁山上可分為三派。一派就是以宋江吳用為首的招安派，包括花榮、戴宗、楊志、廣大降將等；一派是中立派，招也好，不招也好，完全無所謂，代表人物柴進、公孫勝、史進等；還有一派就是反對派，這一派人數雖少，但是實力不凡，包括三阮、林沖、武松、魯智深等。

宋江和大宋政府羞羞答答、眉來眼去討價還價，反對派中的大多數人採用罵兩聲娘的方式來發泄一下，譬如武松、李逵。有點文化的採用勸說的方式來試圖改變命運，譬如魯智深。然而這一切努力都不能絲毫改變宋江的偏執和頑固。

【人物篇】

　　阮小七和他們不一樣！深諳「傷其十指不如斷其一指」的先進理念！別人都希翼從老大身上打開突破口，小七哥卻是直接從朝廷官員身上下手！只要破壞了朝廷官員的小恩小惠計劃，宋江哪怕再低聲下氣，恐怕也難以和廣大好漢有個交代！

　　所以我們看到，在陳宗善太尉帶領高俅、蔡京的走狗李虞候、張幹辦前來宣恩的時候，阮小七先故意鑿漏了船，淹了三人半死，然後帶領水手將十瓶御酒喝得一滴不剩，再裝入摻水的村釀白酒冒充正品。而事實也和小七預料的一樣，假酒風波迅速改變了大多數好漢對招安的看法，本來騎牆的中立派立馬和反對派站在同一路線。在反對派得力幹將魯智深的率先發難下，其餘的大大小小頭領，譬如劉唐、武松、史進、穆弘、水軍頭領全部像核分裂一樣，發作起來。

　　正是阮小七這一舉動，導致了後來的梁山大軍兩贏童貫、三敗高俅。而宋江為何對始作俑者阮小七不見絲毫處罰，這不是宋江心慈手軟，陳橋驛斬小兵，宋江眼皮都不眨一下，也不是阮小七的元老身份，更不是阮小七的捨身試毒英雄壯舉。真正的原因正是吳用的主意：要將朝廷殺得大敗特敗，日後招安才能賣個好價錢！

　　阮小七冒險一行，卻鬼使神差地暗合了宋江、吳用的本來意圖。大膽想像一下，假如阮小七真的徹底破壞了招安大計，哪怕有十顆腦袋，恐怕十顆也要搬家。

　　受招安後南征方臘，梁山水軍大出風頭。浙江自古號稱「七山兩水一分田」，全省處於丘陵地帶，水鄉澤國，方臘大本營淳安更是青山掩映，綠水長流（今日千島湖便是明證）。應付這種環境下的敵人，自然需要強勁的水軍支援。

　　梁山水軍很好地配合了主力部隊，一路殺進清溪洞，徹底改變了方臘的命運。三阮中阮小二、阮小五相繼陣亡，阮小七運氣不錯，不僅活到最後，而且將方臘的皇帝制服取來，上演了一場「超級模仿秀」。正是他這一頑皮舉動，授人以柄，最終在他爽朗大笑聲中，被解除官職，返回故鄉繼續打漁，侍奉老母安享晚年，自己也壽至六十而終。

阮小七的故事並未結束。著名的京劇摺子戲《打漁殺家》中的男主角蕭恩，其實就是阮小七的化名。活閻羅有生之年繼續懲治貪官，替天行道，將梁山宗旨發揚光大，後人一直傳為佳話。

宋系水軍中最出色的人物非浪裡白條張順莫屬，這是一個死後封神的傳奇式人物。

張順上了梁山後，表現遠比他哥哥出色，小功勞自不必表，大的功勞便有七件：

①白龍廟率眾接應，導致梁山大軍以完勝的驕人戰績全身而退。

②再入江州城，活捉讓宋江大吃苦頭的通判黃文炳。

③水中捉拿盧俊義，讓二哥無處可躲。

④南下建康府邀請神醫安道全，避免宋江一病不起，一命嗚乎。

⑤順路接納好漢王定六，剪除無良同行張旺。

⑥鑿穿海鰍船，大破高俅水軍，活捉高太尉。

⑦夜伏金山寺，智取潤州城。

張順因為他的外貌、膚色和過硬的水下功夫，戰勝了三阮、李俊、張橫等同事，成為《水滸傳》中最令人過目不忘的水中英雄人物。時至今日，媒體報導游泳健兒時，還時常用「浪裡白條」來比喻，影響可見一斑。

張順的犧牲，很有悲劇色彩，正是「會水的死在水裡」。張順不合出征前講了相當唯心主義的遺言「我身生在潯陽江上，大風巨浪經了萬千，何曾見過這一湖好水！便死在這裡，也做個快活鬼」——張順實現了他的願望，雖然這是一個相當令人心酸的結果。

張順死後，被封為西湖龍王、金華太保，成為梁山三位「得道修成正果」的神仙之一。宋江位列蓼兒窪土地，戴宗成為泰山嶽廟山神，張順地位要比他們略高一點，也許這算是對張順的一點安慰性補償吧。

【人物篇】

　　征方臘結束了，忠心宋江的張順犧牲，留守杭州的張橫病死，宋系水軍只剩下李俊和二童生還。李俊知道，自己的任務已經結束，阮小七因為穿了方臘的「龍袍」而受牽連，自己當年殺了高俅大將恐怕也會被秋後算帳。宋江的面目已經徹底暴露，要想安身立命，只有離開這個是非之地。昔時中華，戰火連綿，並無一塊淨土，李俊只有和新友赤鬚龍費保等四人遠走他國，自取其樂。

　　李俊不是個大英雄，他只是個明哲保身的漢子，他的後半生，都在東南亞度過，看起來很像金庸《碧血劍》主人翁袁承志的結局。李俊代表了一大批對現實失望的人群：既然無法改變，只有置身事外。

　　暹羅國國泰民安，四方安定，六年後宋室南渡，中原一片金戈鐵馬，李俊正率領泰國民眾開展生產建設活動。李俊是梁山好漢中成就最高的人物，雖然沒有建設自己的祖國，但是發展了友好睦鄰關係，在無意間完成了「牆內開花牆外香」的壯舉。

　　梁山水軍八傑，都有不凡的故事，因為他們的單純、率真，他們的團隊才配合默契、合作愉快。這樣模範的一個部門，也是梁山的一個窗口、一個縮影。

▎楊雄、石秀為何算不上英雄

病關索楊雄、拚命三郎石秀是梁山好漢中戲份相當重的人物。江蘇揚州有一種歷史悠久的民間文藝——揚州評話，類似於評書，但是比評書更受江淮地區老百姓歡迎。揚州評話以講《三國》《水滸傳》為主，而在《水滸傳》中流傳至今，影響深遠的有四本：《武十回》《宋十回》《石十回》和《燕十回》，顧名思義，便是講述武松、宋江、石秀和燕青的故事。

這四本能夠出類拔萃，傲視同儕，不得不說和內中的一個共同情節有關——偷情。這四個故事，都涉及男子由於忙於事業，冷落了伴侶，而所有的女主角，步調一致地開始喜新厭舊，上演一幕幕殊途同歸的紅杏故事。

中國封建社會講究的是男尊女卑，當這些好漢或其親人頭上被戴上一頂「綠油油的帽子」的時候，他們選擇的是「士可忍孰不可忍」，隨即鋼刀出手，人頭落地，拍拍屁股，上山落草，從而形成一條近乎於流水線的「逼上梁山」方式。

楊雄、石秀的故事，深刻地詮釋了這個概念。

楊雄和石秀非親非故，二人的結交是「不打不相識」的結果。

楊雄是薊州兩院押獄官，兼行刑劊子手，有一天從菜市口處決犯人回來，披紅戴綠地拿著幾匹綢緞跨街炫耀。以潑皮軍漢為首的張保流氓團體七八人，眼紅起來，隨即進行敲詐勒索活動。楊雄講理講不通，動手又以寡敵眾，頓時處於下風。

楊雄的武藝真的這麼差勁嗎？

未必。

楊雄是外鄉人，在薊州當小官，他和薊州守軍分屬軍警兩個系統，用小說的話說就是「我與你軍衛有司，各無統屬！」面對軍漢張保等人的挑釁，楊雄有所顧忌，所以被人圍毆。

【人物篇】

此情此景正好被路過的樵夫石秀看到了。石秀和楊雄一樣，也是外鄉人，因為販賣羊馬折了本錢，故而流落在薊州砍柴為生。楊雄是官，石秀是民，所以石秀無所顧忌，三拳兩腳打退了張保。

應該說，石秀的人品不壞，同樣是折了本錢的羊馬販子，錦毛虎燕順的選擇是落草為寇、打家劫舍；拚命三郎石秀的選擇卻是砍柴度日。因為見義勇為，楊雄提出和石秀結拜為異姓兄弟。

楊雄這麼做，有兩方面的考量：

第一，讓石秀當自己的保鏢。

第二，外鄉人抱團取暖。

張保等人一擁而上的時候，楊雄的手下卻是一哄而散，這說明了楊雄在供職單位的人緣、威望都不高。楊雄有了石秀這個高手義弟、強力外援，從此不必懼怕薊州黑白兩道的騷擾。

石秀需要楊雄這樣的靠山嗎？

我認為不需要。

石秀武藝高強、膽大包天，這樣的人是目無法紀的。他願意和楊雄結拜，是看在「意氣相投」四個字的份上，楊雄是官員也好，是乞丐也罷，石秀內心是無所謂的。

所以說，從二人結拜一事來看，石秀的人物性格就凸顯出來了：熱血衝動、簡單直接。

楊雄把石秀帶回家，楊雄的岳父潘老漢又給了石秀一份新工作：屠夫。因為這樣的厚待，石秀內心是無比感動的，所以他要感謝楊雄一家：楊雄潘巧雲夫妻、潘老漢。

石秀將楊雄家的事看得比自己的事還重要若干倍，加上他本人膽大心細的特點，楊雄家裡有什麼風吹草動都瞞不了他的靈敏嗅覺：楊家要祭奠楊雄妻潘巧雲的前夫王押司，因此將肉案、剔骨刀等有血腥味道的傢伙收起來，

石秀便要疑心楊家人開始嫌棄他，自說自話將全部帳目算清，引得潘老漢大笑。

石秀，確實是一個管家人才。

石秀是個好管家，潘巧雲卻不是個好主婦。

毫無疑問，潘巧雲是美女，所以眼界比較高，一心只找公務員：先嫁王押司，後王押司病故，再改嫁楊雄。

不幸的是，潘巧雲又是個「文藝女青年」，吃著碗裡還看著鍋裡，勾搭上了報恩寺的和尚裴如海。這個裴如海原本是薊州絨線鋪的小官人，估計和潘巧雲自小相識，或許因為求親未遂所以遁入空門——兩人畸形的情感終於開出罪惡的花。

石秀察覺到潘巧雲和裴如海的姦情，心中翻江倒海，這簡直比欺負自己還令人難以容忍！沒有片刻的猶豫，隨即告知楊雄事情的來龍去脈，楊雄一聽，自然是怒火中燒，立馬就要二人好看。

石秀立刻阻止了楊雄的衝動。他說：「俗話說『捉賊拿贓，捉姦拿雙』，現在無憑無據，當心被人反咬一口。按照兄弟的意思，明天哥哥假裝值夜班，我就在後門埋伏起來，你半夜回家前門拿人，我就在後門布口袋，將他們兩個抓個現行當場。」

計策是好計策，但楊雄酒後失言，露了口風，故而石秀被潘巧雲倒打一耙。

楊雄聽了潘巧雲的鬼話，認定是石秀性騷擾在先，汙衊在後，遂將石秀趕出家門。

要是一般人，事情發展到現在，事不關己高高掛起，從而行同陌路即可。然而石秀卻是個心思相當縝密的人，行為偏執頑固，冷靜下來一思考，「不行！我不能讓楊雄吃這個啞吧虧！我可要將姦夫殺了表明心跡！」當然，這也存在為自己辯護的成分。於是當晚摸進死胡同，將胡道、裴如海一刀一個，搠死當場。

【人物篇】

　　案件隨即傳遍全城，楊雄再也無法裝糊塗，只好尋找兄弟商議。按照楊雄的意思，當時又要找潘巧雲算帳。石秀卻在一旁循循善誘：「你回去不曾捉姦在床，怎能殺人？不如你明天把她和使女迎兒賺到翠屏山，我們當面講清楚是非，一紙休書休了她即可！」楊雄確實是個沒主見的人，當即應允。

　　由此而來楊雄將潘巧雲、迎兒二人騙上翠屏山，四人當面鑼對面鼓理清了事件的頭緒。此時，楊雄和石秀好像突然變了一個人。

　　石秀原本只是建議楊雄一紙休書休了潘巧雲，楊雄在逼供潘巧雲的時候，也說過「把實情對我說了，饒了你賤人一條性命」。但是，他們真的饒了潘巧雲的性命嗎？

　　石秀頗有「點火」的本領，先攛掇楊雄將迎兒一刀砍作兩段，再隔岸觀火，全程目睹楊雄碎割了潘巧雲——畢竟一個是劊子手出身，一個是職業屠夫，殺人根本不當回事。

　　在此事件中，潘巧雲真的該死嗎？婚內出軌是道德汙點，罪不至死。也許楊雄感到在兄弟面前失了面子，所以應用了劊子手的嫻熟手段，如果石秀不在當場，也許楊雄會放她們一馬。但自古所謂的「英雄好漢」，可以失去一隻手、一條腿，萬萬不可失去的就是「面子」二字，再加上石秀這個認真嚴謹的偏執狂，楊雄若不下手，石秀也決不會坐視不理！

　　石秀這樣的性格，換成現代人的標準，非常容易成為憤青角色，愛憎分明、我行我素。當石秀孤身從北京街頭酒樓手擎腰刀一躍而下的時候，如果囚車中盧俊義旁邊不是蔡福、蔡慶兄弟，盧員外腦袋早已搬家。石秀殺得很快活，戰績彪柄：死亡七八十人，受傷者無數。只不過他也為這「快樂」付出了不小的代價——關了半年。這大約也算是對石秀殺嫂事件的一種變相懲罰吧。

　　石秀上了梁山後，最大的功勞就是帶領梁山大軍破了祝家莊。或許是他天良大發，當梁山「好漢」準備屠莊的時候，石秀挺身而出，為無數無辜的村民開脫，宋江既然達到了目的，也就樂得做個順水人情，假仁假義給每戶人家發了一石（糧食單位，1石＝100升）糧米作為戰爭賠款，祝家莊滿莊

也不過五七百戶人家，而梁山掠奪的糧米卻高達五千萬石！宋江散的雨露僅僅只是九牛一毛而已！

　　楊雄、石秀，都算不上英雄，石秀最終戰死在征方臘途中，楊雄也在得勝途中發背瘡而死。也許冥冥之中這也是天意：漠視生命的人，上天也會漠視他。

【人物篇】

▎時遷為何排名極低

　　梁山好漢一百零八將，能讓常人記住的，應該不超過三十人。真正家喻戶曉的人物，比如武松、林沖、魯智深、燕青之流，也就十個左右，因為他們都是施大爺嘔心瀝血著力刻畫的英雄人物。僅以武二郎為例，一個人就占了整整十回的篇幅！施大爺對他的偏愛，可見一斑。

　　在這些影響深刻的代表人物裡面，絕大多數屬於高層領導階級——天罡星群體，而占據三分之二名額的中層領導幹部——地煞星群體，則星光暗淡得多。你能一口報出孟康的外號嗎？你知道陶宗旺的特長嗎？

　　地煞星群體裡面，能讓人留下深刻印象的，個人認為只有五人：母夜叉孫二娘、菜園子張青、矮腳虎王英、一丈青扈三娘以及鼓上蚤時遷。這五人裡面，排名最高的是矮腳虎王英，列第58位；其次是其妻一丈青，列第59位。而另外三人則排名相當後面：張青第102位、孫二娘第103位、時遷第107位。

　　這一回，專門講講時遷這個神偷的故事。

　　時遷，祖籍高唐州，流落江湖到薊州，整天做些飛簷走壁、跳籬騙馬的勾當。從現代武俠小說範疇來說，時遷的武功主要體現在輕功方面，而外家功夫，則略有欠缺。

　　時遷知道自己的長處和短處，對於信奉「蠻力打江山」的水滸世界，時遷無疑是自卑的，如小說第46回《病關索大鬧翠屏山 拚命三火燒祝家莊》。楊雄、石秀殺了潘巧雲和使女迎兒，無處可遁，只好相約上梁山。這時候，正在翠屏山盜墓的時遷現身了：

　　當時楊雄便問時遷：「你如何在這裡？」時遷道：「節級哥哥聽稟：小人近日沒甚道路，在這山裡掘些古墳，覓兩分東西。因見哥哥在此行事，不敢出來衝撞。聽說去投梁山泊入夥，小人如今在此，只做得些偷雞盜狗的勾當，幾時是了？跟隨得二位哥哥上山去，卻不好？未知尊意肯帶挈小人否？」

　　從時遷的謙卑言談舉止來看，我們可以發現時遷的潛意識：強烈的自卑感。

相比於強盜，小偷地位更低下。

時遷盜過墓、偷過雞，所以被大夥兒看不起，排座次倒數第二，甚至比叛徒白勝還低一位。

盜過墓怎麼了？曲洋就盜過；偷過雞怎麼了？黃蓉就幹過。

在現代武俠小說中，這些都不算一回事。

但梁山好漢們不能忍。

所以時遷對梁山，是十分嚮往的，上了梁山，就有了依靠，大碗喝酒、大塊吃肉、大秤分金，就可以不必偷雞摸狗，也就可以洗白自己的小偷身份。

梁山卻對時遷態度冷淡，梁山需要謀士、武士、戰士，唯獨不需要小偷。

所以時遷的排名如此之低！

宋江能夠收留時遷，得益於三打祝家莊的巨大收益，前身根本沒指望他能為山寨做什麼貢獻，所以只是安排他個酒店接待的無關緊要職位！然而人算不如天算。高俅抄襲《三國志》中赤壁大戰片段，令呼延灼模仿鐵鎖橫江，連環馬殺得草寇屁滾尿流，連勇猛無敵的林教頭都負傷中箭了！正在宋江一籌莫展之際，上天又給了他一次重新做人的機會。鐵匠湯隆建議請他姑舅哥哥金槍手徐寧來一物降一物！而誘餌便是徐家祖傳的寶貝——雁翎圈金甲，相當於桃花島的鎮島之寶軟猬甲一般。

這個光榮的盜竊任務就毫無疑義地落在神偷頭上，而時遷從此時開始，開始了他那驚人的傳奇經歷！我們看到時遷不僅手腳輕敏，而且知道靈活多樣地和主人進行迂迴包抄！踩點—望風—埋藏—潛伏—換位—吹燈—盜甲—口技—出門—交貨，一套動作爐火純青，無懈可擊！好比《臥虎藏龍》裡面的城牆根打鬥，行雲流水一氣呵成！這一套動作驚險萬分，偏偏又妙趣橫生，讓人不由得不拍案叫絕！

可以說，宋江能夠收伏呼延灼等好漢，時遷的功勞可謂不小。而後續的時遷智慧更是發揮到極至：

【人物篇】

救盧俊義，時遷和一幹好漢潛伏進大名府，放火燒翠雲樓倒在其次，時遷能夠一針見血指出偽裝成乞丐的孔明、孔亮兄弟，「面皮紅紅白白，不像忍饑挨餓的樣子，北京做公的多，倘若看破則誤了大事」。可以說，梁山好漢裡面，喜歡動腦子的人不多，但時遷算是一個！

攻打曾頭市，時遷和頂頭上司戴宗前去踩點。戴宗只是講出個人所共知的敵情：「市口扎大寨，法華寺作中軍帳，不知何路可進。」而時遷卻深入敵人內部，不僅膽大，而且心細，「小弟直到曾頭市裡面探知備細。見今紮下五個寨柵。曾頭市前面，二千餘人守住村口。總寨內是教師史文恭執掌，北寨是曾塗與副教師蘇定，南寨是次子曾密，西寨是三子曾索，東寨是四子曾魁，中寨是第五子曾升與父親曾弄把守。這個青州郁保四，身長一丈，腰闊數圍，綽號『險道神』，將這奪的許多馬匹都餵養在法華寺內」。將情況摸得瞭如指掌，比戴宗的大而化之，簡直不可同日而語！

爾後，時遷坦然作為梁山的人質，被關押在法華寺內。聽到外面殺聲大作，直接就爬上鐘樓敲鐘為號，打響了決戰的第一槍！可謂智勇雙全！

征遼攻打薊州，時遷利用工作之便，和石秀鑽進城中寶嚴寺，放火為號，指示梁山眾人發起總攻。作為一個兼職信號兵，時遷一共放了寶塔、佛殿、山門三把火，其中寶塔之火影響巨大，「火光照得三十餘裡遠」；而石秀只是在縣衙大門前放了一把火。石秀不僅放火數量不如時遷，而且在質量上也差強人意。如果時遷看過《天下無賊》，一定會感慨：「最煩你們這些搶劫的，一點技術含量都沒有！」

攻打方臘，時遷和李立、湯隆、白勝幾個，從小路混入獨松關，祭起看家本領——放火。從而一舉搗毀這個反動團夥，而且竟然和白勝合作，活捉了守將之一的衛亨！這也是時遷上梁山後唯一的一次正面擒敵！尤為可貴的是，俘獲的敵人不是尋常小兵，而是一名高級軍官。

而被方臘視為堅如磐石的昱嶺關，在盧俊義損兵折將之際（史進、石秀等六人中伏陣亡），還是時遷關鍵時刻摸上關頭，先放火，後放炮，擾亂敵情，在敵人不知所措之際，又大聲虛張聲勢：「已有一萬宋兵過了關去了，及早投降，免你一死。」這一攻心計還真大放異彩，當南兵驚得手腳麻木之時，

林沖、呼延灼率領大批士兵配合了這一場精彩絕倫的演出！可以說，沒有時遷，這一場可以寫進軍事教科書的經典戰役不可能實現。

等到宋江大軍破了方臘，時遷在返程的途中卻因絞腸痧發作而亡。能夠從九死一生的前線安然無恙，最終卻因為急性闌尾炎而喪命，這不禁讓人扼腕嘆息：上天不公，無過與此！

時遷是一個生活在水滸世界中「真實」的人，他有些膽小，形象也頗為猥瑣。但是我們難以忘記一個身手敏捷、膽略過人、有勇有謀的神偷形象。他的人生最高理想就是擺脫「偷兒」的罵名，依託在一群無所不為的強盜中實現人格昇華。但當上天給他一個可以撥亂反正的機會的時候，勝利的彼岸卻在咫尺之遙和他說了再見。

時遷沒有享受過一天被世人正視的日子，在他活著的時候，沒有嘗到過衣錦還鄉的滋味，即便在梁山內部，他也只不過是一個需要的時候才被想起的無足輕重的小人物，他和叛徒白勝、盜馬賊段景住同列最後三席。在強盜的邏輯裡，小偷和叛徒始終是可恥和不可信任的，哪怕他有再多的貢獻，只要有了一次汙點，就是永遠也洗脫不乾淨的。

時遷有無後人，書中沒有明寫，按照他的個人情況，大約是單身漢一個。在他死後，也無非得到一個「義節郎」的虛銜，至於聖旨說道「無子嗣者立廟享祭」，幸運的是，時遷還真達成了！

神州大地還真有時遷廟，如《阿Q正傳》中的穆神廟。另在浙江沿海、四川北部也有不少較小的時遷廟，名字稍有不同，有穆神廟、遷神廟、賊神廟等種種叫法。去拜的人不少是有錢人，乞求時遷老爺別讓他的徒子徒孫們去偷他的東西。還有就是已經失竊的人去哀求哭訴，看能不能多多少少歸還一點，彌補損失。

這對時遷來講，無疑是個極大的安慰。

水滸好漢熙熙攘攘，但是這個機智心細的小人物，將永遠和武松、林沖等光芒四射的大英雄一起，並存在我們記憶中。

時遷，時遷，時過境遷！此情可待成追憶，只是當時已惘然！

【人物篇】

李應為何有戰略眼光

因為楊雄、石秀、時遷的「牽線」，梁山和祝家莊結下了梁子，矛盾不可調和，只能刀兵相見。

《水滸傳》一開頭，就寫了史進的史家莊和朱武的少華山兵戎相見，施耐庵沒有醜化史家莊，因為史進最終上了少華山落草，故而史家莊的男女老少，都是正面形象。

但同樣性質的防衛武裝祝家莊，施耐庵明顯就是醜化處理了——祝家莊、扈家莊、李家莊三村聯合對抗梁山，和男主角過不去，當然要批判一番。

祝家莊的祝龍、祝虎、祝彪、欒廷玉，扈家莊的扈成、扈三娘，李家莊的李應、杜興，一共是八名大將。八人當中，武功最高的，當屬欒廷玉，其次就是一丈青扈三娘了。李應本領如何？我猜應該強於祝彪，遠勝其他人物。

這位李應大官人，還是個聰明絕頂的漢子！

祝家莊是三村裡實力最強的，人手多，又有強力外援坐鎮。祝家莊要扈家莊、李家莊三村聯防，扈、李二莊不敢不答應。

三村結成聯盟以後，說好了「同心共意，遞相救應」，但真正的主導者是祝家莊，它對扈、李二莊有指揮權，李應心中，多少是不樂意的。

當祝、扈兩莊結成姻親關係的時候，李應知道，自己遲早會成為一個絆腳石。對於這個身份，他很尷尬：聯合抗寇，自己將要成為先鋒隊，實力大損；若獨立分開，不僅要面臨梁山強敵，而且祝、扈二莊也要將自己列為戰略對手，處境尤其不妙。

李應很擔憂，寢食難安。

而這個時候，上天給了李應一個兩全其美的抽身良機！

梁山「替補隊員」楊雄、石秀、時遷，因為偷吃祝家莊的報曉公雞，燒了店鋪，導致被祝家莊追殺，時遷被捉。楊、石二人央求李應出面斡旋，李應內心無比激動，真是機遇啊！

自己為時遷出頭，可以獲得梁山的好感，即便不是朋友，也不至於成為敵人；而時遷只是個小偷，不是正式強盜，所以對三村結盟合約不構成毀約！

這件事情若處理好了，敵我雙方都能應付，自己是「刀切豆腐兩面光」。李應抑制不住內心的狂喜，正要親自出馬，然而李應畢竟是個絕頂聰明的人，眼珠一轉，一條更加完美的計劃湧上心來！

時遷只是個小偷，身份卑微，自己堂堂一村之長，為了這麼個小人物不惜紆尊降貴，一來不符合身份，二來也太露骨一點！

所以李應立馬想到「三步走」：

第一，委派門館先生下書，自己把名諱、印章簽署信內，由副主管前去下書要人。

第二，委派主管杜興出馬，自己親自寫信，封面簽署名諱、印章。

第三，自己親自出馬。

果然不出所料，祝家莊對於第一步這種毫無技術含量的書信，不屑一顧——你們偷吃了我的報曉雄雞，又燒了店鋪，傷了人，一封來信就想揭過樑子？做夢！況且，時遷都招了，他是準備上梁山的，這樣的人，正是三村嚴打的對象，你李應怎麼這麼糊塗？！

李應才不糊塗，他要的就是這個效果。

由此可見，祝家莊果然已經不把李家莊放在眼裡，而李應也印證了自己的猜測！他知道委派杜興去也是徒勞無益，但是在楊雄、石秀面前，戲還是要唱一唱的，而後續的情節和李應預計的一模一樣——祝家莊再次拒絕放人。

李應終於要親自出馬了！

李應聽（杜興說）罷，心頭那把無明業火，高舉三千丈，按納不下，大呼：「莊客，快備我那馬來！」楊雄、石秀諫道：「大官人息怒，休為小人們壞了貴處義氣。」李應那裡肯聽？

【人物篇】

　　與其說李應失了面子，倒不如說李應為自己計劃的實現而興奮！所以他不理會楊雄、石秀假惺惺的勸告，執意前往要人。

　　李應相當會做戲：先破口大罵祝彪，引起二人相鬥。祝彪殺不過李應，轉身就跑，李應此時為何不使用擅長的飛刀絕技取祝彪性命，反而中了祝彪回馬箭，負傷而逃？

　　由此而來楊雄、石秀只能告辭李應，向梁山求救。書中有段精彩描寫：（二人）辭謝了李應。李應道：「非是我不用心，實出無奈。兩位壯士，只得休怪。」叫杜興取些金銀相贈，楊雄、石秀那裡肯受。李應道：「江湖之上，二位不必推卻。」兩個方才收受。

　　李應武藝明顯高於祝彪，故意裝作不敵。由此而來的結果是：梁山把自己當作朋友；祝家莊沒把自己當作敵人；梁山和祝家莊死掐，自己便可以藉口受傷，坐山觀虎鬥！

　　李應苦肉計演戲水平，實在是高！

　　而後續的情節和李應預料的一樣：兩虎相爭，自己兩面不得罪人。宋江前來拜訪，自己託辭箭傷未好，不便見客；祝家莊傷了李應，也不好意思央求出手。

　　李應本意，絕不喜歡落草，這一點宋江也猜了出來。但是宋江眼谗李家莊的財產，還是採用了欺詐的方式，吞併了李應的家產！而「李應見了，目瞪口呆，言語不得。」

　　李應當然要驚呆了，原本以為自己大拍梁山馬屁，就可以保持自己的武裝和財產，然而宋江之貪婪是李應想不到的。李應能夠審時度勢制訂三步走的計劃，然而黑不過宋江的「一口吞」。李應「聰明反被聰明誤」，自己把自己送上了梁山！

　　梁山上有錢人不是特別多，去除官府降將的話，大約包括沒落貴族（柴進）、大地主（盧俊義）、中小地主（史進、孔明、孔亮、李應、穆弘、穆春等），扈三娘屬於地主家的千金小姐。

李應為何有戰略眼光

宋江是小地主出身,李應應該比他還有錢。對於這麼一個又聰明又有錢的地主老爺,宋江是不放心的:祝家莊勢力全部剿滅了,扈成跑了,扈三娘又嫁給了王矮虎,剩下的「不穩定因素」就是李應了,如何安排李應,是個難題。

所以我們看到,宋江給了李應一個位高無權的職位:梁山第十一條好漢天富星撲天雕,和柴進同掌梁山錢糧。

李應的看家本領——武術被徹底荒廢了,上有柴進監督,下有神算子蔣敬算帳,中間太子黨宋清又把酒宴安排的美差奪走,自己只不過是個有名無實的虛銜老闆!

為了防止李應、杜興勾連,宋江把杜興遠遠打發到南山酒店當店小二,昔日的主僕被完全拆開!

小說中的撲天雕李應,著墨不多,但寥寥數語,就給我們展示出一個智勇雙全的富家翁形象。這麼優秀的一個人才,引起了宋江極大的恐慌——此人心智,絕不在自己之下!文武雙全,慧眼識人,要是放任自流,遲早釀成大禍!

農民起義,其領導團隊是否具有戰略眼光相當重要。歷史上在農民起義中具有指導地位的,往往是一些地主階級,因為地主比之平民,能夠比較容易獲得文化教育和訊息傳播機會。最傑出的如李闖大將李岩、洪秀全的謀士馮雲山,他們對於起義軍的發展壯大有著不可磨滅的貢獻。

如果李應進入核心領導層,坐第五把交椅的話,文可輔佐宋江、吳用,武可支援盧俊義、公孫勝,但是宋江就是始終提防他,不敢信任,這是李應的悲劇,也是梁山的悲劇。

梁山上的地主們,多數都是「二愣子」。史進上山出於江湖義氣,少不更事;孔明、孔亮兄弟完全就是個游手好閒的地痞流氓,因為殺了同村的另一地主而落草,動機非常不純潔;穆弘、穆春兄弟更是無厘頭,一夥強盜在他們家秘密召開黑幫大會,商議營救帶頭大哥宋江,穆家兄弟腦子一熱,燒了房子就跟隨大夥上了梁山,毫無主見。

【人物篇】

　　李應是個有頭腦的人，無奈從賊後，一直被壓制、看管。不過，老天對李應相當不錯，征方臘毫髮無損，連杜興都安然無恙，主僕二人很看得開，雙雙辭了朝廷的封賞，回到故鄉獨龍岡安享晚年，二人俱得善終。

　　昔日名震大江北，化作古村煙雲中。

顧大嫂為何改變了宋江的命運

宋江第一次打祝家莊，損兵折將；第二次打祝家莊，無功而返。小小的祝家莊，成了宋江的噩夢——要知道，宋江剛上梁山，正準備用祝家莊來樹立個人威望呢。

正當宋江一籌莫展之際，上天給予了他一份大禮：以孫立為首的登州派好漢一行八人前來入夥，並且願意作為臥底混進祝家莊，裡應外合，助梁山大軍一臂之力。

孫立要當臥底，自然有這個資本：祝家莊的強力外援鐵棒欒廷玉是孫立的同門師兄，二人交情著實不錯。孫立本人號稱「病尉遲」，是山東登州的兵馬提轄，專司緝拿海盜，武藝高強，名聲在外。

因為孫立等八人的「滲透」，祝家莊終於被攻破，宋江完成了人生的精彩首映。

復盤戰局，拆分登州派，我們發現，這個團隊最關鍵的人物，不是孫立，而是顧大嫂！

登州派一共有八人：孫立、孫新、顧大嫂、解珍、解寶、樂和、鄒淵、鄒潤。顧大嫂的兩個表弟是解珍、解寶，老公是孫新，故而孫立是其大伯哥，而孫立的妻子又是樂和的姐姐，這六人是完全的血緣親戚關係！而鄒淵是鄒潤的叔叔，兩人又是顧大嫂的朋友。

顧大嫂實際上扮演了一個相當重要的角色，一個維系登州派家族團體的紐帶！

顧大嫂要投奔梁山，主要是為了救兩個表弟解珍、解寶。

登州城外荒山成群，山上多豺狼虎豹，時常下山傷人，官府無計可施，只好勒令廣大獵戶展開自救。解珍、解寶埋伏了三天阿舅透風與我們了！一就去劫牢，一就去取行李不遲。」孫立嘆了一口氣，說道：「你眾人既是如此行了，我怎地推得？終不成日後倒要替你們官司？罷！罷！罷做一處商議了行！」

【人物篇】

　　由此可見，顧大嫂充分利用了親情、武力和誘騙的手段，又拉又壓，捧中有打，利用「嚇唬」「動武」「斷路」三條極具殺傷力的理由，將孫立徹底俘虜了過來！由此而來，登州派再利用鄒淵、鄒潤和楊林、鄧飛、石勇的鐵桿朋友關係，順利上了梁山。楊、鄧、石都是宋江與路結識的好漢，但是交情非常泛泛，恐怕比不上二鄒的關係親密。登州派如果要發展壯大，完全可以達到十一人！而十一人的小團體，實力恐怕就值得宋江好好思考一下了！

　　英雄排座次的時候，作為登州派的老大，孫立只是地煞第3位，整體第39位。相反，解珍、解寶卻進入了天罡星階層，一個第34位，一個第35位。

　　為什麼解珍、解寶能夠進入天罡星團體，而登州派老大還要在他們之下？其實原因不外有四：

　　第一，作為對登州派的補償，不能讓十一人的團體全部排除在高層領導之外。

　　第二，二解是顧大嫂的親戚，而顧大嫂又是二孫的家屬，正是顧大嫂在中間架橋，孫立才能嚥下這口氣。

　　第三，是不為人知的一點，孫立出賣了自己的師兄欒廷玉，當過可恥的叛徒──雖然說，對梁山是立功了。

　　第四，也是最最重要的一點！天罡星群體要麼和宋江交情無比鐵桿，要麼有不凡的經歷，二解唯一拿得出手的就是──殺死老虎。雖然說這老虎是自己踩地雷上了，和武松的空手打虎，李逵的樸刀殺虎有天壤之別，但是不管怎麼樣，功勞已經記下了，對於外界來說，梁山上殺死老虎的有四人。二解的故事告訴我們：不管採用何種方式、何種手段，過程不重要，重要的是結果。

　　解珍、解寶是梁山上的一張外交名片，孫立雖然令海盜望風而逃，但是他沒有打虎經歷，所以哪怕他比二解厲害十倍，他也只能位居其下。

我們再看看顧大嫂的名次，很遺憾，她是八人中最低的，第 101 位——竟然在百名之外！不過，第 100 名也不是外人，是小尉遲孫新——顧大嫂的丈夫、孫立的弟弟。

顧大嫂，為了幫助親戚，做出的犧牲太大了！

梁山三女將中，最默默無聞、最不引人注目的便是這位顧大嫂。相比之下扈三娘之武藝高強，孫二娘之風騷潑辣，顧大嫂確實星光黯淡得多，看起來幾乎就是一顆角落裡的塵埃，無人欣賞，無人喝彩。

顧大嫂江湖人稱「母大蟲」，這是個標準的貶義詞外號。在男尊女卑的封建社會，女子要恪守「三從四德」等單方面不平等條約，看一些宣揚「克己忍讓、遵守婦道」的教科書，譬如《孝女經》《烈女傳》等。

顧大嫂估計也是小時候被重男輕女的父母打罵多了，童年落下的心理陰影，導致她具有強烈的叛逆情緒。小說中介紹她「敲莊客腿、打老公頭」，而且次數估計不止一次兩次。

由此可見，一旦心情不好，張口就罵，劈手就打，顧大嫂完全就是個當之無愧的野蠻女友！扈三娘有野蠻的資本，但是沒有表現出來；孫二娘可能背地裡欺負過張青，但在外人面前還總算給了張青一絲顏面，譬如結識武松時。然而顧大嫂那是不分場合、不分時間，想打就打，想罵就罵。

孫新這個人物，我一直賦予相當多的同情。此人是梁山三丈夫中最具有男子氣概的，對比於王英之大流氓，張青之小市民，孫新身上看不出任何一點猥瑣無能的特點，而且身為登州防衛長官孫立的親弟弟，那絕對是個小太子黨啊，卻也不曾有任何拋棄虎狼之妻的念頭和舉動。可以說，對於顧大嫂，孫新是完全用真心去愛護和珍惜的。然而即便如此，他也是三丈夫中挨打最多的人物，時運乖蹇，如之奈何？有趣的是，對於這事，孫新自己卻絲毫不以為然，「他強由他強，清風拂山崗；他橫由他橫，明月照大江」，頗有點「捨身飼虎」的精神！

或許武力在這個家庭中扮演著重要的角色，但顧大嫂的魅力，誰說就一定沒有呢？

【人物篇】

　　顧大嫂是個相當外露的女子，愛恨情仇，盡數表述。《天龍八部》中智光大師說：「能夠做到挨打不還手，那才是天下最厲害的武功。」孫新數十年如一日遭受家庭暴力，並且由於妻子的低微身份直接導致自己在梁山上由昔日小太子黨變成今日店小二，自己的排名也直線下降（梁山兄弟組合往往排名緊靠一起，唯獨例外的便是孫立、孫新，穆弘、穆春）。但是孫新不在乎，只要能和這個野蠻女友在一起，區區名利榮辱，又何足道哉？

　　征方臘回來，孫家人員運氣不錯，孫立、孫新、顧大嫂盡數安全返回，樂和作為一個頗有前途的演藝分子，一直在王都尉家留守。可以說，梁山好漢中運氣最好的家庭，也就是他們家了。對於朝廷的封賞，孫家是不在乎的，孫立帶領弟弟、弟妹依舊回登州當他的防衛長官，而顧大嫂，對於朝廷給的「縣令」一職，也絲毫不以為意，捨棄誥命跟隨丈夫、大伯回登州。

　　顧大嫂知道自己的特長，一個整天喝酒賭博的女人，恐怕難以做好七品縣令的工作，即便勉為其難，恐怕將來也會如同「李逵、壽張喬坐衙」一樣，造成無數冤假錯案。顧大嫂看透徹了，一場農民起義最終是被自己人打敗，外敵不是最可怕的，最可怕的往往是自己，一如祝家莊的覆滅。

　　正是顧大嫂的及時出現，直接改變了宋江的命運：如果登州城外不出現老虎，如果老虎不傷人，如果二解打不著老虎，如果毛太公是正直地主，如果顧大嫂在登州派中沒有橋樑的作用，如果欒廷玉和孫立沒有同門之誼……這麼多假設中，只要有一條滿足，他宋江就不會有今日的輝煌，而祝家莊的命運將徹底改寫，鹿死誰手，尚未可知。

　　而孫新的「機遇」也不錯。「三十年河東，三十年河西。」征方臘成功後，全家團圓，自己又從店小二恢復了太子黨的身份。難道真應了「好人有好報」一說？顧大嫂應該感謝上蒼給了她一個優秀的老公，不管自己是「顧大嫂」還是「顧大娘」，始終陪伴在身邊的，還是自己的小尉遲。

　　莫道河東獅子吼，家中自有賢嬌娘。

扈三娘為何是啞巴美人

如果問梁山好漢裡最能打的女將是誰，估計大家會異口同聲地回答：一丈青扈三娘。

沒錯，就是獨龍岡扈家莊的千金小姐扈三娘。小說中是這麼介紹她的：

蟬鬢金釵雙壓，鳳鞋寶鐙斜踏。連環鎧甲襯紅紗，繡帶柳腰端跨。

霜刀把雄兵亂砍，玉纖將猛將生拿。天然美貌海棠花，一丈青當先出馬。

由此可見，即便放在現代社會，扈美眉若參加什麼「某市小姐」「形象大使」之類的選美比賽，也能輕輕鬆鬆挺進三甲！

扈美眉絕對屬於楊紫瓊式的知名女打星，而不是花瓶美女。一丈青手段了得，能活捉軍官彭玘、郝思文，與五虎之一呼延灼鬥七八回合不分勝負。毫不誇張地說，72地煞星裡面，武藝最高強的，除了孫立，非她莫屬！

但是，扈三娘又排第幾位呢？

第59位。

拋開重男輕女這種原因不談，我們看看在她上面的第58位是誰——她丈夫矮腳虎王英。

王英，梁山上最最無恥、下三濫的江湖敗類！

眾好漢落草為寇，原因多種多樣，方式五花八門：有被腐敗官府逼上梁山，代表人物林沖；有路見不平仗義執言的，如魯智深；有為江湖朋友義氣出頭的，如史進；有被親朋好友感召入夥的，如孫立……如此等等，不一而足。但是沒有一個是像王英這般下流的！

王矮虎是怎麼做強盜的？且看他的個人履歷：

祖貫兩淮人氏，姓王，名英，為他五短身材，江湖上叫他做矮腳虎。原是車家（按：即腳伕、車伕）出身，為因半路里見財起意，就勢劫了客人，事發到官，越獄走了，上清風山，和燕順占住此山，打家劫舍。

【人物篇】

　　這種人，完全就是個車匪路霸！身為車伕，毫無職業道德，見財起意，順勢搶劫，進而越獄上山。而在結識宋江後，因為滿足不了自己的性慾，竟然要和燕順、宋江拚命！按照「替天行道」的宗旨，這絕對是個應該被林沖、魯達等好漢結果的下流胚子！說他是混進革命團隊的投機分子，或者說是一鍋湯中的老鼠屎，毫不為過。

　　一邊是嬌媚紅顏，一邊是猥瑣中年，二人連身高都不成比例，真是不折不扣的「一朵鮮花插在牛糞上」！

　　他們的初次見面，沒有任何溫馨浪漫色彩！宋江攻打祝家莊，祝家莊眼見得不敵，急電盟友扈家莊幫忙。扈家莊不敢怠慢，由武藝最出色的扈三娘率隊救援。書中寫道：

　　宋江道：「剛說扈家莊有這個女將，好生了得，想來正是此人，誰敢與他迎敵？」說猶未了，只見這王矮虎是個好色之徒，聽得說是個女將，指望一合便捉得過來。當時喊了一聲，驟馬向前，挺手中槍，便出迎敵。兩軍吶喊，那扈三娘拍馬舞刀，來戰王矮虎，一個雙刀的熟嫻，一個單槍的出眾。兩個鬥敵十數合之上，宋江在馬上看時，見王矮虎槍法架隔不住。原來王矮虎初見一丈青，恨不得便捉過來，誰想鬥過十合之上，看看的手顫腳麻，槍法便都亂了。不是兩個性命相撲時，王矮虎卻要做光起來。那一丈青是個乖覺的人，心中道：「這廝無理。」便將兩把雙刀，直上直下砍將入來，這王矮虎如何敵得過，撥回馬，卻待要走，被一丈青縱馬趕上，把右手刀掛了，輕舒猿臂，將王矮虎提離雕鞍，活捉去了。眾莊客齊上，把王矮虎橫拖倒拽捉去了。

　　王矮虎這個色狼，生怕被人搶了女人，連宋江的命令都沒說完就急吼吼衝了出去！而自己付出的代價是成為階下之囚！其實扈三娘根本不必活捉對手的，只要當時一刀砍死這個敗類，那就萬事大吉了。

　　扈三娘活捉了王英，深諳「擒賊先擒王」的道理，懶得理會歐鵬、馬麟等地煞級人物的騷擾，直接縱馬長嘶，直對宋江而去！宋江腳一哆嗦，連忙記起看家本領——逃跑！

106

要說這宋江真應該好好向韋小寶學習，一樣的武藝低微，一樣的擅長逃跑，一樣地竊居高位，一樣地有妻有妾。但是韋大人多少還認真向九難師太好好學習了幾天保命的「神行百變」，宋江放著功力更深厚的神行太保戴宗不用，棄甲馬神功竟然如同敝屣！

話說一丈青正要活捉宋江的時候（此險一舉奠定了宋江鐵了心要找一匹千里追風的寶馬願望，從而引起後續的攻打曾頭市戰役），宋江的救命恩人出現了！林沖「以彼之道，還施彼身」，鬥不過十合，輕舒猿臂，款扭狼腰，把一丈青只一拽，活挾過馬來。

《天龍八部》裡喬峰生擒了遼道宗耶律洪基，堂堂皇帝作為戰俘，便要聽從喬峰的任何命令。若按此例，這一丈青便應該成為林沖的附屬品才對。如果是金庸來寫，按照林沖的人品，想必會爽朗一笑大手一揮，從此兩人化敵為友。一丈青自然內心感激，含情脈脈地看著眼前這個英氣勃勃的偉岸好漢，芳心暗喜，依依不捨，一步三回頭，如此這般，情苗深種，情難自已，最終掙脫封建家庭的束縛，從此柳梢月下，英雄美人相得益彰。而作為一丈青的戰俘，王英便應該是個一輩子鞍前馬後低眉順目的家奴！

可施老夫子實在煞風景得很！筆鋒由此一轉，竟然轉到了宋黑廝頭上：

且說宋江收回大隊人馬，到村口下了寨柵，先教將一丈青過來，喚二十個老成的小嘍囉，著四個頭目，騎四匹快馬，把一丈青拴了雙手，也騎一匹馬，「連夜與我送上梁山泊去，交與我父親宋太公收管，便來回話。待我回山寨，自有發落。」眾頭領都只道宋江自要這個女子，盡皆小心送去。先把一輛車兒教歐鵬上山去將息。一行人都領了將令，連夜去了。宋江其夜在帳中納悶，一夜不睡，坐而待旦。

我就奇怪了，這宋江打了個小勝仗，你還納悶個啥？竟然「一夜不睡，坐而待旦」？你倒是思索啥思索不透？這般難以取捨？

原因有二。

其一：宋江大約是看上了一丈青！按照他的前科，娶了閻婆惜當小老婆為先例，難保他不看上更加漂亮的一丈青！竟然大做文章，委派二十四名心

【人物篇】

腹護送扈三娘回梁山，而不是作為人質戰俘去交換被祝家莊俘虜的王英、秦明之流！可見這黑廝，美女當前，什麼「江湖義氣」「兄弟情分」，全都拋到了九霄雲外！

其二：宋江怕林沖向他要一丈青！

林沖是什麼人？武功天下第一的禁軍教頭！大小近百戰不曾折了半點威風，目前喪偶在家，人品端莊，無不良嗜好。

一丈青也是DNA非常優秀的女子，兩人若是結合，從優生、優育角度來說，他們的子女將是梁山第二代傳人中最出色的！如果這「小豹子頭」深得乃父真傳，將來也搞一齣「水泊大火并」，做了山寨之王，他宋江或者宋江的欽定接班人如何下臺？！

正是這兩點顧慮，讓宋江徹夜難眠！無論如何，不能讓扈三娘成為林沖的老婆！

可惜人算不如天算！正當宋江想得快活的時候，後續的情節讓他跺腳──他的鐵桿小弟兼打手──李逵，在破了祝家莊以後，順手將扈三娘全家，殺得只逃走一個哥哥扈成！而且將扈家莊全部動產、金銀一股腦兒劫走！

這一情節實在讓宋江有苦難言！「眾頭領都只道宋江自要這個女子，盡皆小心送去。」大家都看出來，宋江是要這女子的，但是和他有滅門之仇的扈三娘能對宋江關心愛護麼？說不準洞房之夜便是宋江送命之時！所以宋江氣得要死，對李逵破口大罵──你怎麼有組織無紀律擅自行動？殺了已經屈服的扈家莊滿門？！

李逵平時對老大唯唯諾諾、說一不二，今天竟然一反常態，脖子一梗，竟然破天荒地進行了頂撞：「你便忘記了，我須不忘記。那廝（按：扈成）前日教那個鳥婆娘趕著哥哥要殺，你今卻又做人情。你又不曾和他妹子成親，便又思量阿舅、丈人？」也就是說，實際上，連李逵這個莽夫都看出宋江的小鬼肚腸！

宋江見陰謀不能瞞過大家的眼睛，連最愚魯的打手都猜出來了，而扈三娘也決計不會和殺父仇人結婚，無奈之下，只好自我遮掩。「你這鐵牛，休得胡說！我如何肯要這婦人？我自有個處置。你這黑廝，拿得活的有幾個？」

宋江說話口風明顯軟了下來，而且顧左右而言他，將話頭不動聲色就轉移到殺人的問題上！高，實在是高！

由此而來，宋江只得忍痛割愛，將扈三娘配給最最無恥的王英。我宋江得不到的東西，林沖，你個有造反前科的傢伙也休想得到！

宋江這步棋，一來將自己的殺身之禍消於無形，二來間接破滅了林沖的幸福和未來的危險，三來實現了昔日對王英許的諾言，可謂一箭三雕。只可惜，英姿颯爽的一丈青，從此以後默默無聞，淹沒在梁山眾人中，再也不見絲毫光芒！

一丈青能上梁山，我一直以為是個極大的敗筆，無論如何她都不應該和有滅門之仇的梁山群盜拉上關係。自從上山後，連話也不講，雖然作為女兵部隊的一把手，也絲毫沒有主動衝鋒陷陣的要求。在她心裡，家破人亡之恨絕不會忘記。

這個啞巴美人全書中唯一罵的一句話是，「賊潑賤小淫婦兒」——罵的是田虎的郡主先鋒瓊英，只是因為兩軍交戰，瓊英一戟刺傷了心懷不軌的王英——如同多年前，她在兩軍陣前生擒了王英一樣。

嗚呼！可悲可憐的扈三娘，徹底被封建禮教洗腦！

扈三娘是個被時代吞噬的可憐女性，即便她有再漂亮的外表，再英武的手段，她只是個女人，只是個生活在不幸時代的女人。在崇尚男性的封建社會，女子若各項能力突出，始終要遭人嫉妒、打擊。

宋江征方臘，王英死在會妖法的鄭彪手裡。鄭彪口中唸唸有詞，頭上冒出一尊金甲天神，王英吃了一驚，被鄭彪一槍戳死。換句話說，死得真可謂「人神共憤」！可惜扈三娘還是為報夫仇，同樣死在鄭彪手下。

【人物篇】

　　又或許，一丈青早就期盼這一天的到來，死亡對她來講，只是一種解脫，她的心早死了，活著對她來講，找不出任何快樂的理由。

　　桃花無奈隨流水，無端教人空悵然！

徐寧為何是個倒楣鬼

　　一提起金槍手，大家肯定自然而然想到「吳用使時遷盜甲」「鉤鐮槍大破連環馬」。可以說，徐寧是梁山好漢中裝備最精良的人：鉤鐮槍法變幻莫測，雁翎寶甲刀槍不入。

　　《水滸傳》不比新派武俠小說，能夠出現那麼多的神兵利器和祕笈寶典。書中能夠稱道的寶貝大約有：宋江的照夜玉獅子馬、三卷天書，呼延灼的御賜踢雪烏騅馬，徐寧的雁翎圈金甲，楊志的祖傳寶刀，林沖買的惹禍寶刀等。至於關勝的青龍偃月刀，是否為其先祖關老爺所留，書中語焉不詳，無法考證。

　　徐寧的鉤鐮槍，估計算不上什麼特別鋒利的兵器，無非是槍法比較另類，招式比較詭異，不僅可以上馬擒敵，步戰交兵也不落下風。八字口訣是「鉤、撥、搠、繳、攢、分、鬥、奪」，由此看來和打狗棒法的「絆、劈、纏、戳、挑、引、封、轉」八字口訣有異曲同工之妙，講究以巧破敵，四兩撥千斤。

　　梁山好漢中使奇門兵器的不在少數，比如樊瑞之流星錘、項充之團牌飛刀、李袞之團牌標槍、丁得孫之飛叉、韓滔之棗木槊、彭玘之三尖兩刃四竅八環刀、楊林之筆管槍、鄧飛之鐵鏈、吳用之銅鏈。最有意思的是陶宗旺，趁手的傢伙是一把大號鐵鍬，不枉他「九尾龜」的綽號。

　　然而在這些兵器中，大出風頭的還是鉤鐮槍，永遠記載在《水滸傳》兵器譜上。呼延灼率領韓滔、彭玘，加上增援的大宋第一炮手凌振，軍容鼎盛，連環馬無堅不摧，轟天雷無所不破，甫一出場，就將草寇殺得丟盔棄甲，潰不成軍，宋江遭遇到出道以來最大的一個大敗仗。

　　宋江束手無策，鐵匠金錢豹子湯隆獻計：「哥哥，我有個表哥徐寧，是禁軍金槍班教師，家傳的鉤鐮槍法，對付區區連環馬，不在話下！」林沖也在旁補充說明：「不錯，當年他是我的同僚，槍法天下獨步！可是怎麼才能把他叫來入夥呢？」湯隆說：「只要把他們家祖傳的寶貝雁翎甲偷來，其餘我有辦法！」這個偷東西的責任，自然落到時遷這個神偷的肩上，因為他專業對口、業務嫻熟，梁山上無人能出其右。

【人物篇】

　　雁翎圈金甲又叫「賽唐猊」，唐猊甲據說是三國第一猛將呂布的貼身寶甲，雁翎甲竟然猶勝三分，是徐家祖傳四代之寶！徐寧自然愛逾性命，上司王太尉出三萬貫錢購買，徐寧楞是不肯轉讓。要知道，林沖買惹禍寶刀，要價三千貫，實買一千貫；楊志賣刀，也只不過開價三千貫——由此可見雁翎甲完全符合「價值決定價格，價格是價值的貨幣表現」這一經濟規律。

　　因為獨一無二的絕技，徐寧達到了事業的巔峰：身份高貴，生活優越，妻子雙全。但此人智商、情商都不高，導致了他後續的一連串霉運。

　　寶甲值錢，人人艷羨，徐寧如果乖覺點，老老實實把寶甲收起來，砌進牆壁不要張揚，低調一點豈不甚好？可惜此人實在鼠目寸光，為了防止失竊，竟然把寶甲裝在盒子裡，吊在屋樑下！莫說高手時遷一進門就發現目標，便是一般的小蟊賊，只要使用「迷香＋揭瓦」的辦法，也可以輕輕鬆鬆得手！

　　再說寶甲失竊以後，湯隆來詐他表哥：

　　湯隆見了徐寧，納頭拜下，說道：「哥哥一向安樂？」徐寧答道：「聞知舅舅歸天去了，一者官身羈絆，二乃路途遙遠，不能前來弔問。並不知兄弟訊息。一向在何處？今次自何而來？」湯隆道：「言之不盡！自從父親亡故之後，時乖運蹇，一向流落江湖。今從山東迳來京師探望兄長。」徐寧道：「兄弟少坐。」便叫安排酒食相待。湯隆去包袱內取出兩錠蒜條金，重有二十兩，送與徐寧，說道：「先父臨終之日，留下這些東西，教寄與哥哥做遺念。為因無心腹之人，不曾捎來。今次兄弟持地到京師納還哥哥。」徐寧道：「感承舅舅如此掛念。我又不曾有半分孝順處，怎麼報答！」湯隆道：「哥哥，休恁地說。先父在日之時，常是想念哥哥一身武藝，只恨山遙水遠，不能夠相見一面，因此留這些物與哥哥做遺念。」徐寧謝了湯隆，交收過了，且安排酒來管待。

　　由此可見，徐寧作為湯隆的表哥，心中恐怕沒有多少親戚情分。湯隆之父身為延安知寨，論職位，官卑職小，遠不如徐寧顯赫。湯隆之父逝世後，徐寧更是連最普通的弔唁也不曾有過！推脫「一者官身羈絆，二乃路途遙遠」，實際上他根本沒打算！延安在陝北，東京在河南，相隔能有多遠？這徐寧毫無羞恥之心！而湯隆流落在武岡鎮打鐵謀生，年紀一把了還是光棍一

條，也不見徐表哥有什麼表示。再則湯隆初次拜訪便送給表哥二十兩金子，這可不是一筆小數目，徐寧假意推辭一下也就半推半就笑納了，此人天性涼薄，貪婪無知，令人齒冷！所以湯隆剛上梁山，就能毫不猶豫地出賣了自己的這個白眼狼表兄！

湯隆、時遷等人設計，一步步引誘徐寧上套，終於將他騙上梁山，為了斷他的後路，湯隆冒其名頭搶劫客商財物。徐寧知道後，也唯有苦笑而已——上了賊船了！

和呼延灼、秦明等人不一樣，徐寧是被騙上山的，不是朝廷的叛將；徐寧也不像林沖、楊志一般遭受官場打壓，故而，他對招安一定很高興。雁翎圈金甲宋江有沒還他，書中未曾交代，但是可想而知，出於團結合作，應該是給了。徐寧其實是梁山好漢打仗時安全係數最高的一人，寶甲護身，刀槍箭矢皆不能進，再加上馬匹的速度，槍法的詭異，如果運氣不至於太背的話，應該能活到勝利的那一天。可惜在鬥張清時，第一個出場，不知張清暗器了得，面門上挨一石子，翻身落馬。無獨有偶，在後來的征方臘途中，攻打杭州北門關，又是裸露在外的頭頸上中了一藥箭，調治半月無效，病死於秀州（今浙江嘉興）。而就在他中箭前，神醫安道全剛剛被皇帝召回！徐寧是失去軍醫後第一個陣亡的大將！可見徐寧運氣之差！

因為徐寧「不諳世事」，社會經驗極其欠缺，所以稀里糊塗上了梁山，又稀里糊塗受了招安，最後死得也稀里糊塗——這個情商低、智商低的人物，最終運氣也差勁，不是偶然，而是必然。

徐寧身上，有無數當時官僚主義作風，貪婪、涼薄、畏縮，和林沖交情尚可，卻也不敢為之雪冤。此人人格魅力方面也極低，丟失寶物後表現出來，完全不是一個正常人的行為。徐寧身上有很多現代小人物的影子，比較勢利和世俗，個人只掃門前雪，哪管他人瓦上霜。他的上山，完全是為了照顧情節和湊足人數需要，假如世界上沒有呼延灼，徐寧就不會上山。徐寧如果不戰死在內戰前線，一定會在後續的真實金宋東京攻城戰中出場——或許，那樣的死法，才不愧他的武將本色。

【人物篇】

李忠、周通為何被人看不起

寫下這個題目，我就不停搖頭嘆息：打虎將李忠、小霸王周通，這兩人綽號絕對磅礴大氣啊！然而人品卻和外號天差地遠，這兩人屬於不折不扣的投機分子，上梁山的革命目的性相當可疑。因為在這兩人身上，融合了好色、虛偽、吝嗇、精於算計、毫無義氣、小偷小摸等令人鄙視的毛病，說他們混進革命隊伍，絲毫沒有半點冤枉的成分。

先說李忠。第一次看《水滸傳》，我心中先入為主，將他當作頂天立地的英雄，但事實卻令人大跌眼鏡。

如果說《水滸傳》是最早的武俠小說的話，打虎將李忠可能和病大蟲薛永是最標準的武林人士，因為他們都是走江湖賣藝的，順便賣點槍棒膏藥謀生。有趣的是，他們的綽號相生相剋，一個號「打虎」，一個名「大蟲」。不過倘若真起紛爭，安徽定遠人李忠恐怕不是河南洛陽人薛永對手——李忠是史進的啟蒙武術老師，一貫花拳繡腿，中看不中用；薛永卻是朝廷軍官子孫，揭陽鎮上輕輕鬆鬆一招擺平惡霸小遮攔穆春。（而耐人尋味的是，三人最終排名先後分別是：穆春、薛永、李忠，由此可見，地主身份確實大占便宜。）

「打虎將」這個綽號不知道是誰率先叫開的，書中未曾交代。我推測最大的可能源於「李存孝打虎」這個典故，李忠和李存孝是本家，自古忠孝要求兩全，所以人送外號「打虎將」的可能性很大。

若按照真正實力，漫說打隻老虎，哪怕是打隻老狼，都夠李忠喝一壺的——此人武藝低微，險些耽誤史進的前途。

李忠是小說中最徹底的江湖騙子，四處流竄賣假藥。小說中他就先後在華州、渭州和青州賣藝，在華州教青春少年史進武術基本功，數年後在渭州認識魯達和青年史進，並且在青州桃花山完成「從量變到質變」的過程，從小流浪者進化（退化？）成強盜頭子，而他的落草引路人便是梁山上為數不多的色狼之一——小霸王周通。

這兩人的組合，可謂是臭味相投！

小霸王周通原本在桃花山剪徑，李忠遊蕩到此，二人大戰三百回合，最終李忠技高一籌，成為桃花山的新老大。

大哥武藝尚且如此，這二弟真是可想而知！

「桃之夭夭，灼灼其華。」這是《詩經》中的名句，僅此八字，就把桃花的姿態、色調、風韻寫透了。而我們看見，李忠膽小愛「逃」，周通好色如「花」，這「桃花山」的名字莫非緊扣兩人生性？

桃花山在所有依附梁山的小集團山頭裡面，恐怕也是檔次最差的一個！

正是無巧不成書，魯達由於出了人命官司，不得不出家來逃難，從山西五臺山文殊院轉換到東京大相國寺的途中，竟然經過桃花山腳下的桃花村。村中劉太公因為周通強娶女兒一事正在煩惱，魯智深好管閒事的脾氣又發作了。

魯智深採用「番犬伏窩」之計，痛快毆打了周通，並且和增援部隊李忠的人馬交上了手。李忠一見是他，頓時氣餒，順坡下驢，藉口是熟人，兩下化敵為友。

由此而來劉老漢順利將「親事」退掉，可謂皆大歡喜。

魯智深留在山上住了幾天，見二人不是個慷慨之人，生性吝嗇，因此鐵了心要走。李周二人又好面子，又捨不得錢財，放著大把的金銀不給魯智深當路費，竟然說：「我兩個下山取點錢財，與哥哥送行。」魯智深暗暗冷笑，大是不耐，等兩人下山，自作主張捲了大堆金銀，一走了之。二人氣個半死，可又無可奈何：一來魯智深早去遠了，二來兩人聯手也不是他的對手。只能學阿Q，罵兩句「賊禿」解恨。可見兩人人前一套，背後一套，虛偽之至。

正是「禍兮福所倚」，成也魯達，敗也魯達。這件事情，直接導致了桃花山和二龍山的老死不相往來。

桃花山的領導人品差勁，手下的小嘍囉也好不到哪裡去——呼延灼征討梁山失利，路經桃花山，桃花山的小兵竟然虎口拔牙，偷走寶馬踢雪烏騅。

【人物篇】

　　呼延灼輸給梁山，對付桃花山那可是綽綽有餘，輕鬆打敗李周二人後，兩人慌了手腳，這才想起向鄰居二龍山求救——二龍山裡有先後落草的魯智深、楊志、武松、張青、孫二娘、曹正、施恩七人，實力強大。李忠給予的「優惠價」是「投託大寨，按月進俸」，換句話說就是成為附屬品，每個月交一定數額的保護費。

　　同為強盜，竟然開出這麼喪失原則的賣「山」條約，李周二人真可謂活得失敗之極。而義氣的魯智深不計前嫌，也沒要李忠的「好意」，帶領兄弟和呼延灼相鬥，魯楊二人手段高強，呼延灼不能取勝，只好暫且迴避到青州。

　　梁山要降服呼延灼；呼延灼要降服二龍山、桃花山、白虎山，自然而然，四個山頭為了共同的目標走到了一起。

　　招降呼延灼以後，因為梁山的實力超然，二龍山、白虎山、桃花山自然都被兼併收購了。宋江的主要目標是二龍山，魯智深、楊志、武松都是不可多得的人才，哪怕是張青孫二娘，也有「核心競爭力」。

　　白虎山的孔明、孔亮兄弟，原本就是宋江的掛名弟子，白虎山歸順梁山是早晚的事。

　　至於桃花山，麻煩是他們引起的，本事也很差勁，首領吝嗇虛偽，擱誰能看得起？

　　所以我們看見，對於桃花山的歸順，宋江是相當不以為然的，上山後分派給李忠、周通的任務，也是不鹹不淡的。這兩人本就是可有可無湊數之人，桃花山在梁山上基本失去了話語權。

　　可笑的是，李忠、周通二人，貌似鐵桿兄弟，其實也經不起推敲。征方臘途中，李周二人歸撥盧俊義——宋江不要他們。攻打獨松關，周通被厲天閏一刀砍作兩段，李忠撒腿就跑，僥倖留了性命；後續又隨同史進攻打昱嶺關，史進中了神箭手龐萬春的利箭英勇犧牲，這李忠竟然又撒丫子就跑——可惜龐萬春設下數百伏兵，兩邊千弓齊發，箭落如雨，將李忠射得像一只刺猬——終於沒能再次逃掉。

　　連自家兄弟、徒弟都不顧及，這種人活著，也不過是具行屍走肉而已。

李忠、周通二人，是梁山好漢中革命目的性最不明確的人。他們上山完全是為了逃避危險，所以他們並沒有將梁山當作一個大家庭。在他們心中，桃花山雖小，卻是逍遙自在的好去處。所以我們看見「寧為雞首，勿為牛後」的他們，兄弟感情相當淡薄——即便兩人之間，也沒有堅定不移的友誼存在。

　　這兩人，優點幾乎沒有，缺點一大串，而國人所有不齒的壞毛病，全部在他們身上體現完畢：好色、虛偽、吝嗇、精於算計、毫無義氣、小偷小摸。這樣的人，不管在什麼社會，不管在什麼群體中，都是不受人尊重的。而命運也相當公平，兩人投機「革命」，最終也沒有品嚐到勝利的果實。

　　李忠、周通的故事告訴我們：不管在正常的社會中，還是在特定的環境中，如果身上有不容於時代的劣根性，不管在哪裡都吃不開，都會被鄙視。而這種不良影響，需要很長時間才能使他人轉變看法，但是這往往需要付出十倍的代價，比如生命。

盧俊義為何只能當二把手

水泊梁山副寨主玉麒麟盧俊義，號稱「棍棒天下無雙」，是一個文武雙全的人物。關於盧俊義的概括，宋江說得很全面：堂堂一表、凜凜一軀，有貴人之相；豪傑之子；力敵萬人，博古通今——這是從軟硬體各方面給盧俊義打滿分了。

這樣的一個完美人物，竟然也拋家捨業上了梁山，完成了梁山「對外宣傳」的需要——盧俊義成為梁山的「代表人物」。

盧俊義上山之前，都是什麼人投奔梁山？主要是罪犯、降將、流民、小販、山賊、小地主，對於大宋朝廷來講，這些人的「號召力」顯然不夠，他們要聚集造反，朝廷是不以為意的。但是，連「長於豪富之家，祖宗無犯法之男，親族無再婚之女」的大地主、大商人、大員外都上山落草的時候，朝廷便再也坐不住了，且看，石碣受天文、英雄排座次之後，盧俊義當上了二把手，朝廷招安不成，立刻委派童貫、高俅討伐梁山。要知道，童貫是樞密使，類似於「國防部長」；高俅是太尉，類似於「國安會秘書長」。

兩位一品大員來親征剿匪，宋江、盧俊義的面子夠大。

宋江看中盧俊義，不是因為盧俊義的出色英才，而是出於政治需要！這個政治需要分兩方面：一是對外宣傳，上文已述；二是對內宣傳——晁蓋的遺囑。

宋江上山後，立刻開始暗中奪權，晁蓋早看出宋江的投降之心，因此才會力排眾議去打曾頭市！借此挽回日漸凋零的威望！但不幸的是，晁天王出師不利，首戰告負，面部中箭。晁天王知道自己命不久矣，迴光返照之際，布下一個遏制宋江陰謀的絕命書——「賢弟（按：指宋江）休怪，哪個捉住射死我的，便立他為梁山之主！」

能夠活捉史文恭的，梁山上也不過林沖、秦明、花榮、呼延灼等區區十數人，宋江要想親手活捉史文恭，無異於痴人說夢。所以晁蓋能夠坦然自若說出遺言。好一個「賢弟休怪」！便這一句話，晁天王便可放心撒手西去！

晁天王雖然死了，但是作為梁山精神領袖人物，他的話還是相當有份量的！宋江哪怕心底里嫉妒得發狂，出於表面文章，晁天王的命令還是要遵照不誤。所以我們看到，晁蓋一死，宋江立馬把「聚義廳」改成「忠義堂」，但是堂中的正廳，他是不敢擅居的，裡面供奉的正是神壇上的領袖——晁蓋的靈位。

這時候，找一個「局外人」來活捉史文恭，就顯得十分必要——一個局外人，就算立下大功，眾兄弟能心服口服遵照遺囑嗎？

答案不言而喻！

事實也正是如此，盧俊義活捉了史文恭後，梁山人眾在忠義堂生祭晁天王。祭祀典禮完畢，宋江商議重立梁山泊主，吳用不待眾人發言，第一個跳出來發話：「兄長為尊，盧員外為次，其餘眾弟兄各依舊位。」為了增強說話效果，吳用還用眼角暗示大家，於是李逵第一個附和，武松、劉唐、魯智深先後表態。

群情洶洶，民意難違，盧俊義當然心裡有數，絕不肯坐在火山口上——就算宋江不拈鬮攻打東平、東昌兩府。

有趣的是，金庸小說《鹿鼎記》裡也有類似情節。天地會青木堂尹香主刺殺鰲拜不成，反而送了性命，青木堂的眾兄弟在萬雲龍大哥靈前發誓：誰殺了鰲拜，誰就是青木堂的新香主。結果，這個任務由真正的局外人韋小寶陰差陽錯實現了！

天地會上下很尷尬，好在陳近南總舵主看到韋小寶是可造之材，又是皇帝的心腹，於是讓韋小寶緊急入會，自己又當了韋小寶的師父，這才「名正言順」地讓韋小寶擔任青木堂新香主，幹反清復明的大事業！

梁山不是天地會，梁山反貪官不反皇帝，天地會正好相反，不反韋小寶這個大貪官，反的是康熙小皇帝。

所以說，**盧俊義的上梁山，純粹是被宋江、吳用坑了**！因為「政治需要」，所以身不由己。

【人物篇】

　　書中描寫盧老闆，最常用的評語就是「文武雙全」。其實我一直覺得，「武」字尚可，「文」字大大不然。就說那首著名的「反詩」吧：

蘆花灘上有扁舟，

俊傑黃昏獨自游。

義到盡頭原是命，

反躬逃難必無憂。

　　這首詩涵義淺顯，藏頭意境昭然若揭，但是「文武雙全」的盧老闆卻看不出來！一意孤行要去泰安「避難」，由此徹底中了吳用的拙劣計策，被軟禁在梁山上長達四月之久！

　　被放回故土的盧員外頻遭劇變，管家李固私通主母，謀取了盧家萬貫家財。更有甚者，李固還告發官府，將盧俊義陷入大牢，要謀財害命！

　　看不透反詩，看不透管家，看不透妻子，還不相信燕青，這樣的「俊傑」，真是叫人感慨萬分。

　　因為梁山的金銀打點，盧俊義撿回一條命，判了個「脊杖四十，刺配沙門島」。押解盧俊義的公差是我們的老熟人：董超、薛霸。

　　送林沖上梁山的，是董超、薛霸；送盧俊義上梁山的，還是董超、薛霸。這兩個公人似乎是個信號：眼看著梁山發展壯大直至成熟。

　　在發配沙門島（今山東長島縣）途中，董薛二賊將陷害林教頭的一幕原封不動地照搬不誤，一路喝罵，燒水燙腳，藉口小睡，繩索加身，下手殺人。而情節竟然也有異曲同工之妙：救林沖的是魯智深，救盧俊義的是燕青！要盧俊義對付數百如狼似虎的公差自然勉為其難，但面對這兩個猥瑣小男人，難道也要委曲求全嗎？要知道武松在發配恩州途中，一路大搖大擺，頭枷上還吊著兩只熟鵝，邊走邊吃，吃完將兩名防送公人踢入飛雲浦，那是何等威風！

　　如此自大、麻痺、無知和懦弱的盧老闆，也敢擔上「文武雙全」的評語？在下實在不敢苟同！

梁山大軍破了大名府，救盧俊義上山，此時盧俊義可謂家破人亡，又能有什麼別的出路？只能和燕青一起降了梁山。宋江要打大名府，表面上看是為了救盧俊義，實際上更深層次的涵義卻是：晁蓋最大的功勞就是黃泥岡劫梁中書的生辰綱，而我宋江要立的最大功勞，就是破梁中書的北京城！兩下一對比，難度如天壤之別！只要北京一破，梁山老大的位置就是我的，哪怕盧俊義能夠生擒史文恭！

是的，這就是真相。

盧俊義最終落定在副寨主位置，皆大歡喜，人人滿意。

盧俊義上了梁山後，多數情況唯宋江馬首是瞻，幾乎沒有自己獨立的見解，逐漸淪落成一個傀儡大王的可悲地位。征方臘回來後，盧俊義大蠢蛋本色徹底表露無餘，竟然不理會心腹小弟燕青的「避禍論」，鐵了心要去「光宗耀祖」當大官。由於前科是觸犯蔡京的女婿梁中書，因此哪怕他是無奈被迫上梁山的，在官場中身為魚肉的他也必須要死，這是注定的結局。

無端遭橫禍，無端上梁山，無端下大獄，無端當大官，或許，一團和氣的富家翁生涯才真正符合盧俊義的命運。但是，當他的命運發生巨變的時候，既不能順應時勢，又缺乏遠見目光，盧俊義第一次毀在梁山手裡，第二次毀在朝廷手裡，這是毫不意外的。

性格決定命運啊！

【人物篇】

燕青為何人見人愛

如果說《水滸傳》前半本最出彩的人物是天神一般的武二郎，那麼小說後期最奪人眼球的便是燕青。燕青幾乎參與了所有的重大事件：勸阻盧俊義「避難」、放冷箭救主、擒中箭虎丁得孫、捉無良管家李固、四柳村輔助李逵捉「鬼」、荊門鎮見證假冒宋江、泰安智撲擎天柱、一招之間敗高俅、救回人質蕭讓和樂和、隨同柴進臥底方臘、最終功成身退浪跡天涯。而最最重要的一點是，正是他的出手，借助李師師之力，使梁山最終被朝廷順利招安。

施老先生對燕青這個人物相當厚愛，不惜花費大量筆墨來渲染描述。書中有兩段經典評論：

為見他一身雪練也似白肉，盧員外叫一個高手匠人與他卻了這身遍體花繡，卻似玉亭柱上鋪著阮翠。若賽錦體，由你是誰，都輸與他。不止一身好花繡，更兼吹得彈得，唱得舞得，拆白道字，頂真續麻，無有不能，無有不會；亦是說得諸路鄉談，省得諸行百藝的市語。更且一身本事，無人比得，拿著一張川弩，只用三枝短箭，郊外落生，並不放空，箭到物落；晚間入城，少殺也有百十蟲蟻。

——第六十一回

話說這燕青，他雖是三十六星之末，卻機巧心靈，多見廣識，了身達命，都強似那三十五個。

——第七十四回

用今天的流行詞來講，燕青是不折不扣的「小鮮肉」。

我一直以為，北京龍華寺大圓和尚恐怕和盧俊義有什麼樑子解不開，正是他那貌似無意的大力推薦：「頭領如何不聞河北玉麒麟之名？」才使宋江如夢初醒：「山寨中若得此人，何愁官兵緝捕？」於是小學老師吳用開始毛遂自薦：「小生憑三寸不爛之舌，說動此人來上山！」

吳用的拙劣「反詩」只能騙得盧俊義，騙不得浪子燕青，燕青從一開始就看得清清楚楚：「主人休信那個算命的先生，怕是要賺主人在梁山落草。可惜夜來我不在家，若我在家，三言兩語，盤倒那先生。」

雖然燕青提出了預警，但盧俊義置若罔聞，盧俊義為他的傲慢付出不小的代價，以至於被梁山軟禁了將近四個月之久。當他再次回到家鄉的時候，在吳用教唆下的李固已經侵吞了盧家財產——李固實現了籌謀已久的陰謀，占人家產，奪人妻子。

盧俊義剛回到大名府，就見到了衣衫襤褸的燕青——被李固趕出家門，流落街頭乞討度日。書中寫道：

盧俊義喝道：「我的娘子不是這般人，你這廝休來放屁！」燕青又道：「主人腦後無眼，怎知就裡？主人平昔只顧打熬氣力，不親女色；娘子舊日和李固原有私情；今日推門相就，做了夫妻，主人回去，必遭毒手！」盧俊義大怒，喝罵燕青道：「我家五代在北京住，誰不識得！量李固有幾顆頭，敢做怎勾當！莫不是你歹事來，今日到來反說明！我到家中問出虛實，必不和你干休！」燕青痛哭，爬倒地下，拖住員外衣服。盧俊義一腳踢倒燕青，大踏步，便入城來。奔到城內，逕入家中，只見大小主管都吃一驚。李固慌忙前來迎接，請到堂上，納頭便拜。盧俊義便問：「燕青安在？」李固答道：「主人且休問，端的一言難盡！

辛苦風霜，待歇息定了卻說。」賈氏從屏風後哭將出來。

短短數段對話，將小說的矛盾頓時激化開來。當盧俊義厲聲斥責說「我的娘子不是這般人，你這廝休來放屁！」的時候，他的內心世界是萬分驚慌失措的！盧俊義和燕青名為主僕，實如兄弟。在燕青心目中，甚至把主人當作父親來看待，因為自小父母雙亡的燕青對於有養育之恩的盧員外，心中感激難以言表。所以他對於盧俊義的暴怒，沒有像一般的奴僕一樣鴉雀無聲，而是選擇「痛哭，爬倒地下，拖住員外衣服」，不讓有如父兄的盧員外身赴險地。

【人物篇】

　　每每看到這一段，心中總是感慨莫名，燕青的深情重義，在這裡表現得何其淋漓盡致！

　　盧俊義一回到家，第一句話就是問：「燕青安在？」很明顯盧俊義剛剛還在城外見過燕青。他這麼問，一來是恫嚇李固，二來是試探口風，表明自己的立場——「我，河北玉麒麟，回來了！看你們能背著我弄什麼玄虛？！」

　　面對舊主，李固和賈氏心懷鬼胎，支支吾吾，顧左右而言他。這是多麼明顯的做賊心虛先兆啊！可笑那盧俊義依舊沒有半點防備之心，而正是他這無知託大和愚蠢麻木，直接導致了自己吃冤枉官司。

　　發配沙門島途中，還是燕青有先見之明，埋伏在密林中結果了董超、薛霸。盧俊義落到這般田地，唯一能報仇的方式也只有上梁山落草，徐圖後計。燕青開始收拾行囊，他取了盤纏（這和梁山好漢每戰必將金銀搜刮來當戰利品性質大大不同），拿了武器（連取弓、刀、棍三種不同攻擊範圍的防身器具，大智大勇！），然後將無法行走的主人背負在背上艱難行進。燕青又要背包裹，又要拿武器，還要背一個身高九尺的大漢！回回看到這裡，忍不住熱淚盈眶！燕小乙的忠誠仁義，智勇雙全，一覽無遺！

　　對比盧俊義的毫無主見，燕青卻是思路清晰。

　　上了梁山後，作為盧二當家的貼身心腹，燕青以奴僕之位列天罡星最後一位。燕青也很爭氣，上山後的功勞有聲有色，比如泰安智撲擎天柱。

　　擎天柱任原兩年設擂無敵手，心高氣傲，目中無人，燕青以巧取勝，打敗了任原，滅了官府的威風。這一段故事不是閒筆，整本《水滸傳》中，與官方人物一對一放對的案例有四處，分別是青面獸北京鬥武、武松醉打蔣門神、泰安智撲擎天柱以及燕青撲倒高太尉，四個案例燕青一個人就佔了兩個，可見施耐庵對他的鍾愛。

　　有趣的是，身為賽事主席的泰安太守——應該是個中年男子，看到燕青一身白肉花繡，心中大愛，還沒比賽就勸說燕青棄權——他倒是好心，生怕燕青輸了性命。

　　太守希望燕青留在自己身邊當個親隨，可惜他這個願望落空了。

由此可見，相貌英俊、一身花繡、能歌善舞、機智靈敏的燕青，能得到各個階層人士的喜愛，這是燕青的獨有特長，其他107人都自嘆不如。

　　正因為如此，宋江曲線救國，想以名妓李師師那裡作為招安突破口，唯一的合適的突破人選就是燕青，唯有燕青。

　　自古美人愛英雄，李師師當然也不例外。當李師師對這個英俊聰明的小乙哥產生難得的風塵真情的時候，燕青還深刻地記著首領交代的任務，不敢越雷池一步。

　　這就叫大局觀。

　　燕青臥底方臘成功破敵後，盧俊義要燕青衣錦還鄉，圖個封妻蔭子。燕青卻建議「今大事已畢，欲同主人納還官誥，私去隱跡埋名，以終天年」。可嘆盧俊義尚冥頑不靈，完全不相信鳥盡弓藏的真理，鐵了心要做官去。

　　燕青無法說動主人，只能自己收拾了一擔金珠寶貝挑著，從此不知所蹤。

　　大陸央視的《水滸傳》做了大膽變革，征方臘勝利後，燕青、李師師效仿範蠡、西施盪舟五湖，做一對神仙眷侶，一生逍遙快活去也！竊以為這是個相當不錯的變動！

　　是的，面對真愛，為何要逃避？

　　燕青很幸運地躲過了一劫。燕青歸隱後，並未荒廢武功，著名的「燕青拳」流傳至今，影響深遠。作為《水滸傳》中一個地位低下的奴僕，燕青能夠做到深入人心，影響力數百年經久不息，算得上是個「成功人物」。

　　身旁自有君王赦，淡茶香酒話當年。

【人物篇】

▌蔡福、蔡慶為何不願上梁山

　　封建社會落草為寇，總歸不是什麼光彩的事情。李逵、王英、焦挺、段景住之流百分之百願意，史進、楊志、朱仝、雷橫等人就觀望再三，盧俊義、李應、徐寧、蕭讓可能還極為牴觸。這就帶來了一個問題：社會地位決定上山態度。

　　一般而言，罪犯、文盲、流民擁戴上山，地主、官員、文人並不熱衷。

　　罪犯因為生存需要，文盲因為目光短淺，流民因為生活艱辛，這三類人是造反的主力；而地主、官員、文人，因為生活無憂、見識深遠、思想獨立，不愛趟這趟渾水——殺官造反，那是要掉腦袋的！

　　當然也有例外，文人吳用是因為家境貧寒，地主穆弘是因為腦子一熱，這些暫且撇開不提。

　　大名府的行刑劊子手蔡福、蔡慶兄弟，也屬於第三種人。

　　二蔡兄弟既不是地主，也不是官員，更不是文人，他們只是底層小吏，但權限很大，能夠掌握囚犯的生殺予奪大權。

　　盧俊義吃了冤枉官司，被管家李固陷害進大牢，這件事情，僅僅源於一首反詩。換個正常人的角度來想，這件事情極度有悖常理：首先，堂堂盧員外，五代良民，有家有業，怎麼平白無故捨得放棄萬貫家產去做為人所不齒的下三濫強盜？其次，既然提了反詩，怎麼不星夜舉家外逃？反而留下大批人質在家？最後，既然鐵了心要做強盜，為什麼不將家中金銀細軟打包外送？盧員外去山東，可是沒帶多少金銀。

　　正是上述這些疑點，久在公門的蔡福才對事實真相一目瞭然！蔡福不是君子，這種無端枉死的黑暗訴訟案例在那個年代，實在是多如牛毛，因此他不想管，也不願意管——因為事不關己。但是蔡福又多少有那麼一點未泯的良心，加上他一貫患得患失的僥倖心理作祟，直接導致了他上山的傳奇經歷！

　　盧俊義關進大牢，負責看守他的就是蔡福。蔡福人如其名，果然福氣萬分，不久就有三批人陸續找上門來。

首先來的是浪子燕青,燕青這時候很落魄,被李固趕出家門,看見主人陷入大牢,乞討得半罐飯送給盧俊義充饑。如我所說,蔡福這人良知未泯,因此看見淚如雨下的燕青,略一沉思也就同意了——與人方便,自己方便。倘若把事情做絕了,燕青脾氣上來,殺機四起,自己可會首當其衝,雖然後來同列梁山兄弟,但燕青的武藝比蔡福可高得太多。

送走燕青,接著來的就是本案的原告李固。李固前來,是為了防止夜長夢多,先下手為強。書中寫道:

(兩人)各施禮罷,蔡福道:「主管有何見教?」李固道:「奸不廝瞞,俏不廝欺,小人的事,都在節級肚裡。今夜晚間,只要光前絕後。無甚孝順,五十兩蒜條金在此,送與節級。廳上官吏,小人自去打點。」蔡福笑道:「你不見正廳戒石上,刻著『下民易虐,上蒼難欺』。你那瞞心昧己勾當,怕我不知!你又占了他傢俬,謀了他老婆,如今把五十兩金子與我,結果了他性命。日後提刑官下馬,我吃不的這等官司。」李固道:「只是節級嫌少,小人再添五十兩。」蔡福道:「李固,你割貓兒尾,拌貓兒飯!北京有名恁地一個盧員外,只值得這一百兩金子?你若要我倒地他,不是我詐你,只把五百兩金子與我。」李固便道:「金子有在這裡,便都送與節級,只要今夜晚些成事。」蔡福收了金子,藏在身邊,起身道:「明日早來扛屍。」李固拜謝,歡喜去了。

這一段描寫相當精彩!蔡福對李固的稱謂,剛開始不是「李員外」而是「主管」,進而疾言厲色地直呼「李固」其名!說明蔡福一開始只是揣摩事實真相,而隨後在他和李固的對話中堅定了自己的判斷!並且很好地利用了這個強力心理武器,為自己爭取了最大的利益!對於李固的行賄,他能心安理得地討價還價,最終在他的軟硬兼施下,兩人以五百兩金子達成了一筆骯髒的交易。

由此可見,蔡福對於這種以權謀私的舉動,相當熟稔。圖財害命的勾當,估計他也不是偶爾為之,如果不是梁山的插手,盧俊義會看不到明天的太陽。

【人物篇】

　　李固充其量只不過是個小肚雞腸的小人，梁山宋哥哥可是帶領大夥創事業的，手筆之宏大，目光之遠見，豈是李固這廝能夠望其項背的？梁山的討價還價手段，那可比李固高明得太多！

　　梁山派遣的談判代表，身份相當尊貴，是地位和皇帝平起平坐的貴族柴進。蔡福只不過是小小押牢節級，平生所見最大的官兒也不過是府尹梁中書，兩人一對比，蔡福氣魄上便落了一大截。

　　柴進一進門，先把話挑明了，盧俊義吃的是冤枉官司，所謂「有理走遍天下」，梁山好漢這次，可是站在正義的立場。進而威脅蔡福：如果殺了盧俊義，當心玉石俱焚！如果保留盧俊義的生命，好處我們記得，將來會加倍回報，現在先付定金——黃金一千兩。

　　梁山這一手，比李固可漂亮太多了！蔡福曾說：「李固，你割貓兒尾，拌貓兒飯！北京有名怎地一個盧員外，只值得這一百兩金子？」梁山比李固出手闊綽十倍，一甩手就是整整一千兩！並且還遠遠超出了蔡福的心理承受價——五百兩。

　　梁山這一招，可謂恩威並施。不由得蔡福不考慮：錢重要，還是命重要？蔡福權衡利弊再三，最終選擇了雙向誘惑的梁山。

　　三撥人前來，燕青無錢無力，李固有錢無力，柴進有錢有力。這裡的「力」不是武力，而是威懾力，是專門針對蔡福的「權」的。蔡福不笨，自然知道該選什麼。

　　在這件事情中，很難說蔡福有什麼「正義感」在裡面，他能做的，只不過是最大限度地爭取自己的利益，但是當利益和生命產生矛盾的時候，保障性命才是當務之急。蔡福一舉三得：既得到了更大數目的油水，又向梁山傳遞了「順民」的信號，同時保障了自己僅存的「正義感」。

　　蔡福將自己的決定和兄弟蔡慶說了，蔡慶也完全贊同哥哥的選擇，而且更上一層樓幫哥哥出了主意：用這一千五百兩金子上下行賄，保全了盧俊義的性命。書中寫道：

蔡慶道：「哥哥生平最會斷決，量這些小事，有何難哉？常言道：『殺人須見血，救人須救徹。』既然有一千兩金子在此，我和你替他上下使用。梁中書、張孔目，都是好利之徒，接了賄賂，必然周全盧俊義性命。葫蘆提配將出去，救得救不得，自有他梁山泊好漢，俺們幹的事便了也。」蔡福道：「兄弟這一論，正合我意。你且把盧員外安頓好處，早晚把些好酒食將息他，傳個消息與他。」蔡福、蔡慶兩個商議定了，暗地裡把金子買上告下，關節已定。

蔡家兄弟果然深諳公門內幕，知道這些錢頗為燙手，只能花錢消災。而事實也和他們意料的一樣，得到好處的梁中書「吃完原告吃被告」，中飽私囊，大手一揮，爽快地將死刑改判為刺配。

蔡家兄弟利用了自己的權力，為自己謀取了一個最優化結果。對於梁山，他們是有所交代了，但是他們並沒有跟隨上山的念頭——能在油水這麼豐富的工作場所工作，強似「大塊吃肉」千倍，所以他們只希望「救得救不得，自有他梁山泊好漢，俺們幹的事便了也」，而對於本案原告李固，他們連招呼也不打——一個理屈的有錢無權的管家，這五百兩金子不就是給二蔡的「精神損失費」嗎？

李固的陰謀被破壞了，只好將希望寄託在押送盧俊義的防送公人董超、薛霸身上。要說這李固，果然是宵小鼠輩，開的價竟然還是一百兩金子——每人五十兩，而且還不是先付錢，要取得盧俊義臉上金印回來才給錢。董薛二賊只不過是小小押送人員，哪有二蔡這般聰明？忙不迭答應了，但是隨後卻將自己的生命送在一路跟蹤的燕青手裡。而盧俊義，最終還是被再次關押進了大名府大牢。

梁山大軍在元宵節兵臨城下，先派遣大批內應進城，在時遷的放火信號下，大軍裡應外合，大名府頓時一片汪洋火海。早已提前進入北京的柴進、樂和，威逼二蔡將自己帶進監獄準備劫牢。

二蔡此時已經處於勢如騎虎之勢，「不由他弟兄兩個肯與不肯」，事到如今，如果再提出反對意見，恐怕會立馬遭受池魚之殃。從二蔡內心來講，

【人物篇】

　　哪怕是此時此刻，他們還是不願意上梁山的，但是當生命權受到威脅時，其他一切條件都可以讓步。

　　宋江大軍打進北京，不僅殺了梁中書、王太守幾乎滿門，而且將前番仇恨盡數發泄在無辜的賞燈百姓身上。蔡福不忍見同城百姓死於非命，央求柴進、吳用放大家一馬，而正是他的一念之仁，北京的百姓才能保留一半，但即便如此，已經遭殃的無辜百姓，也「將及傷損一半」。

　　蔡福以他的微量未泯天良，挽救了半城百姓，但正是他這一舉動，直接導致了日後他在梁山上的低微地位——作為盧俊義的恩人，排名卻相當後面，只是第94位而已。

　　二蔡上了梁山，幹的還是老本行——行刑劊子手，但是這個職位可謂徒有其表，百八兄弟，能對誰真下狠手？即便是面對李逵這種屢教不改的頑固頂嘴分子，宋江也不過是大聲喝斥，趕他下堂而已——他可捨不得殺了這麼好的小弟。不過二蔡也無所謂，只要能保全生命，將來會有翻盤的機會，而事實也證明了他們的遠見，當宋江受了招安以後，二蔡都順利翻身，對於這兩個慣於以權謀私的小人物來講，這都不啻是場黑色幽默。

　　蔡福接受的一千五百兩金子，是否全部打點光，書中未曾交代。以蔡福的為人，恐怕總要給自己留下一星半點。而他在上了梁山之後，也絲毫不見把私吞的金子再「捐獻」出來。蔡福在保障了自己性命以後，老習慣把老本行作風發揚光大，完全沒有「我們是一家人」的先進概念，竟然又打起自己的小九九。梁山讓這樣的人來行刑執法，也不由得不讓人喟然長嘆了。

　　二蔡的上山，完全是為了保護自己的寶貴生命。蔡慶運氣不錯，活到了最後；而隱形富豪蔡福，命運就不那麼順利，在與方臘的最後大決戰中喪生——要這一千五百兩黃金何用？

關勝為何得益於血統論

梁山好漢排名次，大刀關勝可謂是最大的贏家——第63回末出場，到71回聚義的時候，已經坐到第五把交椅的位置，僅次於宋、盧、吳、公孫四大天王，是所有中高層幹部中的NO.1！豹子頭林沖即使開創了梁山新局面，最後還必須屈身其下！

關勝的血統，估計在一百零八將中可以排第二位——也只有小旋風柴進可能比他更尊貴。關勝為什麼排第二位而不是第一位，主要因為北宋距離三國年代，足足相差了八百年。而這八百年的滄桑歲月變遷，足以沖淡一個人的DNA純度。但幸運的是，身為戰神關羽嫡系後裔的關勝，竟然外貌像極了其尊貴先祖，鬚髮外形，衣著打扮，莫不如此。

關羽是一個被極度推崇的人物，其在中國民間的影響，無人能出其右。關羽生為大臣，死後一路追封，從北宋末的「武安王」到元代的「武安英濟王」再到明代的「關聖帝君」，終於在清代順治年間達到事業的巔峰時刻——被封為「忠義神武關聖大帝」。

關勝形象高大威風，像足關羽，所以他得到了人生最大的機遇——三十二歲那年，被太師蔡京破格提升為「剿匪總司令」。而在此之前，關勝可謂生不逢時，努力奮鬥半輩子，只不過官居小小蒲東巡檢。

「巡檢」這個官有多大？小說第19回「林沖水寨大並火，晁蓋梁山小奪泊」中說到，濟州府尹安排觀察何濤、捕盜巡檢兩人去征剿黃泥岡七雄，可見「巡檢」是受州縣節制的低級武官，大約類似今日鄉派出所所長級別。

也就是說，關勝當時的仕途相當落魄。

關勝的發達，要感謝一個人：醜郡馬宣贊。

宣贊可能是所有好漢中感情生活最鬱悶的人，僅僅只是因為長得難看，導致包辦婚姻的高幹子弟妻子心情落寞而亡。死者已逝，這生者可更鬱悶無比。別人「事業、愛情雙豐收」，他宣贊卻是「事業、愛情雙失利」！

【人物篇】

不過宣贊總算心態不錯，沒有性格扭曲、精神分裂，他大力推薦了故人關勝。而關勝，總算等來了人生中最重要的變革！

關所長帶上結義兄弟井木犴郝思文，跟隨宣贊來到京城，並且在太師蔡京面前誇下海口，「先取梁山，後拿賊寇」。

關勝為他的傲慢付出了沉重的代價。關大刀比起先祖，那可差得太遠：論武，比不過林沖、秦明聯手，且被後文的水火將軍殺得焦頭爛額；論智，看不穿呼延灼的詐降計，並且為雜兵施撓鉤所捉，可謂「智勇雙不全」也。

關勝和林沖武功到底誰更勝一籌？我們嘗試分析一下：

①論相貌，關勝是「像關羽」，林沖號稱「小張飛」。

②論年紀，關勝此時 32 歲，而林沖肯定不止 34 歲。

③論職位，關勝是巡檢，林沖是八十萬禁軍教頭。

宋代軍隊分禁軍、廂軍、鄉兵、蕃兵四種，另有弓手、土兵等地方治安力量。其中禁軍指正規軍，而不是特指保衛皇帝的御林軍，禁軍不完全駐守京師，還防護地方重鎮，既防止中央兵變，又防備邊疆敵人。廂軍屬於地方部隊，地位低下，平時不加訓練，充當雜役任務。鄉兵大約就是民兵性質的防衛武裝。而蕃兵是由邊疆的少數民族戰士組建而成。宋代軍隊，以禁軍為主力，北宋末期一般都有百萬之眾。

由此可見，百萬雄師，不可能只有一位教頭，林沖雖名為八十萬禁軍教頭，但是經他親手教授的士兵，絕不會有八十萬之巨。林沖最大的可能是京城內皇家禁軍的槍棒總教頭，也就是御林軍的教練，所以他能夠認識紈褲子弟高衙內，而高衙內也認識他。

話雖如此，林沖的昔日官職比「派出所所長」那可強得太多了！

關勝領兵挑戰，秦明、林沖都想搶頭功，三人戰成一團——如果不是宋江及時叫停，關勝被生擒的可能性很大。

林沖武藝，當勝過關勝！

而宋江此時，已經打定主意——「吾看關勝英勇之將，世本忠臣，乃祖為神，若得此人上山，宋江情願讓位」。正是宋江這番想法，直接導致了關勝將來的尊貴地位！

關勝是關羽嫡系後代，連貌似關羽的「贗品」朱仝都能坐第十二把交椅，「正品」自然非同小可！林沖別說是「小張飛」，哪怕他是正統的張飛後人，也必須在關勝之下！

關勝被梁山捉了，和其他降將一樣，在宋江的苦苦哀求下，坐了一把至高無上的金交椅。關勝上山後，唯一拿得出手的戰績就是降服凌州團練聖水將軍單廷圭、神火將軍魏定國，但是這場小小戰役，關勝也勝得相當艱苦和僥倖。

關勝和水火二將，交情匪淺。三人同在凌州附近，平時朋友關係相當不錯，這也預示著，不管哪方，都不可能對對方下辣手！這也是關勝的聰明之處——找熟人，縱然勝不了，也沒有性命攸關之虞。

初次交手，關勝便陷了副手宣贊、郝思文，而關勝自己也被水火二將殺得「大敗輸虧，望後便退」。次戰伊始，關勝決定使用自己的看家絕招——拖刀計來背水一戰！

絕招往往都是絕處逢生的時候才兵行險招，關勝很好地運用了這一點，將毫無防備的單廷圭砍於馬下。估計關勝平日裡和單廷圭的熱身比賽中，一直藏私不用，這才一舉成功！而正是這石破天驚的驚艷一刀，將關勝從危險的懸崖絕壁邊拉了回來——如果此戰失利，哪怕關羽附身關勝，估計也只能去地煞群體搬小板凳。

關勝收了單廷圭，又效仿先祖單刀赴會，說服了魏定國投誠。關勝，在收伏水火二將的戰役中，終於展示出他的武力和人格魅力，從而加固了自己梁山老五、五虎之首的位置！

關勝的排位，源於血統、武力、魅力，其中血統占據重要因素。關勝像他所有的前輩一樣，出生時都是含著金鑰匙的，而這把金鑰匙，沒有打開大宋政府的青雲之門，卻打開了草寇團體的發達之路！

【人物篇】

關勝身上，有仁義一面，而這正是宋江拚命宣揚的，所以哪怕他的武力、智力均在林沖之下，他都能位居林沖之上。

關勝征方臘後，終於實現了自己的生平目標，光宗耀祖，升任北京大名府兵馬總管。《水滸傳》中介紹他的最終結局是：「一日，操練軍馬回來，因大醉失腳落馬，得病身亡」。

關勝作為馬上驍勇大將，竟然「落馬得病身亡」，想想有點不可思議，可見他也如同玉麒麟盧俊義一樣，被四大奸臣下了水銀藥酒！

大刀關勝，以小小巡檢的身份飛黃騰達，卻違背了朝廷的青眼有加，臨陣不敵進而叛變，槍頭掉轉反戈一擊，這種人是不值得信任的。他和呼延灼不一樣，呼延灼是本朝功臣之後，而關勝，雖是三國武聖後代，但和本朝沒有任何聯繫！所以關勝必須要死，哪怕不死在方臘手裡，也要死在大宋政府手裡！

關勝的綽號「大刀」，和北京兵馬前都監聞達的外號一模一樣。試問，同在大名府，一山豈容二虎？臥榻之側豈容他人酣睡？而懵懂的關勝，最終死在這些上下級貪官的聯手陰謀下！

關勝人生最輝煌的時刻，就是宣讚的那聲舉薦。而關勝在他有限的輝煌歲月中，他的大刀，能夠斬斷戰場上的明槍暗箭，卻不能防備官場上的口蜜腹劍。對於勇冠三軍的關勝來說，這無疑是一種悲哀。

寶刀百煉生玄光，不勝人生一場醉。

張清為何廣受歡迎

沒羽箭張清，這是一個綽號發音有歧義的名字。這個「沒」字到底是念「mei」（第二聲），還是念「mo」（第四聲）？

一般人大約都會念「梅」音，因為很顯然，張清的武器，手中一桿梨花槍，囊中無數石子。《水滸傳》中讚他的「水調歌」云：

頭巾掩映茜紅纓，狼腰猿臂體彪形。錦衣繡襖，袍中微露透深青；雕鞍側坐，青驄玉勒馬輕迎。葵花寶鐙，振響熟銅鈴；倒拖雉尾，飛走四蹄輕。

金環搖動，飄飄玉蟒撒朱纓；錦袋石子，輕輕飛動似流星。不用強弓硬弩，何須打彈飛鈴，但著處命須傾。東昌馬騎將，沒羽箭張清。

由此看來，這位騎兵出身的河南安陽彰德府好漢，論體型，恐怕堪比名模，所謂「人靠衣裝馬靠鞍」，這一身驚艷打扮，絕不在號稱「英勇雙槍將，風流萬戶侯」的董平之下。

然而若唸作「末」音，也解釋得通。《史記》中記載飛將軍李廣夜獵時，見到草叢中的一塊虎形巨石，一時看花了眼，急忙射箭自保，這一箭用盡全力，箭支竟然深深地插進石頭裡面！李廣等天亮時再次射箭，卻再也射不進去了。根據這個典故，唐代詩人盧綸有感而發，慨然作了《塞下曲》，其中千古傳誦的詩句「平明尋白羽，沒在石棱中」，就是描述這一經典場景。也就是說，當一個人膂力和意志力到了極致，便可以產生巨大的破壞力，能夠沒羽而入！

沒羽箭張清、雙槍將董平，是最後上梁山的一批人。這兩個將軍，一個有飛石絕技，一個是萬夫不當，故而排位很靠前：董平第15位，是五虎將之一；張清第16位，是八驃騎之一。

宋江和盧俊義抓鬮攻打東平、東昌二府，張清用飛石絕技先後打傷金槍手徐寧、錦毛虎燕順、百勝將韓滔、天目將彭玘、雙鞭呼延灼、赤髮鬼劉唐、青面獸楊志、美髯公朱仝、插翅虎雷橫、大刀關勝等十五員戰將，成為梁山上「男子單打」成績最好的選手。最為有趣的是醜郡馬宣贊，剛剛陣前誇下海口：「你近得我麼？」話音剛落就被張清一石子打在嘴邊，翻身落馬，可謂報應不爽。（從此以後宣贊上陣再也沒說過滿話，不知道是否受了教訓。）

沒羽箭連敗梁山好漢一十五條是英雄排座次前最後一次高潮，我們看見，不論是善使奇門兵器的徐寧，還是有祖傳絕學的呼延灼、楊志、關勝，不論是號稱「萬夫不當之勇」的董平、索超，還是以二敵一的鄆城都頭朱仝、雷橫，張清都是毫不畏懼，獨力進行車輪戰，以近乎完勝的驕人戰績班師。

董平戰張清，這個細節相當有意思，值得大書特書！

【人物篇】

董平、張清共同防禦梁山，兩人不僅是同僚，而且是朋友。宋江提前一步打下東平府，收服了董平，隨即帶上董平去挑戰張清。

張清打敗徐寧、燕順等人，都十分輕而易舉，唯獨對陣董平，著實花了點時間精力——董平不僅和張清實力相當，而且還兩次躲過石子偷襲。要知道，其他人一次都躲不了。

由此可見，董張二人平時就互相切磋過，打過熱身賽，所以15位「選手」中，董平「個人得分」最高。

這樣一來，董平、張清在梁山上的排位自然低不了。

宋江設計在水中擒獲張清，張清終於上了梁山。小說中有一句非常人性化的交代：（東昌）太守平日清廉，饒了不殺。

張清的上司是《水滸傳》中難得的好官、清官，但我對此表示懷疑態度。宋江一改以往作風，不殺太守是有原因的，一來在自己投降之前向朝廷傳遞友好信號，二來便是收買張清的人心。假如殺了太守一家，性格剛烈的張清說不準就會脖子一挺「殺了我一個，還有後來人」！至於什麼「天罡星義氣相合」，自然是施老先生滿口胡柴。

張清上了山後，唯一的功勞就是引薦獸醫皇甫端，從而湊滿一百零八人之數。可以說，作為最後的天罡星和地煞星，他們兩個沒有任何犯罪前科，身份應該是完全清白無辜的。作為戰俘，張清完全可以獲得大宋政府的寬容；而獸醫皇甫端更是冤枉——我一醫生能和你們一大群強盜死掐麼？——這天下又不是只有一個獸醫。

張清無疑是幸福的，他的放暗器絕招是江湖上獨一無二本領，哪怕是善射的小李廣花榮、浪子燕青，也不能與之匹敵。張清是最接近武俠小說人物的好漢，我甚至懷疑金庸《書劍恩仇錄》中的千手如來趙半山、古龍《小李飛刀》中的李尋歡就是以張清作為原型參照。

張清無疑是快樂的，一旦打仗，公明哥哥都是把他放在前線上：著名的「九宮八卦陣」破童貫，張清就閃亮登場了，十萬正規軍楞是不敢與其交鋒！

征大遼俘獲第一個敵將阿里奇的,是他;將敵人檀州太守洞仙侍郎耳朵皮擦破的,是他;打敗皇侄耶律國寶的,還是他。

張清無疑是感性的,張清後來在隨軍征討田虎時,與「精靈女射手」瓊英結下一段傳奇的「網絡愛情」——兩人在夢中相識,在現實中結成夫妻,最終夫妻聯袂合作,親手捉住了田虎,張清從此達到了人生的最高峰,事業、愛情雙豐收!

征田虎、王慶,是不知名的文人補充的《水滸傳》「同人作品」。深感慶幸的是,同樣是矮腳虎王英色迷心竅搶先出馬,同樣是瓊英打敗王英,但幸福的是,瓊英沒成為王英的「小老婆」,而是美女配英雄,嫁給了張清,這才是門當戶對、郎才女貌!這才是「正能量」!

張清歸順梁山後,很快就受招安,打方臘,走向了南方戰場。獨松關一役,張清、董平雙雙戰死,馬革裹屍。

張清終於死在「義氣」二字上。張清死了,名震大江南北的沒羽箭死了,死在了自己的弱項上。正所謂人過留名,雁過留聲,將軍虎風,千載之下,兀自滿心欽佩!

張清戎馬一生,**轟轟**烈烈。「無情未必真豪傑」,張清跟瓊英的那一段愛情故事,大約可以算是《水滸傳》中最完美無缺的婚姻了。他們在演武廳上對擲而出的鵝卵石,那剎那間四處濺射的火花,像璀璨的煙火,映亮了張清英俊的面龐,打動了瓊英少女的芳心。

張清戰死獨松關的噩耗傳來,瓊英哀慟不已,悲痛欲絕,隨後親臨獨松關,扶柩回張清故鄉彰德府安葬。張清雖然死了,但留下了自己的遺腹子。瓊英懷胎十月,產下一個面方耳大,像足張清的兒子,取名叫做張節。

瓊英苦守孤兒,將其撫養成人。張節長大後,傳承父風,精忠報國,大敗金兀朮,殺得金兵望風而逃,得封官爵後,歸家養母,以終天年。張清雖然犧牲了,但是他的英雄故事得以子子孫孫永遠流傳下去,算是個不錯的結局。

【人物篇】

　　一百五十年後，襄陽城外，蒙古大軍在大汗蒙哥的率領下，向南宋邊陲重鎮襄陽發起最後的總攻，宋軍在大俠郭靖的統領下，雖然拚死護衛，卻眼見得要城破人亡。好在神雕俠楊過橫空出世，使用飛石擊斃敵酋。

　　是的，同樣的小說家，同樣的帥哥角色，同樣的絕技，同樣受到讀者的廣泛喜歡！

技術人才為何命好

隨著獸醫皇甫端的上山，《水滸傳》一百零八將的大拼圖終告完成。

梁山好漢中，除了領導人，大多數是衝鋒陷陣的驃勇戰士，範圍覆蓋水陸兩軍，然而也有這麼十六位好漢，屬於技術人才範疇。他們是：

掌管監造諸事頭領一十六員：

行文走檄調兵遣將一員 聖手書生蕭讓

定功賞罰軍政司一員 鐵面孔目裴宣

考算錢糧支出納入一員 神算子蔣敬

監造大小戰船一員 玉幡竿孟康

專造一應兵符印信一員 玉臂匠金大堅

專造一應旌旗袍襖一員 通臂猿侯健

專攻醫獸一應馬匹一員 紫髯伯皇甫端

專治諸疾內外科醫士一員 神醫安道全

監督打造一應軍器鐵甲一員 金錢豹子湯隆

專造一應大小號炮一員 轟天雷凌振

起造修緝房舍一員 青眼虎李雲

屠宰牛馬豬羊牲口一員 操刀鬼曹正

排設筵宴一員 鐵扇子宋清

監造供應一切酒醋一員 笑面虎朱富

監築梁山泊一應城垣一員 九尾龜陶宗旺

專一把捧帥字旗一員 險道神郁保四

金庸在他的處女作《書劍恩仇錄》中曾經透露，寫這本小說，一來源於自己故鄉浙江海寧的美麗傳說「乾隆是漢人陳閣老的兒子」，二來也是基於

【人物篇】

四大名著中，《西遊記》人物太少，而《水滸傳》人物又太多，所以折衷取了紅花會十四位當家的**轟轟烈烈**興漢反滿故事來架構。事實證明，金庸頗具戰略眼光，這十四位英雄個個都有相當出彩的表現，連總舵主陳家洛的書僮心硯，由於表現出色，最後也進入了領導人團體。

所以也有不少讀者對《水滸傳》人物過於繁多表示不解，認為一百多人的團體，很多都是湊數的。大家口誅筆伐的頭號對象，便是這十六位看似混跡其中的頭領。

然而我不得不為他們分辯幾句！我承認梁山好漢中，一些人物確實應該剔除，譬如色狼王英、周通，小混混孔明、孔亮，偽君子董平等，他們完全是混進「革命」隊伍的投機倒把分子。但是這十六人，卻是萬萬少不了！

沒有識文斷字的先生，怎麼發佈通告？沒有雕刻印章的匠師，怎麼簽押認證？沒有妙手回春的醫生，怎麼恢復健康？沒有心靈手巧的裁縫，怎麼統一戰袍？沒有鐵面無私的法官，怎麼令行禁止？沒有身材挺拔的旗手，怎麼顯出主帥宋江的威風？

更何況，營建屋舍、規劃城垣、製造船隻、打造兵器、財物出納、號炮管理乃至殺豬宰羊、醃制酒醋，這些苦活、髒活、累活，都要有人去幹，說這十六位頭領是幕後英雄、技術人才，應該無人反對。

我簡略地將這十六位好漢分成軍用人才、民用人才和共需人才三大類。

所謂軍用人才，主要指為了軍隊作戰而提供後勤服務的人，包括裴宣、孟康、侯建、湯隆、凌振、陶宗旺和郁保四，共七人。

民用人才，主要指服務梁山基礎建設的人，包括蔣敬、李雲、曹正、宋清和朱富，共五人。

共需人才，他們的工作範圍涉及軍用和民用兩方面，單獨放在哪一區域都不太合適，因此單獨列出，包括蕭讓、金大堅、安道全、皇甫端四人。

應該說，這十六人裡，絕大多數是人盡其才，才盡其用的，所謂「專業的人做專業的事」。但也有兩個人，比較微妙。

第一個是李雲。

李雲原本是山東沂水縣都頭，武藝出色，因為綁了李逵，被徒弟朱富、徒弟的哥哥朱貴設計下了蒙汗藥，失了囚犯後在朱富的勸降下上了梁山。

這怎麼看也應該是個步軍將校之類的人物，然而最終梁山給他安排的職業卻是給大夥造房子。想想有點匪夷所思，但是李雲身上有和他人完全不同的一個優點——不會飲酒。梁山一百零八將，唯一不飲酒的便是他，正是這個特點，使宋江對他的為人處事完全放心。不會飲酒，就不會如李逵一般誤事，房屋建設，事關大局，不能有半點馬虎，這個任務，交給李雲算是人盡其才！

第二個是宋清。

作為宋江的親弟弟，宋清是梁山名正言順的「太子黨」，但此人文不能安邦，武不能定國，最拿手的是——種田。

宋清是梁山上最不像強盜的「強盜」，他的上山，完全是跟隨哥哥而已，沒有任何理由。試問，他的特長也只是種田，而梁山根本就不需要農民——他們的衣食住行都是靠掠奪而來，根本不需要生產建設。作為農民，宋清無疑很尷尬，好在他是老大的親弟弟，一直勤儉持家，中國人是很在乎「吃」的方式和內涵的，那麼就讓他發揮特長——處理酒宴人員位置。

這也是十六人中最輕鬆的一個職位。

梁山就像一個成熟的社區，所以理所當然需要各項服務措施。正是技術人才的勤勤懇懇辛勞工作，信奉「人人為我，我為人人」的精神，梁山才能保持其正確的發展方向不斷前進。

梁山義軍受了招安後，就要去打方臘。我們驚訝地看到：征方臘前，所有的共需人才都被大宋朝廷以各種理由挽留。蔡京要蕭讓代筆，宋徽宗留金大堅、皇甫端駕前聽用，半道上又要了安道全治病。

蔡京為官雖然貪汙腐敗，但書法造詣確實不凡！蘇、黃、米、蔡四大家，獨步天下！有什麼樣的主子就有什麼樣的大臣，皇帝整天填詞繪畫，這大臣

【人物篇】

也必須要有點墨水才能迎合上意。蔡京本身如此才華，又怎麼可能需要「贗品」蕭讓？再說蔡太師要辦點什麼機密事宜，能告訴你這「梁山賊寇」麼？說白了，就是要拆開梁山兄弟而已！而蕭讓的結局也很讓人寒心，做奸臣蔡京的門館先生終老一生，於梁山兄弟結義之情來說，這都是個不大不小的諷刺。

宋徽宗要金大堅、皇甫端兩人，倒確實出於一片愛才之心。雖然宋徽宗本身就是一浪蕩子皇帝，鬥雞走馬，踢球打彈，諸般雜耍，無一不通。但他對金石學、醫學、數學等學科也確實傾注了不少心血。

據史料記載，宋代對中國金石學的發展造成了極其重要的作用。金石學發端於宋真宗，壯大於仁宗，到了徽宗時期達到鼎盛。宋徽宗不僅喜歡刻章，而且對刻章的原料——各種質地的石頭也愛不釋手。由此而來，興趣擴大到各種奇形怪狀的石頭上，這才派朱勔下江南四處搜索，即臭名昭著的「花石綱」之禍。而正是「花石綱」，使江南百姓民不聊生，浙江淳安漆農方臘才能振臂一呼，引起震動天下的農民大起義。

對於醫學方面，宋徽宗曾親自組織醫官編撰《聖濟經》十卷，並詔告天下學校以為課試命題的依據。與此同時，他還集中醫官集前人大成，編成《聖濟總錄》兩百卷，計六十門不同科目，醫方近兩萬個，集宋前之大成！可惜編撰完成未及刊發，汴梁便城破，兩本鴻篇巨著均被女真人掠走。

對於金大堅、皇甫端兩人，我相信皇帝出於愛好而扣留，但是對於安道全，我保持懷疑態度——太醫院裡良醫如雲，一定需要安軍醫嗎？

看來，還是高俅等人進了讒言，破壞宋江的南征計劃。所以我們看到，安道全剛走，有寶甲賽唐猊護身的金槍手徐寧立馬頸項中了藥箭，調理半月後不治身亡。

當然更重要的理由是：他們四人，相對於殺人放火的梁山其他群盜來說，罪證相對較輕：皇甫端是最後一個上山的，身份完全清白；蕭讓、金大堅合作造了一回假文書，還被人認了出來，間接地破壞了梁山的陰謀；安道全只

是有沾花惹草的毛病，並沒有殺人，而在宋朝，逛窯子那可都是文化人才幹的風韻事！

共需人才由於他們的才華、罪行獲得提前釋放，然而軍用人才和民用人才就沒那麼幸運了，他們全部捨棄了本職工作，被推上了前線！

這十二位好漢，陣亡八人，生還四人，比例高達一半！

南征不久就身亡的計有陶宗旺、曹正兩人。陶宗旺在攻打潤州城時，中亂箭馬踏身亡，他是首批犧牲的將領之一；曹正隨盧俊義攻打宣州，中藥箭身亡。

宋江南征，一共有兩次分兵攻打州縣，我覺得簡直是昏招連連！一方面，宋江大軍一共六萬兵將，而方臘控制八州二十五縣，每州守兵至少五萬！這宋江不學會「集中優勢兵力」，反而和敵人進行以寡敵眾的血肉對抗戰，也難怪梁山好漢一路傷亡不斷！真真應了一句話，「一將無能，累死三軍」！另一方面，神醫只有一位，戰鬥難免掛綵，難道安道全背插雙翼分身有術？有趣的是，安道全「恰好」被裴宣抽到宋江一組！所以跟隨盧俊義出征的曹正，死得委實有點冤！

而對於宋江的「精妙戰術」，我們的吳用軍師卻沒提出任何反對意見！

其實施老先生這麼寫是深有內涵的！這些技術人才中，誰該死、誰該活他早已內定指標！有著只可意會，不可言傳的深刻意義！陶宗旺的工作是梁山城垣監築，曹正是專業的屠宰戶，兩人跟隨大部隊受了招安，已經完全失去了作用，所以設計在前期陣亡是蓄謀已久——因為已經沒有了利用價值。

戰鬥中期陣亡的有侯健、朱富兩人。侯建落水而死，朱富照顧傳染病人，被感染而死，兩人都屬於非戰鬥性減員。這兩人的作用，都類同陶曹二人，下了山後就失去作用，安排他們非正常死亡，來嘲諷梁山水泊中人竟然還有不會游泳的，宋江不懂「未雨綢繆」的道理。而在失去神醫後，傳染病肆虐，梁山大軍只能束手無策！

而在最後的清溪大決戰中，一共有孟康、湯隆、李雲、郁保四四人同時戰死。這就很有點看頭了：孟康、湯隆二人，一造船舶，一造兵器，對於大

【人物篇】

宋政府來說，是不可或缺的好幫手，一路打進決賽才讓他們捐軀，榨取完他們全部的剩餘價值；李雲在梁山的任務是建造房屋，梁山軍破了方臘，已經七零八落不成氣候，即便再反上梁山也力不從心，試問李雲生還又有什麼意義？建了房子又給誰住？至於郁保四，那簡直就是對梁山好漢結局的一種隱喻：連專門掌旗的掌旗使都死了。這面杏黃色的梁山帥旗在如血的殘陽中轟然倒塌，再也不復往日風姿。旗幟的倒下，不就是暗示梁山好漢最終的悲劇色彩命運嗎？

從前線九死一生的好漢有四位：宋清、蔣敬、裴宣、凌振，其中軍用人才兩名，民用人才兩名。宋清作為老大的親弟弟，自然頗受照顧；梁山已成為明日黃花，風流總被雨打風吹去，試問留下帳目和刑法又有何用？所以宋、蔣、裴三人不約而同選擇返鄉為民。凌振生還很大程度上得益於他的降將身份，他可是唯一的技術性降將！而凌振恰好又是最可惜的人才，作為熱兵器的專家，最終依舊回東京繼續研究小小鞭炮，一生不過是個倉庫保管員！一位可以改變歷史的英才，命運卻三次和他擦肩而過，讓人扼腕嘆息造化竟然如此不公！

梁山技術人才，由於各自的特長，獲得了不同的最終結局，死的死，隱的隱，教人感慨不已！

又要說到宋清，宋清一直默默無聞，從不仗勢欺人，對於他的存在，不管是梁山還是大宋政府，都採用了認可的態度。所以宋清一直得到統治階級的關照，宋江死後，朝廷讓他接任哥哥的位置，宋清也很認得清形勢，藉口風疾不能為官；宋清的兒子宋安平應過科舉考試，官至秘書學士。大宋政府也看準了宋清屬於標準的老實孩子，和他哥哥的機關權謀完全不同，所以也一直對他照顧有加。

其實宋清比宋江看得開，稀里糊塗落草，稀里糊塗招安，稀里糊塗功成，卻不能稀里糊塗當官。自己的強項是種田，所以最後也很理智地選擇辭官返鄉務農——正是他清醒地歸隱身退，才能保證宋家後裔開枝散葉。說起來，宋家兩兄弟，真正做到「光宗耀祖」的正是宋清。

方臘為何是草頭天子

在中國兩千年的封建歷史中,從陳勝、吳廣大澤鄉起義以來,歷代皇朝的更替總有農民起義的影響,比如劉秀曾委身綠林軍,朱元璋發跡於紅巾軍等。但是農民起義,不管規模大小,鑒於其本身的時代侷限性,從來沒有建立過一個長久的穩定政權,最輝煌的莫過於李闖王建立的大順短命王朝,但最終還是在叛徒吳三桂和滿清政權的雙重進攻下,大廈土崩瓦解,大順朝並不順,只存活了區區三十天。

宋代被看作是一個相對平穩的朝代,雖然國內史學界對宋朝向來冠以「積貧積弱」「三冗嚴重」的特徵稱號,但是對於內政措施,大多還是持肯定態度。因為宋代是所有朝代中農民起義影響最小的。

有宋三百多年,大大小小爆發的農民起義有幾百次之多,幾乎一年一次,「遍滿天下之漸」,這是歷朝歷代都不曾有過的。但宋代的農民起義始終未形成全國性規模,活動範圍只限於當地一隅,參加的人數也有限,人員成分複雜,不乏大量投機分子濫竽充數,持續的時間很短,長者不過幾年,短者區區數月。加之宋代統治者一貫奉行「攘外必先安內」的政策,對外可以割地賠款,但是對內可毫不含糊。

北宋只有兩次農民起義比較具有規模,初期的四川王小波、李順起義,末期的浙江方臘起義。宋江領導的梁山泊起義,真正的規模其實相當小,被海州知州張叔夜率領千餘官兵,即行剿滅和收編。

方臘起義不同於王小波起義,王小波起義發生在北宋建國初期宋太宗趙光義執政期間,當時大宋政府正處於一種強勁上升的良好態勢,因此可以在穩定外交的情況下,全力鎮壓農民起義。而事實也證明了宋太宗戰略的正確性,歷時三年的王小波起義,最終被顛覆了。方臘起義發生在北宋末期,大宋政府內外交困,風雨飄搖,可以說,起義的時間選擇得非常好。但是一貫「內戰內行,外戰外行」的大宋政府軍,最終還是鎮壓了方臘起義,方臘起義規模雖然沒有王小波起義大,時間也只維持了區區一年,但是在《水滸傳》的側面宣揚下,名聞天下,無人不知。

【人物篇】

王小波給後人留下了一筆寶貴的財富——他在中國農民起義史上第一個明確提出了「均貧富」的政治口號！這可是封建國家建制一千年以來最了不起的進步！王小波的繼任者方臘，就很好地運用了這一點。他任命丞相方肥，提出類似的革命綱領「法分貴賤貧富，非善法也，我行法，當等貴賤，均貧富」，這是農民階級第一次從政治和經濟上提出理想主張，代表著農民起義進入成熟階段。

歷史上的方臘，本是浙江淳安的一個漆園主，宋徽宗的花石綱把東南一帶鬧得昏天黑地，富者敗家，貧者賣兒，矛盾激化到不可調和的地步。方臘借助「摩尼教」的宗教信仰，「食菜事魔，以相賑恤」，召集大批貧苦農民，打響了宣戰的第一槍。而這刺破黑暗的第一槍，激發了數十萬受壓迫人民的鬥志，起義席捲浙江大部、江蘇南部、皖贛東部地區，漸成星火燎原之勢。方臘至此自號「聖公」，建元永樂，正式拉起隊伍。

警報傳到東京，把宋徽宗嚇壞了，宋徽宗連忙委派樞密使童貫帶領十五萬官軍到東南去鎮壓起義。童貫到了蘇州，知道花石綱引起的民憤太大，立刻用宋徽宗的名義下了一道詔書，承認錯誤，並且撤銷了專辦花石綱的「應奉局」，把罪魁禍首朱勔撤職查辦。善良的江南百姓看到朝廷取消了花石綱，罷免了朱勔，總算出了一口氣。哪知道童貫正在這時候，磨刀霍霍，加緊部署鎮壓起義的兵力！

童貫等到時機成熟，立刻撕下偽裝，揚起屠刀，集中各路大軍進攻方臘義軍。初始雙方各有勝負，處於戰略相持狀態，但是隨著戰鬥的曠日持久，起義軍由於沒有經受系統的正規訓練，各部隊又缺乏統一的指揮，各自為戰，因此損失慘重，勝負的天平逐漸向大宋政府軍傾斜。為保持實力，方臘不得不退回青溪，據守在山谷深處的幫源洞堅持戰鬥。官軍不知道山路，沒法進攻。但就在這個節骨眼上，起義軍裡出了叛徒，給官軍引路，官軍終於摸到幫源洞，方臘沒有防備，被俘虜了，沒多久被押解到東京，慘遭殺害。

歷史上的方臘，絕對是個項羽式的人物。他很好地利用了宗教信仰的傳播效果，提出明確的革命口號，領導了轟轟烈烈的江南大起義，給予腐朽的大宋政府有力一擊。方臘雖然犧牲了，但是六年後，國力衰弱的大宋政府，

終於沒能抵擋得住女真鐵騎的凌辱，徽、欽二帝被擄往黑龍江五國城，最終坐井觀天鬱鬱而亡。宋政府的繼任者高宗趙構，偏安一隅，國都竟然還是選擇了方臘起義的重鎮杭州。

然而小說中的方臘，人品就沒那麼高尚了。方臘轄八州二十五縣，雄兵約四十萬，最終竟然覆滅在區區六萬兵馬的宋江手裡，可謂失敗之極。

小說中的方臘，絲毫沒有半點英明果敢的農民起義軍領袖模樣，全然就是一個昏庸無能的地方割據小諸侯。他在革命剛剛有點起色的時候，便著手大肆起造寶殿、內苑、宮闕等生活設施，不僅在「首都」大興土木，而且在下轄的睦州、歙州也各有行宮多處。不僅如此，他自己也是一副皇帝派頭，模仿大宋政府機制，同設文武職臺、省院官僚、內相外將、一應大臣。將寶貴的原始資金挪作他用，讓人不禁大搖其頭。

方臘任人唯親。我們看到，他不停將自己的親戚安排到重要的工作崗位上：蘇州太守是三弟方貌，歙州太守是叔叔方垕，杭州太守是兒子方天定，清溪防禦總指揮是侄兒方傑。而這些「皇親國戚」，個個手握軍政重權，儼然就是掌管生殺予奪的地方小皇帝，試問如此的裙帶關係，又怎能談到發展壯大？

方臘目光短淺。宋江兵臨關隘烏龍嶺，方臘國師鄧元覺死命戍守，雙方一時僵持不下。鄧元覺急書方臘乞求增兵，方臘卻輕描淡寫地說：「各處兵馬已都調盡，只有御林軍，寡人要防衛大內，如何調配得開？」這種目光短淺的自私自利行為，連左丞相婁敏中都看不下去了，上奏方臘「御林軍有三萬，可分一萬助國師破敵」，但方臘還是動用了他的一票否決權。婁敏中無法可想，只能瞞著方臘從睦州調兵五千助守烏龍嶺。可見方臘連「皮之不存，毛將焉附」的道理都不明白！真是讓人扼腕嘆息！

方臘的目光短淺，還表現在他識人不明上。

宋江部下柴進，帶領燕青依靠馬屁功夫，竟然能夠順利打入敵人內部，而且一個成了方臘駙馬，一個成為雲璧奉尉！這方臘，未免託大到幼稚的地步了吧？

【人物篇】

　　李俊、阮小五等水軍五傑，施展出拙劣的詐降計，混入方臘大本營清溪縣中作內應。按常理說，宋江逐次消滅了方臘軍的各個有生力量，方臘偽政權的覆滅已經是時間問題，然而對於這麼明顯的詐降計，方臘竟然坦然不疑，順口開下空頭支票——「待寡人破了宋江，別有賞賜」，遂成為千古笑柄。

　　如果說檢閱外人，方臘大失水準的話，對待自己的下屬，方臘也未見得高明。

　　秀州太守段愷臨敵不戰而降；常州大將金節裡通外敵；宋江破了烏龍嶺，大將伍應星率領三千兵馬，一哄而散，竟走得不知所蹤，從此人間蒸發！

　　知己知彼，才能百戰百勝。方臘不僅料敵不明，而且連自己人也偵察不清，他的起義，也注定了失敗的結局。

　　方臘的軍事才能，也表現得相當差勁。宋江遠道而來，而且只帶了區區六萬流寇兵馬，方臘四十萬大軍，不去長江前線嚴陣以待，反而各自擁兵自重互不統屬，導致宋江在丹徒分兵、杭州分兵兩次重大昏招之下，竟然還能夠做到「集中優勢兵力逐個擊破」，創下「以少勝多」的軍事奇蹟。可以說，如果方臘能夠審時度勢正確指揮，或者在前線給予迎頭痛擊，一舉奠定勝局，或者誘敵深入，等宋江大軍深入腹地缺乏給養，方臘大軍再四面合圍，以四十萬消滅六萬，那都是舉手之勞，易如反掌！

　　然而方臘一條都沒有做到！當他把最後一支御林軍防守武裝交給「女婿」柴進的時候，實際上已經把自己送上了斷頭臺。可笑的是，到了最後，他相信的人，依舊是自己的「貼心人」！而正是自己的女婿，終結了自己的歷史使命。

　　方臘眼見得大勢已去，「三軍潰亂，情知事急，一腳踢翻了金交椅，便望深山中奔走」。這一腳很有意思，他一腳踢翻的，不僅僅是區區一把金交椅，而是整個農民起義的成果。龍椅散架了，整個農民起義，也終於散架了，煙消雲散，一去不復返。而最終，方臘被魯智深一禪杖撂倒，將他的運動生涯畫上了一個不怎麼圓滿的句號。

小說家為了維護封建統治需要，刻意醜化方臘，歌頌「受招安」的「順民宋江」，所以我們在小說中見到一個自私自利、目光短淺、昏庸無能、任人唯親的草頭天子。方臘的失敗告訴我們：幹任何一件事情，要本著全心全意的態度去完成，即便失敗了，也問心無愧。如果存在私心，任人唯親而不是唯賢，不管能造就多少華麗的面子工程，最後終將滅亡，成為一段塵封的回憶。

　　歷史上的方臘雖然失敗了，但是他雖敗猶榮，他比宋江更關心百姓疾苦，而且為廣大貧苦農民開創了一個輝煌的新局面。方臘起義，有自己的革命綱領和口號，代表了絕大多數農民的意願，為推翻北宋王朝造成了重要的作用。而宋江，只是目光短淺的小吏，他的人生理想就是升官發財，和方臘「拯救蒼生」的目的完全不同，宋江只是利用了人類原始的生存願望「大碗喝酒，大塊吃肉」來拉攏人心。當宋江在劫擄了梁山周邊所有的富裕城市的時候，梁山已經和大宋政府一樣，冗兵、冗官、冗費嚴重，沒有持續經濟來源的宋江，只能在半推半就之下投降了大宋政府。正是由於宋江的歷史侷限性，梁山泊起義，始終只是影響很小的小市民暴動，遠不能和波瀾壯闊的方臘起義相提並論。

　　方臘犧牲的時候，宋江正得意洋洋地跨馬遊街。而事實也證明了「鳥盡弓藏」這一千古良句。方臘前腳走，宋江後腳就跟來了，不知他們泉下相見，又會作何感想！

【人物篇】

牛二、李鬼為何上不得梁山

　　牛二、李鬼，算是《水滸傳》裡最出名的兩個小混混了。這兩個傢伙，一個被楊志一刀捅死，一個被李逵一刀斬首（是的，用的是腰刀，不是大斧），命喪黃泉，嗚呼哀哉。

　　捫心自問，梁山好漢裡，有混混出身的嗎？

　　當然有！不僅有，還有不少！

　　穆弘、穆春兄弟，孔明、孔亮兄弟，王英、周通、鄧飛、鄒淵、白勝、段景住，這批人，誰不是混混？

　　閒漢（無業游民）自然容易發展成混混，但有錢的地主少爺，終日飽食無所用心，尋釁滋事，鬥雞走狗，這也是一種混混。

　　和他們相比，當街耍賴的牛二、攔路搶劫的李鬼，就一定品格低下嗎？尤其是李鬼，幹的是剪徑活計，這和梁山好漢「專業對口」啊！憑什麼瞧不起人家？

　　先說牛二。

　　牛二並不是一般的小混混，而是開封府有名有號的市井人物！

　　牛二的外號是沒毛大蟲，這個外號和跳澗虎、錦毛虎相比，好像是差點意思，但和母大蟲、病大蟲相比如何？半斤八兩吧。

　　《水滸傳》中只要是個「實力派」人物，都有外號，比如鄭屠叫鎮關西，蔣忠叫蔣門神，崔道成叫生鐵佛。你再看看高俅、西門慶、殷天錫，這些文化混混，因為武力值欠缺，自然「實力」不夠，所以哪怕他們非富即貴，都沒有外號。

　　故而，牛二是有一定實力的！

　　小說中介紹，牛二外形是「黑凜凜一條大漢」，戰績也還可以，「滿城人見那廝來都躲」——要知道，這可是在東京汴梁城啊！大宋的首都、京師、

150

首善之區，牛二能夠「打遍天下無敵手」，連開封府——執法單位，都拿他沒辦法。

按照牛二的實力，能不能在梁山上混一把交椅坐坐？

當然可以！施恩、王定六、孔亮、周通，我看這些人還未必是牛二的對手。

牛二因為不會識人，又趕上楊志心情不好，在楊志兩次嚴重警告後依然搶刀，這才一個大意被一刀捅死。

注意：牛二是因為大意而喪命，他對自己過於自信，根本想不到楊志這個外鄉人會當街動手，結果死得很意外。

大膽想像一下，如果當時牛二乖一些，看到苗頭不對，立馬「托」地一聲跳出圈子，雙手抱拳說道：「這位好漢且住！我看你相貌堂堂，絕非尋常人物，咱們兩下罷手，去前面酒樓喝上三杯如何？」

我想楊志縱然不去喝酒，也不會動了殺心吧？

牛二如果多拍楊志馬屁，介紹一些買刀的潛在客戶給楊志，我想楊志收他做小弟的可能性不是沒有。

牛二，死在了自己眼裡沒水這一點。

李鬼和牛二不一樣！李鬼眼光很準，而且，腦子還靈活。

李鬼剪徑遇到李逵，一招被打翻，可見這個人物沒有外號是實力使然。

李逵不反感剪徑，反感的是冒名頂替——而且還是假冒自己——最可恨的是，假貨實力還這麼差勁！這簡直忍無可忍！

李逵當時就要殺死李鬼，但是，李鬼聰明啊，馬上編造一段「九十老母無人送終」的謊言，騙取了李逵的信任，自己不僅死裡逃生，而且，還受贈十兩紋銀——李逵給他的養家費。

如果不是李鬼夫妻還想謀財害命，李鬼還能保住一條性命，但因為李鬼太貪婪，欲壑難填，最終也只能成為李逵的刀下亡靈。

【人物篇】

　　對比牛二和李鬼就能發現，小混混要上梁山，首先要眼光準確，要識數，能分清好歹；其次，武功不能太差，要有點實力。牛二有實力沒眼光，所以他死了；李鬼有眼光沒實力，所以他也死了——出來混，遲早是要還的。

　　有趣的是，在小說的後期，還有類似的案例，當事人還是李逵。

　　好漢韓伯龍投奔梁山，先在朱貴的分店裡當了「掛名頭領」——

　　尚未在宋江處正式注冊，只是預備隊人選。李逵來店裡吃白食，韓伯龍說：「老爺是梁山泊好漢韓伯龍。」言外之意是你最好識相點，把飯錢掏出來。

　　非常合理、合法的要求，但是李逵頓時想起了李鬼，以為這也是個假冒名頭的，於是把大斧遞過去，說：「你拿這個當抵押品吧。」

　　不開眼的韓伯龍，也不看看大斧是誰的代表性兵器，真的伸手去接，結果，被李逵一斧砍死。

　　韓伯龍又是一個有實力、沒眼光的人物。

　　李逵殺死韓伯龍後，路上又遇到了沒面目焦挺。兩人互相對視，各自不服，於是動手，焦挺擅長相撲，輕易撲倒李逵。這時候，李逵特別垂頭喪氣，報出自己的名號，且看焦挺的表現：那漢聽了，納頭便拜——是的，原著就這八個字。

　　李逵是誰？宋江的心腹！焦挺連梁山的門都不敢摸，只敢去投什麼枯樹山鮑旭入夥，突然天上掉下一塊「敲門磚」，能不欣喜若狂嗎？

　　所以，雖然焦挺打敗了李逵，但他很識相，「納頭便拜」。這一拜，將自己拜上了梁山，坐了第98把交椅，尚在石勇、孫新等人之前。

　　焦挺有實力、有眼光，所以他能順利上梁山當頭領，這就是小混混達不到的境界。

　　更有意思的是，焦挺是征方臘第一批戰死的好漢之一，他和宋萬、陶宗旺一起被亂箭射死，馬踏身亡——可見焦挺的實力，也挺有限。

【綜合篇】

【綜合篇】

梁山最終排名技巧

《水滸傳》全書，最高潮的部分在哪裡？不是林教頭風雪山神廟，不是武二郎景陽岡打虎，不是宋公明三打祝家莊，也不是沒羽箭獨力抗強敵，全書最高潮的情節除卻「石碣受天文英雄排座次」不作第二選。

這次排名是梁山好漢身份、地位的最終拍板，在這之前，宋江也曾策劃了數次局部排位，但是由於後續加盟的戰友越來越多，因此顯得前期排名的時效性和準確性相當不足。當梁山聚集了百八英雄後，宋江和吳用知道，高層管理人員已經相當充足，各部門的職能也十分完善，如果再不加限制吸納四方頭領，一來人數太多不便管理，二來容易出現「冗官」現象，三來恐怕魚龍混雜，因此當獸醫皇甫端上山後，宋江知道，梁山集團已經徹底成熟，可以打包規劃了。

「文無第一，武無第二」是一句至理名言，自古以來沒有哪個文士敢大言不慚號稱「天下第一」的。相反，赳赳武夫除卻個別老江湖相信「山外有山，人外有人」外，絕大多數人都自詡「老子武功天下第一」，自信是件好事，但是自信過頭便未必了。

梁山好漢，一點武功不會的，大約只有蕭讓、安道全等寥寥數人，絕大多數人都會兩下子。刀口上舔血的漢子輕生死而重名節，追求生命中那一霎那間的輝煌，所以排名高低會直接影響眾好漢的情緒和思維，稍有不當，不僅日後不能精誠合作，反有後院起火之虞，有句濫得不能再濫的話叫「人最可怕的敵人就是自己」，其實梁山又何嘗不是如此呢？

梁山好漢的排名，估計全程暗箱操作的只有宋江和吳用兩人。盧俊義和公孫勝雖然同列四大天王，但是這等機密大事也只有梁山的「董事長」和「秘書長」才有資格密謀。但即便是宋、吳二人這般老狐狸，恐怕也絞盡腦汁策劃了整整七天七夜！因為眾好漢不僅人數眾多，而且關係錯綜複雜，要儘量照顧到各方面的利益，取得最大的收穫，難度可想而知！

金聖嘆說：「三十六人便有三十六種面目。」梁山好漢百八人，上山理由各不相同，除卻四大天王外，我粗略將梁山好漢分成降將、心腹、恩人、元老、結盟、特技和散客七大陣營。

1. 降將系列

這一系列一共十六人，分別是：關勝、秦明、呼延灼、董平、張清、索超、黃信、宣贊、郝思文、韓滔、彭玘、單廷圭、魏定國、凌振、龔旺、丁得孫。其中關勝、秦明、呼延灼、張清四人是降將頭目。

2. 心腹系列

顧名思義，這個系列的人全部是四大天王的鐵桿跟班，具體地說只是宋江、盧俊義兩人的。包括花榮、戴宗、李逵和燕青四人，其中前三人屬於宋派，而燕青是碩果僅存的盧俊義手下。

3. 恩人系列

這一系列全是由對梁山的發展壯大有不可磨滅貢獻的人物組成，共十八人，包括：柴進、李應、朱仝、徐寧、雷橫、楊雄、石秀、解珍、解寶、孫立、樂和、杜興、鄒淵、鄒潤、朱富、孫新、顧大嫂、郁保四。

4. 元老系列

這個系列只有九人，屬於耳熟能詳的人物：林沖、劉唐、三阮、宋萬、杜遷、朱貴、白勝。

5. 結盟系列

這是人數最多的一個系列，高達四十人，占全部人數的三分之一強。結盟者指的是梁山先後收納的大大小小附屬強盜公司的頭領，包括：

二龍山：魯智深、武松、楊志、曹正、施恩、張青、孫二娘

少華山：史進、朱武、陳達、楊春

揭陽鎮：穆弘、李俊、張橫、張順、童威、童猛、穆春、李立

飲馬川：裴宣、鄧飛、孟康

【綜合篇】

  黃門山：歐鵬、蔣敬、馬麟、陶宗旺

  清風山：燕順、王英（妻扈三娘）、鄭天壽

  對影山：呂方、郭盛

  枯樹山：鮑旭

  芒碭山：樊瑞、項充、李袞

  白虎山：孔明、孔亮

  桃花山：李忠、周通

6. 特技系列

  這個系列指的是有一技之長的專用人才，一共五人，包括：蕭讓、安道全、皇甫端、金大堅、宋清。

7. 散客系列

  這個系列全部由形單影隻的單身好漢構成，沒有強硬後臺，共十二人，包括：楊林、侯健、薛永、湯隆、蔡福、蔡慶、李雲、焦挺、石勇、王定六、時遷、段景住。

  當然這種七分法，只是個大致的分類，並不算十分嚴謹。譬如林沖，既可算梁山元老，也可算梁山的恩人；而時遷，既可算散客系列，也可以算入恩人系列。但是這一切對排位的影響，幾乎沒有，因此可以忽略不計。

  梁山的排位，說白了就是七大板塊切割利益，不僅要分得多（排名在前），而且要分得好（進入天罡群體），有點像七大洲爭奪世界盃足球賽的參賽名額。而最終我們發現，獲得利益的多寡，也完全同上述的七分法一樣，降將系列是最大的贏家，其下分別是心腹系列、恩人系列、元老系列、結盟系列和特技系列，而沒有社會背景的散客系列成為最可憐的政治犧牲品。

  降將十六人，進入天罡星的有六人，全部是降將中的頭目，分別是關勝、秦明、呼延灼、董平、張清和索超。其中關勝是四人之下，百人之上，列梁山好漢第5位，天罡武將第一人，同時還是五虎上將之首，竟然將林沖壓制

在下！關勝上梁山非常晚，第63回才姍姍出場，但是第71回大團圓，竟然能坐到這個位置，不得不佩服「老子英雄兒好漢」的道理！關勝引以為傲的是他的尊貴血統，作為三國關老爺的嫡系後代，相貌也和其祖如出一轍，因此哪怕林沖上山再早，功勞再大，外貌再「小張飛」，也只能屈居其下！關勝是血統論的最大受益者。

秦明排第7位，霹靂火人如其名，衝鋒陷陣勇不可當，是梁山早期的功臣之一，正是他和大舅花榮的組合，才能使梁山攻擊力由弱到強，成為一支令人望而生畏的地方武裝力量。秦明能夠越過花榮，和花榮的謙遜溫和有莫大干連。

呼延灼排第8位，他的排名，不僅得益於他的連環馬陣、雙鞭絕學，而且也和血統不無關係。呼延灼是宋朝開國元勛、河東名將呼延贊之後，屬於功臣之子，因此哪怕他曾經將宋江殺得大敗虧輸，宋江不敢也不能將他排除在五虎將之外，即使呼延灼的武藝是五虎中較弱的，和地煞孫立半斤八兩，連扈三娘都能和他對打七八回合不落下風。

董平、張清分列第15、16位。這兩人是最後上梁山的將領之一，可謂無尺寸功勞。他們的排名僅僅是倚重兩人的傑出戰鬥力，雙槍將董平又稱「董一撞」有萬夫不敵之勇；張清暗器功夫了得，飛石取人，百發百中，此外沒有其他原因。

索超排第19位，原因和董張二位相同，索超如同秦明，性格暴躁，戰鬥奮不顧身異常勇猛，武藝和楊志、秦明不相上下，原本可以排得再高些，不過由於他屬於有勇無謀的類型，上山時間又短，所謂「將在謀而不在勇」「論資排輩」，因此他只能排在天罡星的中段。

而黃信、宣贊、郝思文、韓滔、彭玘、單廷圭、魏定國、凌振、龔旺和丁得孫十人分別作為關勝、秦明、呼延灼和張清四人的副手，雖然沒有進入天罡星群體，但也多少獲得了不錯的地煞位置。黃信是秦明的徒弟，上山很早，是宋派最早的手下之一，雖然說本領相當平凡，但是出於平衡藝術的需要，秦明已經落在關勝之下了，秦明唯一的徒弟卻成為72地煞武將之首，算是對秦明的變相補償。

【綜合篇】

　　宣贊、郝思文作為關勝的副手，主榮僕貴，緊跟第 38 位的黃信之後，分列第 40、41 位，而關勝俘虜的水火二將，只是由於是被關勝抓獲的，因此排名竟然也十分不錯，單廷圭第 44 位，魏定國第 45 位。圍繞在關勝周圍的降將，都獲得了不錯的利益。

　　韓滔、彭玘和凌振是呼延灼的副手，韓、彭二人在宣、郝二人之下，水火二將之上，分列第 42 和 43 位，這幾位降將水平相差無幾，所以位置十分緊湊。但是凌振就比較委屈了，作為熱兵器的專家，由於和冷兵器格格不入，而且是後來增援的將領，不是呼延灼的嫡系部隊，所以排名落到第 52 位，甚至還在散客楊林之下！當然這和宋江的輕視有關，堂堂造火炮的人才，宋江竟然讓他去放鞭炮！凌振得不到好位置，也不難理解了。

　　凌振慘，龔旺和丁得孫更慘！作為張清的副手，主將都是僥倖排到前面，這兩個身無寸功的偏將比那些地煞同僚要可憐得多！兩人位置一落千丈，一是第 78 位，一是第 79 位，混跡在說唱歌手樂和、地痞混混穆春之間，成為降將中最落魄的人物，遠遠被前同事甩開。只能怪他們自己上山實在太遲，根本沒有拿得出手的驕人戰績，而且兩人遍體傷疤，恐怕以往戰績也是輸多勝少。梁山雖然管理不科學，但是至少還是相當看重成績的，靠事實說話。龔、丁二人想必是十分鬱悶的，以至於征方臘時，丁得孫竟然被草叢裡的毒蛇咬死，成為死得最沒有價值的成員。

　　梁山降將系列，天罡六人，地煞十人，除了凌振、龔旺和丁得孫之外，全部在前 45 位，而且均處於集團中的前面位置，得到了最大的一塊利益。梁山降將能夠成為既得利益最豐者，和宋江的政策有關，降將都是前政府官員，深諳官場內幕，他們是梁山和大宋政府交流的中間平臺，所以作用相當明顯。再則梁山如果全是由江湖漢子構成，草臺團隊也根本得不到朝廷的重視，只有擁有正規化部隊和軍隊將領，大宋政府才能對梁山另眼相看。正是這些因素的複合作用，給予了梁山降將無限風光。

　　再說心腹系列。擁有心腹是每個社團組織者都客觀存在的事實，因為只要有人的地方，就有拉幫結夥的現象。梁山宋江和盧俊義作為最高層領導，

一些機密事宜只有委託自己的心腹去完成。心腹由於其重要的地位，都獲得了相當不錯的排名——他們全部進入了天罡星團體。

花榮、戴宗和李逵作為宋江的心腹，分別坐上第9、20、22把交椅。花榮昔日職位是清風寨副知寨，知寨是個很小的武官，和巡檢不相上下，更何況還是副的，但是花榮最終卻能夠進入梁山十大元帥之列！這多少和宋江的抬愛有關，當然花榮的神箭絕學也是其重要的敲門磚之一。

戴宗是江州節級，比知寨更不如，金聖嘆點評他「除卻神行，一件不足取」。事實也確實如此，作為梁山間諜系統的老大，本領十分平常，甚至不如雞鳴狗盜的時遷之流出色，但作為宋江、吳用兩人的好朋友，戴宗竊居高位，占了個大便宜。

李逵比戴宗更不如，只是江州小小獄警，生性魯莽，梁山最沒頭腦的人就是此公。作為宋江最忠心的小弟和打手，雖然說戰鬥力「遇強不強，遇弱不弱」，屬於專門撿軟柿子捏的欺軟怕硬角色，但是由於其重要的作用，因此緊隨前任領導戴宗之後，列少華山老大史進之前。

宋氏三心腹，由於昔日職位的高低，排名也順延了這個官場定律。宋江潛意識裡面，還是不自覺地將梁山的排名參考了昔日的官銜。正是他這一恐怕自己也意識不到的理念，才能一直維續其招安的計劃和決心。

燕青是唯一的盧俊義心腹，盧俊義和燕青的關係，不像主僕，更像兄弟，甚至父子。燕青名義上是僕人，但是梁山上沒有誰敢把他當作下人來看待，不僅僅因為他是盧二哥的僕從。而燕青自己也十分爭氣，表現可圈可點，有目共睹，所以燕青能成為三十六天罡星之末，這完全是靠他自身能力取得的，貨真價實，實至名歸。而另一名僕人，李應的心腹杜興就不那麼幸運了，僅僅排第89位，和燕青一比，地位相差十萬八千里。

燕青和朱武的排名只差一位，但是燕青的待遇就是比朱武好！因為燕青是一道分水嶺，是天罡星的「孫山」。朱武雖然是地煞之首，但是就整整差了一個級別！所以燕青穿紅袍，朱武就只能穿綠袍；燕青繫金帶，朱武就只

【綜合篇】

能繫銀帶,梁山好漢號稱兄弟平等,但「天罡」和「地煞」的人為劃分,卻將這個美麗的肥皂泡擊得粉碎。

心腹系列由於其重要的作用,也取得了很好的利益,全部進入高層領導團隊,和領導能夠天天零距離親密接觸。只是由於心腹人數太少(真正的心腹自然不可能很多),因此既得利益在降將之下。但即便如此,相對其他系列,心腹系列還是可以掩嘴偷笑了。

恩人系列:這十八人嚴格意義上來說,主要由對宋江有極大幫助的人士組成。其中柴進仗義疏財,先後資助了王倫、宋江、武松、林沖等大咖;李應、杜興、楊雄、石秀、解珍、解寶、孫立、樂和、鄒淵、鄒潤、孫新、顧大嫂成就了宋江初出茅廬第一功;朱仝、雷橫先後以權謀私釋放了梁山兩位帶頭大哥晁蓋和宋江;徐寧大破連環馬;朱富營救黑旋風;郁保四作為雙面間諜破了曾頭市,一舉確立了宋江梁山新領導人的地位。

柴進由於其貴族身份,成為繼關勝後又一血統論既得利益者。柴進唯一的長處就是好客,當然這些開銷都是大宋政府買單,柴進樂得做好人,柴進獲得了第10把交椅的好位置。

李應、杜興、楊雄、石秀、解珍、解寶、孫立、樂和、鄒淵、鄒潤、孫新、顧大嫂是攻破祝家莊的首席功臣,李應、楊雄、石秀、二解都如願以償地進入天罡星。撲天雕李應如我在《李應篇》所述,是個了不得的人才,同時也是大地主,宋江為了拉攏他,給予第11把交椅的厚愛,和柴進同掌梁山錢糧。但是宋江不得不防備李應,所以派遣的只是虛銜,副手永遠不能和正職相比。

楊雄因為殺老婆,風格和宋江很接近,所以和幫兇石秀一起攀上高枝。兩人一是第32位,一是第33位。作為挑起梁山和祝家莊戰鬥的導火索,宋江沒有忘記他們的點火功能。楊雄的武藝,尚不如石秀,但由於有「殺妻」成績,所以還在石秀之上。

二解唯一能拿得出手的就是殺死老虎,雖然說這老虎是自己踩窩弓上,和武松、李逵的打虎不能相提並論,但這就是成績,誰也抹煞不了!所以二解分別占據第34、35位的位置,幸運地和宋江等人齊身而坐。

孫立比較背，作為登州派的老大，還在小兄弟二解之下！只能怪他為了邀功請賞，殺了自己的師兄欒廷玉。江湖好漢什麼都能做，就是唯獨不能做叛徒，所以孫立即便和呼延灼本領相當，也只能鬱悶地坐在地煞群體裡，尚在朱武、黃信之流之下。但是孫立比郁保四和白勝強，郁白二人出賣的竟然是自己的老大，所以他們只能到最後去列席旁聽。

樂和、鄒淵、鄒潤、孫新、顧大嫂幾位作為登州派的附屬品，排名已經後面了。說唱歌手樂和是辦事小吏，同時作為孫立的妻舅，列第77位，其實很大程度上還是看在孫立的面子上；二鄒作為唯一的叔姪組合，是前登雲山的頭領，但是登雲山的實力幾乎可以忽略，一共才八九十人，心腹也不過二十人左右，屬於標準的「十幾個人來七八條槍」，兩人實力一般，因此一個是第90位，一個第91位；孫新顧大嫂相對比較委屈，這兩人是維繫登州派的關鍵，但是重男輕女的古代，也只能安排他們到後面的位置，孫新第100位，顧大嫂第101位，夫妻倆「妻唱夫隨」開起夫妻老婆店。孫新是個很不錯的男子漢，作為孫立的親弟弟，和哥哥地位相差懸殊，但也沒有什麼怨言，是個服從組織分配的好夥伴。

朱仝和雷橫是梁山老大的最正宗恩人，沒有他們，梁山早改朝換代了，所以兩人哪怕實力一般，也能成為高層領導。朱仝是關勝的特型演員，人品相對較正直。基於這兩點，朱都頭竟然能夠超過武都頭，列第12位；雷都頭就略差點，心胸有些狹窄，喜歡吃拿卡要，所以離昔日搭檔遠了些，第25位。

徐寧是被表弟湯隆欺騙上山的，作為有特殊技能的專家，大破呼延灼的連環馬陣，功莫大焉！而且金槍手徐寧的戰鬥力和董平、張清不分上下，所以靠實力給自己謀了個好位置，第18位。

朱富是朱貴的弟弟，李雲的徒弟，由於設計解救了宋江的小弟李逵，所以也一躍成為梁山的恩人，雖然只是第93位，但是已經在師傅李雲的第97位之上了！同樣的案例還有侯健、薛永，侯健是薛永的徒弟，但侯健是第71名，而一招之間能夠掀翻穆春（第80位）的薛師傅，最終的排名卻是區區第84位，相當不公。此無他，唯利益驅使耳。

【綜合篇】

郁保四真應該鬱悶，正是他的反水，導致宋江破了生死大敵曾頭市，但是最終只是落到扛大旗的尷尬局面，第 105 位。但江湖有江湖的生存法則，出來混遲早要還的，做了叛徒，就一輩子別想翻身，想想白勝吧，他比你還鬱悶。

梁山恩人系列一半在天罡，一半在地煞，但兩極分化嚴重，天罡群體待遇尚算不錯。但是地煞群體排名相當後面，從這一點看出，恩人系列沒有得到「湧泉相報」，地位還在心腹系列之下，也就是說，即便是恩人，也要分個三六九等，相時而動。

梁山元老系列雖然只有九人，但是影響力深遠。林沖、劉唐、三阮、宋萬、杜遷、朱貴、白勝開創了梁山基本格局！

林沖的功勞自不必表，大夥都看在眼裡。老實說，他排第 5 位是無人可以非議的，但是由於 DNA 的不足，無奈屈居第 6 位；劉唐和三阮是黃泥岡七雄戰友，沒有他們，就沒有梁山發展壯大的資金，因此全部順理成章地進入天罡星，分列第 21、27、29 和 31 位；值得一表的是三阮，他們是梁山水軍的奠基人，沒有三阮，梁山始終只能幹些投機取巧的勾當。

宋萬、杜遷、朱貴是梁山公司工齡最最悠久的成員，但是地位十分後面，分別是第 82、83 和 92 位。只能說作為王倫時代的產物，宋江對他們完全不信任。不過由於他們的先天能力不足，宋江倒不至於寢食難安。

白勝是黃泥岡事件穿針引線的關鍵人物，作為一個優秀的表演天才，牽動了情節的順利發展，哪怕實力再不濟，應該也可以取得較好的位置。但是白勝千算萬算，算錯了一件事，悔不該出賣證據已經確鑿的晁天王！而正是他這一汙點行為，成為人人鄙視的叛徒代表，梁山地位當然不高，排倒數第三。

梁山元老如同恩人系列，兩極分化嚴重，人數又較恩人系列少，而且出現了可恥的叛徒，所以吃的蛋糕比恩人們還少，這也是理所當然之事。

結盟系列是人數最多的一個系列,高達四十人,占全部人數的三分之一還多。結盟者指的是梁山先後收納的大大小小附屬聯營山頭的頭領,這個系列就比較複雜一點了。

這四十人,分屬十一座山頭,分別是:

二龍山:魯智深、武松、楊志、曹正、施恩、張青、孫二娘

少華山:史進、朱武、陳達、楊春

揭陽鎮:穆弘、李俊、張橫、張順、童威、童猛、穆春、李立

飲馬川:裴宣、鄧飛、孟康

黃門山:歐鵬、蔣敬、馬麟、陶宗旺

清風山:燕順、王英(妻扈三娘)、鄭天壽

對影山:呂方、郭盛

枯樹山:鮑旭

芒碭山:樊瑞、項充、李袞

白虎山:孔明、孔亮

桃花山:李忠、周通

這些聯營山頭的領導當中,天罡只有魯智深、武松、楊志、史進、穆弘、李俊、二張八人,僅僅占據全部人員的20%!算是比較吃虧的群體。

十一座山頭裡面,二龍山實力最強,得到的利益也最大。三個大領導魯智深、武松、楊志都曾經是官府中人,而且武松還是宋江的結義兄弟,三人手段高強,所以三人分別排第13、14、17位。曹正、施恩、張青、孫二娘四人武藝一般,所以比較後面。曹正作為林沖的徒弟,沒學會師傅這般本事,竟然只會殺豬宰羊,只能列第81位;施恩由於其地方小惡霸身份,武藝低微,連蔣門神都可以輕鬆搞定他,排第85位;孫二娘夫妻原本就是開夫妻老婆店的,業務嫻熟,但由於賣人肉不是什麼正當職業,因此排顧大嫂夫妻之下,分列102、103位。這也是平衡藝術的需要,不能把二龍山七雄全部拔得太高,

【綜合篇】

否則會引起其他人的不滿，況且二龍山有說話作用的只是魯武楊，其他人可以不予考慮。

有趣的是，二龍山上，楊志坐第二把交椅，在武松之上，但在梁山上卻栽了跟斗。不過楊志無所謂，他是一心等待招安，區區排名對於楊家將後代來說，看得並不是那麼重要。

少華山也取得不錯的利益。史進是出場最早的好漢，朱武三人是最早的強盜，引導了《水滸傳》的發展。四人裡面，史進作為禁軍教頭大武術家王進的徒弟，加上和魯智深的鐵桿朋友關係，坐第23把交椅；朱武由於是替補軍師，成為地煞之首，同樣出於平衡需要，陳達、楊春這暗扣第一回出場的猛虎、毒蛇的人物，一個排第72位，一個排第73位。

揭陽鎮有八人：穆弘、李俊、張橫、張順、童威、童猛、穆春、李立。其中穆弘、李俊、張橫、張順是天罡星。穆弘是揭陽鎮大地主，由於白龍廟英雄救了宋江，在他家召開黑幫大會，再次大鬧江州，活捉黃文炳，穆弘屬於基地組織的老大，因此他作為無良地主，能夠狠心燒自家房屋的辣手角色，得到了宋江的賞識，成為揭陽鎮一派中地位最高的人，第24位。

李俊、張橫、張順三人是宋系水軍頭目，嚴格來講張順不應該屬於揭陽鎮一脈，但是由於哥哥張橫的關係，所以也歸入這一派。晁系水軍有三阮，宋系水軍當然不能比他少，不多不少也正好是三位，而且有趣的是，李俊「正好」在阮小二之前。張橫「正好」在阮小五之前，張順「正好」在阮小七之前。這就很有點意思了，恐怕不僅僅是用「巧合」二字來解釋那麼簡單！

不得不說說李俊這人，李俊能成為水軍八傑的領導，源於兩方面：一是他有二童作為跟班，這是水軍將領中獨一無二的現象；二是他先後兩次從李立和張橫手上救了宋江性命。正是李俊這兩個重磅炸彈，使他能成為水軍將領的NO.1。而二童作為他的副手，和降將副手一樣，理所當然地落到地煞群體裡去，一個列第68位，一個是列第69位，說高不高，說低不低，畢竟梁山水軍是梁山的第一道屏障，不能不重視。宋江雖然這麼重視李俊，李俊最後也沒有為他盡了愚忠，征方臘後，和二童遠走海外，當了泰國國王，一生逍遙快活去了。

穆春作為穆弘的弟弟，沒有分享到勝利的果實，只是由於他武功露了底，被病大蟲薛永輕鬆放倒，所以他只能後面站了，第 80 位，和哥哥待遇相差很大。穆弘比他聰明，始終沒有動手，所以他能隱藏自己的真正實力，得到好待遇。穆家兄弟的故事告訴我們一個道理：不如藏拙。

李立僅僅是第 96 名，這個就相對較低了。如孫二娘一樣，李立也是賣人肉發家的，梁山好漢始終鄙視這種下三濫的生意，所以哪怕李立資格再老，也只能去做酒店接待。

以上三個山頭都有天罡星出現，但其他的山頭就沒那麼運氣了——他們全部是地煞群體，流寇就是流寇，和降將不能比的。

裴宣、歐鵬、鄧飛、燕順分別作為飲馬川、黃門山和清風山的領導核心，分列第 47、48、49、50 位。要說這清風山出場很早，對宋江又有救命之恩，怎麼著也不至於落到其他兩山之下啊。只不過裴宣、歐鵬兩人一為孔目出身，一是軍官落草，所以能夠超過羊馬販子燕順，而具有諷刺意味的是，喜歡賭博的鄧飛（小說中說他好「關撲」，關撲是宋代流行的一種賭博活動，而不是相撲），將全部家當押上，讓文人裴宣為尊，而自己也收到相應回報，壓過燕順的風頭。

數學家蔣敬是梁山集團的總帳會計，梁山好漢需要一個任勞任怨的黃牛級人員，蔣敬首當其衝，排第 53 位。接下來就是宋江最喜歡的兩位男花瓶，小白臉呂方、郭盛。這兩人名義上是宋江的貼身保鏢，實際上純粹就是做做樣子而已。作為小商人出身的他們，雖然不能和官員比，但比大多數的聯營山頭頭領，位置要高很多，一個是第 54 位，一個是第 55 位，可惜了郭盛還是大俠郭靖的先輩。

矮腳虎王英純粹是沾了老婆大人的光，扈三娘是難得能和呼延灼交手場面好看的女英雄，自然不能如同孫、顧二女一樣排那麼後面，而流氓王英作為她丈夫，壓過妻子，僥倖能夠排到第 58 位，扈三娘這般英雄，竟然還要排在他下面。

【綜合篇】

　　枯樹山的鮑旭出場很晚，而且是唯一的光桿司令，身份十分可笑。但是由於是李逵招募的，所以位置也不錯，第 60 位。

　　第 61 位的樊瑞是個人才！梁山的其他小聯營山頭，人員大多三五百人，稍微大點的二龍山也不過七八百人，少點的對影山只有一百多人，都是些小打小鬧的角色。但是芒碭山的樊道士不一樣！他召集了整整三千人馬，而且妄圖吞併梁山！氣魄、胸襟都夠大的，可惜實力和梁山比，還有不少差距，因此不僅沒有實現理想，反而被梁山吞併了。所以我們看見，作為最大的一個子公司的老總，排在那麼多的子公司老總下面，僅僅比花拳繡腿的白虎、桃花二山略高。只能說你太不識時務，別人看見宋江都來不及下跪叫哥哥，你怎麼膽敢讓老大叫你老大呢？不給你穿小鞋，真正沒有道理了。而且樊瑞上了梁山後，立刻被架空，成為公孫勝的徒弟，兩名小弟項充、李袞隨即被安排到李逵的帳下聽命。

　　緊跟樊瑞的是宋江的「得意高足」孔明、孔亮。這倆地主少爺就是草包兩個，師傅這點三腳貓水平，徒弟如何可想而知。而且落草原因只是鄰里糾紛，這才殺人上山，人品十分低下，排第 62、63 位真便宜了他們。

　　排第 64、65 位的是樊瑞的小弟項充、李袞，由於後來轉跟李逵，所以排名不上不下，若是兩人緊跟前老大之後，樊瑞臉上真下不來。

　　排在再後面的全部是聯營山頭的小弟：馬麟、孟康、鄭天壽、陶宗旺，這四人處於中間偏後的位置，恰如其分。

　　最有意思的就是李忠和周通，如我在李忠、周通篇所說，這兩人優點乏善可陳，缺點數不勝數：吝嗇、好色、小偷小摸、沒有義氣，是所有聯營山頭中人格魅力最低的，所以成為聯營山頭中的湊數之人。身為桃花山的老大，竟然還不如其他山頭的小弟來得顯赫！兩人一排第 86 位，一排第 87 位，僅僅比賣人肉的李立、孫二娘夫妻好點。

　　結盟系列人數雖然最多，但是由於出身不好，因此即便他們對宋江畢恭畢敬，也難以獲得什麼好位置，算是個比較失敗的團體。

特技系列：這個系列指的是有一技之長的專用人才，一共五人，包括：蕭讓、安道全、皇甫端、金大堅、宋清。這個系列有三大特點：第一，全部都由手無縛雞之力的人士組成；第二，沒有一個天罡星；第三，和心腹系列一樣，是全部生還的團體。

　　專有人才好比當今的技術骨幹，因此梁山上再崇尚武力，卻也離開不了他們。五人當中，蕭讓排第46位，兩位醫生安道全、皇甫端分列第56、57位，金大堅排第66位，宋清排第76位，相差幾乎十名一位，相當巧合。

　　蕭讓的主要工作就是寫寫佈告，發發通知，相當清閒。如果把宋江比作皇帝，蕭讓就類似翰林院的中書舍人，專門為皇帝起草各類文書。兩位醫生一位看人，一位看馬，分工明確，秩序井然，合作相當愉快。金大堅的工作還要清閒，蕭讓要不停寫每月工作報告，金大堅只要刻一次印章就夠永久使用了，所以雖然他和蕭讓同時上山，名次卻差了二十位。宋清是老大的親弟弟，唯一的太子黨，雖然說鐵扇子就是廢物的意思，但是看在老大的面子上，還真不能不把他當回事，宋清捏慣鋤頭的雙手改成掌大勺，成全了專門排宴席這個奇怪的職業。

　　這五人由於自身特長，因此蕭讓、皇甫端、金大堅三人征方臘前就被朝廷留用，神醫安道全也半路返回，順利保住性命。宋清沒什麼專長，朝廷不需要農民，所以一直留在宋江身邊，因此安然無恙。特技系列和倍受照顧的心腹系列一起，創建了七大系列中沒有陣亡人員的「奇蹟」。

　　特技系列由於戰鬥力低下，所以不可能有天罡星的存在，宋清即便是老大的弟弟，宋江也不敢徇私。表面上看起來，這個系列比較失敗，但是實際上，最終快樂一生的，也就是他們幾人。比方蕭讓，做蔡京的門館先生一輩子，悠然自得，對於宋江來說，無疑是個極大的諷刺。

　　但是由於沒有任何一名高層領導，所以我還是把他們歸納在結盟系列之後。

　　最後就剩下散客系列了。這個系列人如其名，全部都是由四方遊客加盟梁山的，屬於雞鳴狗盜之輩，包括：楊林、侯健、薛永、湯隆、蔡福、蔡慶、

【綜合篇】

李雲、焦挺、石勇、王定六、時遷、段景住。其中名次最高的是楊林，排第51位，其次是排第71位的侯健、第84位的薛永、第88位的湯隆，至於二蔡、李雲、焦挺、石勇、王定六、時遷、段景住，全部落到90名以外去了，時遷、段景住兩位小偷，成為排名最後的人物。

　　這個系列是最可憐的群體，由於沒有強硬後臺，也根本得不到說話的資格。楊林是他們當中地位最高的人，但也不是看在楊林的自身本領上，而是楊林的社會關係相對較好：公孫勝是他的引路人，戴宗是他的結拜大哥，他自己又是飲馬川鄧飛、登州派鄒淵的好朋友。正是這四條關係繩，使楊林成為這個群體中的幸運兒。

　　侯健和薛永是師徒倆，但是師傅不如徒弟。由於徒弟侯健是天下第一針織高手，所以專門給梁山軍隊縫製戰袍旌旗，而且在捉拿宋江最咬牙切齒的仇人黃文炳一役中，侯健是臥底眼線，正是這兩個作用使他超過走江湖賣藥的老師薛永。

　　湯隆是軍官後代，又是徐寧的表弟，同時又是著名的鐵匠，引路人是李逵，所以他的排名在散客系列中較靠前，也很吉利：第88名，換成現代，他的號碼可以賣個大價錢。

　　二蔡是最不願意上梁山的，也很難說是盧俊義的心腹，所以只能再後面；李雲是唯一不喝酒的好漢，因此和大家顯得格格不入，捨棄了武術，主抓房屋建築去了；焦挺擅長的只是相撲，況且也未必是燕青對手；石勇唯一的功勞就是送了一封家書，屬於郵遞員性質；王定六還不如石勇，和郁保四兩人雄糾糾氣昂昂去東平府董平處下戰書，結果被打得皮開肉綻、屁股開花，丟盡了梁山的臉；時遷是個好手，如我《時遷篇》所贊，但是他曾經是盜墓賊兼偷雞賊，所以被強盜們看不起，排倒數第二；段景住不僅是盜馬賊，而且是超級菜鳥，兩次販馬都失手了，而且栽在同一敵人曾頭市之下，他不最後一位誰最後一位？

　　散客系列戰績相當差勁，幾乎全部人員的名次都十分後面，當之無愧地成為分蛋糕活動中最失敗的一夥。他們沒有後臺，所以出現這種結局完全在情理之中。

梁山最終的座位排名，雖然存在個別不合理之處，但是已經儘量照顧到了所有人員的利益。這份名單，凝聚了宋江和吳用好幾天的心血，兩人苦思冥想，死了無數腦細胞才得出了一份比較圓滿的答卷。

但是宋、吳兩人苦心經營的文案，如果直接宣布最終結果，勢必會引起軒然大波，因為這不是一個十全十美的策劃。假如誰不滿了，拉起隊伍下了山，剛團圓的局面就立馬破壞了，哪怕表麵糰圓，但是內部未必團圓，有內訌的團隊是不容易合作的。宋江畢竟是厚黑專家，一記「乾坤大挪移」輕鬆將難題化解於無形，他的計劃就是：利用隕石這個難得的天文現象，預先埋下石碣，由此計劃天衣無縫！

當宋江、吳用挖掘出這塊「天上掉下的大石碑」的時候，哪怕這份最終名單再有不合理之處，當事人也只能默默嚥下這口氣，因為這是「上天旨意」，信奉「替天行道」的梁山好漢自然不能「逆天行事」，否則要被「天打雷劈」。且看宋江的恩威並施：

當時何道士辨驗天書，教蕭讓寫錄出來。讀罷，眾人看了，俱驚訝不已。宋江與眾頭領道：「鄙猥小吏，原來上應星魁，眾多弟兄也原來都是一會之人。上天顯應，合當聚義。今已數足，上蒼分定位數，為大小二等。天罡、地煞星辰，都已分定次序，眾頭領各守其位，各休爭執，不可逆了天言。」眾人皆道：「天地之意，物理數定，誰敢違拗？」宋江遂取黃金五十兩，酬謝何道士。

好一個「都已分定次序，眾頭領各守其位，各休爭執」！好一個拉大旗作虎皮的勾當！宋江順利解決了梁山最難的人事關係，從此一路順風，擁有了自己升官發財的強大資本！

宋江、吳用、道士何玄通三人相互勾結，順利將梁山成立以來最棘手的問題解決掉，可謂費盡心機。道士何玄通的名字很有寓意：哪裡來的玄妙神通！從這個茅山道士一出場裝模作樣辨認「天書」開始，這就注定了宋江和方臘的相同之處：藉口宗教愚弄百姓，只不過方臘託辭西域摩尼教，而宋江藉口中國傳統的鬼神學說，僅此分別而已！

【綜合篇】

　　宋江沒有虧待何道士，給予雙簧演出的報酬很豐厚，黃金整整五十兩，這個紅利是小霸王周通討「老婆」聘禮的兩倍多！何道士大發一注橫財後，相信可以好好幹一番事業了。

　　《水滸傳》的故事起始於石碣，聚義於石碣，當宋江死後，他的墓前，照樣也會立一塊石碣，而有趣的是，三阮老家，竟然也叫石碣村，阮小七最終還在石碣村打漁為生。整本《水滸傳》，嚴格地講，可以別名《石碣記》，和號稱《石頭記》的《紅樓夢》交相輝映。

　　梁山的排名技巧，凸顯了人事管理的精髓，成為歷來管理者學習的典範！

精妙絕倫的梁山招安藝術

宋江主導的受招安計劃，成為古今中外讀者聲討、詬病其人的最大口實，正是他的這一最大昏招，直接導致了梁山好漢的悲慘命運。

平心而論，宋江受招安計劃的目的沒有錯。宋代教育，視「男盜女娼」最為侮辱門庭，所以為了死後的名譽，宋江於公於私都堅決要改變其強盜的身份。錯的是招安結果和目的背道而馳，梁山好漢受招安後，隨即和同盟起義軍同室操戈，最終二虎相爭，兩敗俱傷。宋家軍付出極大代價慘勝後，能夠僥倖生還的，大多辭官歸隱，部分頑固不化妄想飛黃騰達的，也多數被朝廷以卑劣手段暗殺。梁山好漢不僅沒幾個能「光宗耀祖」的，而且連順利活下去，也成為一種奢望。

封建統治者面對農民起義，一般透過四步走的方針：誡飭、法律懲治、鎮壓和招安。宋江的受招安，全程也符合上述的流程。當梁山勢力越來越大的時候，朝廷派遣秦明、呼延灼、關勝等征討，不僅沒有實現預期目標，反而更加發展壯大梁山勢力；當宋江反客為主，從被迫應戰到主動出擊時（關勝收服水火二將；拈鬮分打東平、東昌），實際上已經宣告了此時梁山的實力非同小可不得不防了。朝廷鎮壓無效，只能去招安；而宋江已經將周圍富裕的城市洗劫一空，坐吃山空的局面岌岌可危，所以也只能接受招安。雙方周瑜、黃蓋你情我願，眉來眼去暗通款曲，只是為了保證利益分配最優化，所以才進行了曠日持久的討價還價工作。

宋江的招安，用個成語形容叫「一波三折」。

梁山泊英雄排座次發生在宣和二年孟夏四月，而發生招安事件的導火線是來年的元宵燈會，即宋代傳統的上元節。

從夏天到新春，這半年多時間裡，宋江策劃了良久。宋江不像方臘那樣有雄心壯志，他只不過指望撈個一官半職，去除臉上兩行金印而已。

宋江喜歡看熱鬧，尤其喜歡看燈會，譬如當年在清風寨就和花榮一起看小鰲山燈火晚會，結果險些命喪劉高之手。都說「吃一塹長一智」，這宋江怎麼就不長記性呢？竟然要深入虎穴，去京師看燈火晚會。

【綜合篇】

　　宋江看燈只是藉口！本意是親自出馬刺探朝廷的動向！所以我們看到，對於此次間諜活動，宋江一共派遣了十位頭領隨同他下山賞燈：柴進、史進、穆弘、魯智深、武松、朱仝、劉唐、李逵、燕青和戴宗，軍師吳用也心領神會，大拍領導馬屁，安排五虎將率領一千馬軍作後應，而後續發生的故事也驗證了吳用的眼光確實有獨到之處——宋江的單邊行動，總要鬧點花絮才符合其一貫風格。這個看燈陣容全部是天罡星大集合，相當豪華，堪比「銀河艦隊」。

　　宋江原本只打算帶柴進、史進、穆弘、魯智深、武松、朱仝、劉唐七人出遊。其中柴進的貴族氣息是獨一無二的，而其餘六人都是彪悍勇猛之士，作為防衛武裝力量，保護宋江一個人的人身安全，綽綽有餘。但是由於鐵桿小弟李逵也鬧脾氣要去，宋江無奈，只有再安排燕、戴這兩個能鎮住李逵的人物隨同。由此強大的梁山旅遊團浩浩蕩蕩地出發了！

　　北宋末年，政治腐敗，管理鬆弛，即便對於宋江這樣的危險分子，也沒有嚴格的流動人口審查制度，所以在元宵佳節前期，宋江等人能夠大搖大擺走進汴梁，這對於京城守衛系統來說，也算是個莫大的諷刺。

　　宋江本意絕非看燈這麼簡單。元月十四日晚八點，宋江、柴進、戴宗、燕青四人結伴出行，獨獨留下李逵看家，四人看了一會燈火，宋江果然展露其英雄「本色」，對燕青低聲道：「我要見李師師一面，暗裡取事。」

　　李師師是誰？大宋徽宗朝第一藝伎！皇帝的相好！頂級夜總會第一牌子！宋江要走她的關節，「暗中取事」是什麼了不得的事？無他，唯招安耳。

　　不得不佩服宋江的高瞻遠矚！宋江知道「枕頭上的關節最快捷」！而事實也印證了宋江的計劃是相當成功的，梁山受招安有兩大功臣：李師師和宿元景，兩人中李師師是出力最大的。都說「美人一笑千金買」，這李小姐的回眸一笑，撮合了大宋政府和梁山之間的一切恩恩怨怨，又豈是區區一千兩黃金能夠買賣的？！

　　梁山和李師師的非正式單方面會晤一共有三次，這是第一次。這種高檔娛樂場所，門臉嚇人，其實也不過是貪圖錢財而已。當燕青向老鴇許諾贈與

千百兩金銀時，宋江終於如願以償地見到了傳說中的花魁小姐。但是宋江運氣很不好，賓主雙方剛互致節日的問候，還沒來得及切入主題——皇帝來了。

正主到了，宋江等人只能落荒而逃。此次會晤雖然沒有取得實質性進展，但給雙方都留下了不可磨滅的深刻印象。宋江唸唸不忘的是李師師的貌，而李師師刻骨銘心的是燕青的才。

宋江出了李師師家大門，突然建議再去隔壁的趙元奴家拜訪——這趙元奴是皇帝的民間另一相好，李師師的對手兼同行，也是風月場所的著名交際花。與其說宋江好色兼好奇，不如說他是處心積慮再攀關係戶，給自己儘量寬闊的溝通橋樑。

燕青這次卻沒有盲目聽從，對趙老鴇開價銀子一百兩作為見面禮，趙老鴇回覆很幹脆：「女兒（趙元奴）不快在床，相見不得。」其實趙元奴的身體好得很，只是這區區一百兩銀子實在寒酸，老鴇根本不屑一顧而已！

相對李、趙二女，燕青開出的會面代價相差懸殊，而正是燕青這一臨時私自變動，成就了李師師的千秋大業。所以說機遇對人很重要，名垂青史的機會就這樣和趙元奴擦肩而過了。李師師和燕青的故事成為千古風流佳話，連大陸央視《水滸傳》最後都將他們結局設計為泛舟歸隱在一起，成為「只羨鴛鴦不羨仙」的典型代表，但趙元奴下場如何，史料記載不詳。

宋江沒有見到趙元奴，只好失魂落魄繼續逛街，途經一座酒樓，無意間聽見假扮客商的史進、穆弘兩人在裡面大聲唱歌。書中寫道：

只聽得隔壁閣子內有人作歌道：

浩氣沖天貫鬥牛，英雄事業未曾酬。

手提三尺龍泉劍，不斬奸邪誓不休！

宋江聽得，慌忙過來看時，卻是九紋龍史進、沒遮攔穆弘，在閣子內吃得大醉，口出狂言。宋江走近前去喝道：「你這兩個兄弟嚇殺我也！快算還酒錢，連忙出去！早是遇著我，若是做公的聽得，這場橫禍不小。誰想你這兩個兄弟也這般無知粗糙！快出城，不可遲滯。明日看了正燈，連夜便回，

【綜合篇】

只此十分好了，莫要弄得撇撒了！」史進、穆弘默默無言，便叫酒保算還了酒錢。兩個下樓，取路先投城外去了。

宋江為什麼大發雷霆？表面上看，宋江氣的是自己帶的下屬，竟然這般魯莽，在人群擁擠之處高喊「懲治腐敗，振興大宋」的口號，泄露自己行蹤；但是實際上，宋江氣的是，現在梁山的最大目標是招安，是投降，而不是以前的「反貪官不反皇帝」！那個已經過時了！不新鮮了！你再喊挑刺口號，這不是給對方難堪麼？況且這史進、穆弘兩人不是沒有文化的人啊，我選他們同行正是由於兩人都是地主少爺出身，多少讀過書的，怎麼這般不明白我的良苦用心呢？太讓我失望了！雖然這詩的內容很好，沒有任何和大宋現行政策相牴觸的地方，而且音律優美、琅琅上口，簡潔明了、磅礴大氣，但是不管怎麼樣，和我宋江的土政策不吻合了，就必須終止！所以史進、穆弘兩人，也只能「默默無言」買單走人！

過了一夜就是元宵佳節，宋江依舊進行他的招安計劃——再次拜訪李師師。但這次的效果也不理想，宋江剛剛暗示了自己的身份和目的，李師師還沒看明白，皇帝又來了，這次隨同前來的還有四大奸臣之一的太尉楊戩。

宋江等人閃在黑暗裡尋覓時機：

宋江在黑地裡說道：「今番錯過（和皇帝見面），後次難逢，俺三個（宋江、柴進、燕青）就此告一道招安赦書，有何不好！」柴進道：「如何使得？便是應允了，後來也有翻變。」

宋江的確是被功利熏昏了頭，作為朝廷最大的造反頭子，竟然妄圖用這麼異想天開的方法去溝通交流！柴進畢竟是貴族出身，一聽說這麼赤裸裸的計劃，當場一口否決。

梁山主動聯繫大宋政府的一號計劃被宋江的心腹李逵破壞殆盡！宋江的個人陰謀徹底宣告流產。宋江雖然很生氣，後果也很嚴重，但是沒有辦法，梁山主動向朝廷拋去的橄欖枝，被自己最心腹的小弟狠狠掐斷，現下唯一的機會就是等待大宋朝廷來下書修好了。

而另一方面，朝廷也無時無刻不關心梁山的動向。大宋政府一貫重文輕武，不到迫不得已不會擅動刀兵。所以在御史大夫崔靖的建議下，第一次招安開始了！這一次招安，朝廷對自己的定位很不準確，而且事實也證明了一條菜場鐵律：漫天要價，著地還錢。

梁山作為賣家，自忖奇貨可居，待價而沽；大宋政府作為買家，暗思自己家財萬貫，身份、地位尊崇，對於弱勢群體的梁山小販，象徵性地給兩個就可以了。

所以陳宗善作為此次招安的首席長官，一開始就注定了他的悲劇結尾——朝廷給的資本實在太少了！

朝廷給的代價是詔書一份、御酒十瓶。怎麼看都是相當低廉的資本——阮小七一個人就能喝四瓶，區區十瓶對於百八英雄來說，當得甚事？一人難道喝一口？再說這詔書，完全就是一份訓斥警告書：

蕭讓展開詔書，高聲讀道：

制曰：文能安邦，武能定國。五帝憑禮樂而有疆封，三皇用殺伐而定天下。事從順逆，人有賢愚。朕承祖宗之大業，開日月之光輝，普天率土，罔不臣伏。近為爾宋江等嘯聚山林，劫擄郡邑，本欲用彰天討，誠恐勞我生民。今差太尉陳宗善前來招安，詔書到日，即將應有錢糧、軍器、馬匹、船隻，目下納官，拆毀巢穴，率領赴京，原免本罪。倘或仍昧良心，違戾詔制，天兵一至，韜鈇不留。故茲詔示，想宜知悉。

宣和三年孟夏四月 日詔示

這份詔書，完全就是當面罵人！買家將自己擺在高高在上的地位，肆意侮辱賣家尊嚴。可以說，除了宋江，梁山沒有一個人是滿意的！所以哪怕是文盲黑旋風李逵，也第一時間聽明白了，按捺不住一把扯碎了詔書，要不是宋江百般維護，陳宗善凶多吉少。

風波表面上看，好像暫時平息了，然而由於帶來的御酒被阮小七掉了包，皇家御酒變成了村釀白酒，這是一種多麼大的侮辱！就好像做生意，賣家本來就不太高興，買家再故意給假幣，誰能忍下心頭的騰騰怒火？

【綜合篇】

　　由此而來第一次招安以雙方價錢談不攏而告吹。買家吝嗇，毫無誠意，陳宗善下屬的兩名談判代表蔡太師府張幹辦、高殿帥府李虞候人品又相當低下，飛揚跋扈，驕橫無禮，梁山沒有殺了他們三個，已經相當客氣。

　　生意沒有談成，卻沒有「生意不成仁義在」，大宋政府臉上掛不住，開始「強買強賣」──童貫童樞密，大宋最高國防部長，親自率領十萬天兵前來鎮壓！妄圖以雷霆萬鈞之勢一口吃掉這個膽敢藐視天威的水泊團體。

　　童貫率領的十萬正規軍，其中東京管轄的八路軍州，各起兵一萬，由各州兵馬都監分管；另選點兩萬御林軍守護中軍帳，大將酆美、畢勝統領。這支軍隊，彙集了當時禁軍的精華。

　　可以說，這八萬兵馬全部是護衛京師汴梁的外圍精銳部隊，加上皇帝的兩萬近衛隊和無限量供應的武器、輜重、糧草，童貫有理由相信這支「虎狼之師」能夠給他帶來勝利。

　　童貫只看見了表面，但是深層的隱患他沒有發覺。北宋軍隊分禁軍、廂軍、蕃兵和鄉兵四種，其中禁軍是正規化部隊，擔任主要戰鬥任務，不完全駐守京師，另出戍地方重鎮，這樣既能防止中央兵變，又防備地方割據，保證了整個封建統治的有序進行。宋代禁軍實行招募制，士兵入伍要付予安家費和生活費，而且宋代文強武弱，要保證和北方的敵人開仗效果，只有招募大量的士兵，往往數目都能達到百萬之巨。但即便如此，以步兵為主要兵種、弓弩槍棒作為主要武器的北宋軍隊，人數雖多，攻擊力卻遠遠不是以馬軍為主的遼、金、西夏等國軍隊的對手。所以我們看見，宋軍內戰內行，外戰外行，屢戰屢敗後，只有繼續招募士兵，從而形成一種惡性循環：招募士兵，要錢；打仗輸了，賠錢；繼續招兵，要錢；繼續戰敗，繼續賠錢……不停地賠錢下去。

　　都說有宋一代，三冗嚴重。三冗指冗官、冗兵、冗費。其中冗官是宋太祖趙匡胤定下的規矩：誓不殺大臣，宋代歷朝皇帝奉為祖訓，不敢違背。一旦為官，終生免死，最大懲罰也不過是流放謫居，譬如著名的大文豪蘇東坡就曾被貶儋州、謫居惠州。有了這樣的優待條件，宋代官員不僅高薪，而且人數高達數萬，至於下屬的辦事小吏，如宋江之流，更是多達數十萬之眾！而冗兵正是由於四方敵國虎視眈眈造成，雖然也知道不妥，卻也不得不「明

知不可為而為之」，正是這內憂外患造成支付冗官、冗兵的費用年年增長，形成擺不脫的怪圈，最終形成第三冗：冗費。宋代的積貧積弱，相當大的原因正是這三冗。

宋代軍隊，如果實行退役制度，倒還好說，可嘆禁軍部隊，一直養著那些士兵終老，以至於軍隊中老弱瀛兵大量充斥其間，其戰鬥力如何，可想而知；另一方面，北宋的最高統治者，實行「皇帝集權、地方分權」政策，而對於軍制，樞密院和三衙（殿前司、侍衛馬軍司、侍衛步軍司）相互制約，互不統屬，樞密院以文官為最高領導，相當於如今的國防部長，有兵權但無軍隊；三衙則恰恰相反，以武將為首席高層，有軍隊卻無兵權，他們全部聽命於最高領導──皇帝。一般來說，樞密院權力稍大，因為宋代一直以文制武。樞密院是真正的軍事核心。

但正是這種人浮於事的制度，導致了打仗時，往往出現調兵遣將亂成一鍋粥，「將不知兵，兵不知將」的現象，管理混亂，戰鬥力十分低下。以至於西夏軍隊得知自己的對手是宋代禁軍而不是其他地方軍，竟然高興得以手加額、奔走相告，算是個黑色幽默。

說點題外話，林沖昔日官職是「八十萬禁軍槍棒教頭」，可以肯定，禁軍教頭不止一位。因為小說中借陸謙之口曾說：「幾位禁軍教頭，哪個比得上兄長（林沖）？」而且林沖教授的軍隊人數不可能達到八十萬之眾，小說適當地誇張了人數範圍。我們看到，王進是禁軍教頭，下文的丘岳、周昂兩人也是禁軍教頭，他們很有可能都是林沖的當日同事。林沖的職位，最大可能是十萬御林軍（屬於禁軍精銳部隊）的槍棒總教官，能夠出入大內，所以高衙內認識他，而他也認識高衙內。

童貫率領十萬「精銳」和宋江的十萬草寇見面了，矛盾不可調和地產生，雙方在梁山腳下，展開了大決戰！

此役雙方盡遣主力，宋江以逸待勞擺出九宮八卦陣，而禁軍立足未穩，雙方先鋒官陣前交手，鄭州兵馬都監陳翥被秦明一棍打翻，禁軍失了銳氣，一潰千里，折了萬餘人馬。第三日童貫聽信酆美、畢勝二人建議，戰線拉長，形成「一字長蛇陣」，結果又被吳用十面埋伏，大敗輸虧，其餘七大都監全

部喪命，鄧美被活捉，童貫僅僅依靠畢勝的奮力幫忙才避免出現被生擒的尷尬局面，所帶大軍，只剩下四萬有餘，吃了個大敗仗。

童貫兩戰損兵折將，高俅不服氣！高俅比童貫聰明多了，作為殿前司太尉，鬼點子極多。童貫出征前，高俅就忠告過他：「此寇潛伏水窪，只須先截四邊糧草，堅固寨柵，誘此賊下山，然後進兵。」

高俅的政策是對的，敵人占據天時地利人和，自己勞師遠征，只有步步為營、穩紮穩打才是正理。童貫嘴上一套，行動又是一套，和宋江展開硬碰硬的攻堅戰，自然吃了大虧。

高俅生氣啊，心想你童貫怎麼把我的話當作耳邊風呢？！只有自己親自披掛上陣，去實現預期目標了。高俅遠比童貫具有戰略部署眼光：首先摒棄外強中幹的正規軍不用，改用招安過來的前草寇部隊——十節度使。

十節度使每人領軍一萬，這就是十萬大軍。高俅同時召集金陵水軍一萬五千人，統制官劉夢龍率領；心腹牛邦喜專門調派大小船隻；心腹黨世英、黨世雄兄弟率領最精銳的禁軍——御林軍一萬五千人。剿匪部隊人數達到十三萬之多！

高家軍實力遠遠強於童家軍，不僅人數多，而且涵蓋水陸兩軍，看起來可以和宋家水陸大軍展開一場精彩的大戰役！以至於宋江一聽朝廷大軍再次前來，兵力如此鼎盛，嚇得手腳痠軟。

平心而論，這次的政府軍，確實能力相當突出：河南、河北節度使王煥能和林沖大戰七八十回合不分勝負；雲中雁門節度使韓存保能和呼延灼交手近百合不分上下；琅琊彭城節度使項元鎮箭傷董平；中山安平節度使張開險勝張清，也難怪宋江內心恐慌。

但正是「一將無能，累死三軍」。高俅雖然比童貫聰明，卻也只是小聰明而已，此君治軍混亂，軍紀鬆弛，先是拖延時辰出發，而後帶領歌女三十餘人隨軍出征，一路縱容士兵為非作歹，濫報軍功。試問這樣的最高軍隊長官，又怎麼能取得勝利？！

兩軍初次相遇，王煥和林沖鬥個平手，荊忠死於呼延灼雙鞭下，但項元鎮箭傷董平，戰績各自一勝一平一負。但是在隨即的士兵對攻戰中，高家軍還是壓過宋家軍的風頭，挽回了些臉面。宋江一看不好，只有鳴金收兵，將全部希望押在梁山水軍身上。

　　梁山水軍如我在《水軍篇》所贊，是一支每戰必勝的威武之師、模範之師，面對高家水軍的挑戰，不慌不忙，先阻水路，再捉敵人，順利實現了戰前目標，而且活捉了高家軍先鋒黨世雄。

　　第一次水戰梁山軍勝，高俅敗退濟州，終於見識到了梁山的厲害。下屬徐京建議找個軍師來抗衡吳用的鬼點子。十分巧合的是，最後找的這個軍師也是一個小學教師，名叫聞煥章，在東京城外安仁村教學，當高俅去重金聘請聞軍師的時候，梁山軍趁熱打鐵，又捉走高俅手下大將韓存保。

　　高俅那個氣啊，率領水軍來復仇，但是吳用抄襲「火燒赤壁」片段，令劉唐放火燒戰船，再次大敗高家軍，劉夢龍、牛邦喜、黨世英三人盡皆喪命。

　　高俅這時候很尷尬，兩戰兩負，進退兩難。攻，未必奏效；和，心有不甘。恰好有個陰毒老吏王瑾，給高俅出了一道餿主意：在招安詔書上大玩文字遊戲！

　　這份詔書，就是朝廷下的第二道詔書了：

　　制曰：

　　人之本心，本無二端；國之恆道，俱是一理。作善則為良民，造惡則為逆黨。朕聞梁山泊聚眾已久，不蒙善化，未復良心。今差天使頒降詔書，除宋江、盧俊義等大小人眾所犯過惡，並與赦免。其為首者，詣京謝恩；協隨助者，各歸鄉閭。嗚呼，速沾雨露，以就去邪歸正之心；毋犯雷霆，當效革故鼎新之意。故茲詔示，想宜悉知。

　　宣和 年 月 日

【綜合篇】

　　這份詔書，依舊淺顯易懂，因為「之乎者也」滿篇的駢四儷六文章，梁山好漢是看不明白的。這份詔書，言辭比第一次有很大改變，相當客氣委婉，讓人心中甚是受用。

　　高俅聽了王瑾的話，將「除宋江、盧俊義等大小人眾所犯過惡並與赦免」這一最關鍵的條件，故意篡改成「除了宋江（以外），（其餘）盧俊義等大小人眾所犯過惡並與赦免。」可以說，這一招相當損，一般人根本察覺不到！

　　但還是有兩人看出端倪了，一個就是高家軍隨同軍師聞煥章，他極力反對這種不厚道的行為，但是進諫無效；另一個就是著名的狗頭軍師吳用，吳老師大才沒有，歪才一把，專門從細微處看人性，他不僅聽出弦外之音，而且搖唇鼓舌，唆使花榮殺了念詔的官員。

　　由此第二次招安又宣告流產，高宋兩軍再次兵戎相見，得到數次侮辱的宋家軍一鼓作氣，三敗高俅。

　　此戰雙方全部撕下偽裝的面皮，殺得天昏地暗，宋家軍不僅活捉了徐京、王文德等節度使，而且高家軍後續增援的八十萬禁軍教頭丘岳、周昂兩人，一死一逃，所帶人馬，折損大半，連高俅也被張順活捉上山。最後逃脫的，也只有武功最強的周昂、王煥、項元鎮、張開四人而已。

　　連主帥都被俘虜了，代表著高家軍徹底全軍覆沒！

　　在和朝廷討價還價的過程中，梁山軍以自己的實力給自己標了個好價錢。高俅雖然出爾反爾，言行不一，但是人質聞煥章是個相當重要的棋子——他是宋江的昔日舊相識太尉宿元景的老同學！

　　此時梁山和朝廷之間的關係，套用現下一句流行的詞叫「政冷經熱」，高層互不來往，但是私下的關係網還是很龐大的！梁山見朝廷再也沒有興趣主動溝通，只能曲線救國，一方面委派燕青打通李師師的關係；一方面利用聞煥章的關係，大量金銀賄賂正氣尚存的宿元景。

　　燕青雖然身份卑微，但是結拜李師師、賄賂宿元景、設計救蕭讓三件大事，全是他獨立完成的。戴宗雖然也是秘密小分隊隊員之一，但沒出半點力

氣。他的任務，就是監督燕青是否犯作風問題從而忘記招安大計——宋江還是要委派自己心腹去監督盧俊義的心腹。

梁山的「美男與金銀齊飛，恩惠共威脅一色」得到全面開花。在李師師和宿元景兩人的共同努力下，宋徽宗趙佶終於瞭解了事實的真相，萬般感慨後，終於下了最後一道招安詔書：

制曰：

朕自即位以來，用仁義以治天下，公賞罰以定干戈，求賢未嘗少怠，愛民如恐不及，遐邇赤子，咸知朕心。切念宋江、盧俊義等，素懷忠義，不施暴虐，歸順之心已久，報效之志凜然。雖犯罪惡，各有所由，察其衷情，深可憐憫。朕今特差殿前太尉宿元景，齎捧詔書，親到梁山水泊，將宋江等大小人員所犯罪惡，盡行赦免。給降金牌三十六面、紅錦三十六匹，賜與宋江等上頭領；銀牌七十二面、綠錦七十二匹，賜與宋江部下頭目。赦書到日，莫負朕心，早早歸順，必當重用。故茲詔敕，想宜悉知。

宣和四年春二月 日詔示

這份詔書，基本可以當作經典的表揚信來看，全文沒有半句訓斥，全是寬勉鼓勵的話，而且通順明了，不含歧義。

朝廷這次下的本錢，比之第一次不可同日而語：敕賜金牌三十六面，銀牌七十二面，紅錦三十六匹，綠錦七十二匹，黃封御酒一百八瓶，表裡二十四匹。比之第一次的小氣巴拉的十瓶御酒，簡直是霄壤之別。

此次下詔的首席執行官，就是梁山的舊相識宿元景。老宿深諳綠林規矩，出手也很漂亮：第一口御酒由自己先行品嚐，以表絕無二心。老宿絕對是個人才，知道「到什麼山頭說什麼話」，我猜他大概也會兩句「天王蓋地虎，寶塔鎮河妖」之類的江湖黑話。

這精神與物質雙豐收的情況，符合了梁山大多數人士的虛榮心，雖然依舊有少部分人物不願意招安，但歷史的車輪滾滾而來，再也沒有什麼力量能夠阻止它的前行。大宋政府和梁山集團各取所需，以一個合適的價格達成收購協議。

【綜合篇】

　　梁山終於得到了合法的身份。《水滸傳》這本書其實已經真正結束了，當宋江委派梁山元老吳用、公孫勝、林沖、劉唐、杜遷、宋萬、朱貴、三阮和弟弟宋清共同拆除梁山三關城垣、屋宇房舍的時候，梁山失去的，不僅僅是形式上的實體，精神上也不復存在了。「替天行道」的大旗，真正實現了「替」天行道。昔日風光，終成過眼雲煙。

　　房子拆了，大夥也散了，梁山的宗旨也徹底散了。

　　宋江上梁山，屬於造反，宋江受招安，屬于歸順。造反，不僅可以帶來黑道上的聲譽，而且在史書上可以留下不同凡響的一筆；招安，能夠改變臭名昭著的身份，獲得比押司小吏豐厚得多的回報。宋江、吳用一起策劃的招安計劃，可圈可點，精彩絕倫！只可惜，比宋江更厲害的人物多的是，宋江雖然活著的時候享盡風光，但是壽命卻委實短了點，所以說上帝對誰都是公平的。

　　正是：機關算盡太聰明，反誤了卿卿性命！

從詩詞看人性

　　梁山好漢，大多是草莽英雄，文化水準較低，多數人估計大字也不認識多少，像三阮、劉唐、李逵等不折不扣屬於文盲一類，要他們衝鋒陷陣自然專業對口，可若是要他們吟詩作對，恐怕勉為其難。

　　梁山百八好漢中文化水準最高的，大約是宋江。宋江雖然只是個押司小吏，但百回本的《水滸傳》中，經宋氏出的詩詞「作品」一共有九篇，其中不僅有詩，而且有詞，算是文化素養最高的一位。其次可能是燕青燕小乙，有三首詩詞留世。再次大約才輪到盧俊義、林沖、吳用等人。而武松不能算是文化人，他自小父母雙亡，由哥哥撫養成人，接受教育的機會屈指可數。

　　都說「文如其人」，各人的詩詞最能反映一個人的心境。這裡面，宋江表現得最淋漓盡致！

　　宋江最著名的作品，無非在江州潯陽樓題的反詩：一闕《西江月》，一首七言絕句。

西江月

自幼曾攻經史，長成亦有權謀。

恰如猛虎臥荒丘，潛伏爪牙忍受。

不幸刺文雙頰，那堪配在江州。

他年若得報冤仇，血染潯陽江口！

心在山東身在吳，飄蓬江海謾嗟吁。

他時若遂凌雲志，敢笑黃巢不丈夫！

　　宋江雖然著了黃文炳的陷害，被安插了莫須有的造反罪名，但從嚴格意義上來講，這兩首作品本身，明眼人都能看出其對大宋政府的極端不滿情緒！也難怪權欲薰心的黃文炳會浮想聯翩。宋江是故意殺人犯，按照大宋律歷，就應該一命償一命，但是宋江依靠其複雜的關係網大肆行賄，而最終也不過是從輕發落、刺配江州而已，可以說，在這場官司中，宋江已經占了大便宜。

【綜合篇】

然而宋江又是怎麼想的？他想的完全是個人的復仇心態，而且這種心態已經扭曲，「他年若得報冤仇，血染潯陽江口！」「他時若遂凌雲志，敢笑黃巢不丈夫！」

宋江心胸狹窄，由此表露無餘！相對比宋江，八十萬禁軍教頭林沖也曾經在類似的心境下賦五言律詩一首：

仗義是林沖，為人最樸忠。

江湖馳譽望，京國顯英雄。

身世悲浮梗，功名類轉蓬。

他年若得志，威鎮泰山東。

林沖和宋江不一樣，宋江是陰謀戳穿這才故意殺人；林沖則完全是「人在家中坐，禍從天上來」，被黑暗的舊勢力百般陷害，最終活生生地被逼上梁山。按常理說，林沖應該比宋江更有理由痛恨大宋政府才對！但林沖又寫了什麼？「他年若得志，威鎮泰山東！」

同樣是期冀將來，宋江想到的是以血還血，以牙還牙，百倍報復社會，詩詞中充滿戾氣和陰狠。而這個目標他也順利實現了，當李逵在潯陽江邊大斧不管軍民排頭砍去的時候，確實「血染潯陽江口」，正是由於有宋江的「指導思想」，李逵才將無妄之災變成事實。

林沖不一樣，林沖是個悲劇英雄，他身上彙集了大多數中國人的特點：忍讓、善良。即便對於這樣令人髮指的迫害，林沖也不過是殺了三個幫兇而已，對於真正的兇手高俅父子，林沖也沒有如同武松一般轉身回去滅他滿門，即便梁山活捉高俅，林沖在宋江的懇求下，也放過了仇人性命。可以說，林沖是一個胸襟坦蕩的好漢，一個顧全大局的英雄，所以他的目標，只不過是「威鎮泰山東」而不是「仇家一掃空」！

再談武松，武松的留言和他們又不一樣！

武松之所以是好漢，得到絕大多數中國人的喜歡，和他的性格有莫大關聯。同樣是被官府迫害，宋江選擇了花錢消災，即便有萬分不滿，也只是深

深埋藏在心底，只有大醉的情況下，才會表達出來；林沖選擇逃避現實，借助酒精的力量麻醉自己的神經，他們兩個，都選擇了暫時忍讓的策略。但是武松不一樣，武松信奉的格言是「有恩報恩，有仇報仇」，張都監設下栽贓陷害之計，武松轉身就滅了他滿門，這個仇，雖然有濫殺無辜之嫌，卻報得酣暢之至！

武松殺了人，一來出於自身文化水平的限制，寫不出什麼詩詞；二來按照他的性格，估計也不會創作「景陽岡上曾打虎，都監府裡也殺人。若問老爺名和姓，山東好漢武二郎」這樣不倫不類的東西，所以我們看見：

武松拿起酒盅子，一飲而盡。連吃了三四盅，便去死屍身上割下一片衣襟來，蘸著血，去白粉壁上，大寫下八字道：「殺人者，打虎武松也。」

這八個字，簡單扼要，絕不拖泥帶水！力透紙背，直欲破壁而出。符合人物性格！武松之所以是好漢，正是由於他這明人不做暗事的作風和乾淨利落的性格！

再說燕青。燕青是所有好漢中「綜合指數」最高的人物，如我在《燕青篇》所贊，燕小乙哥的聰明，那是真聰明！梁山的招安計劃，如果沒有燕青從中斡旋，恐怕還要再等幾年，正是燕青對徽宗皇帝的兩闕詞，上達天聽，才架設了梁山和朝廷之間的溝通橋樑！

漁家傲

一別家山音信杳，百種相思，腸斷何時了。

燕子不來花又老，一春瘦的腰兒小。

薄倖郎君何日到，想自當初，莫要相逢好。

好夢欲成還又覺，綠窗但覺鶯啼曉。

減字木蘭花

聽哀告，聽哀告！

賤軀流落誰知道，誰知道！

【綜合篇】

極天罔地，罪惡難分顛倒。

有人提出火坑中，肝膽常存忠孝，常存忠孝。

有朝須把大恩人報！

燕青初次會面徽宗，自然不能上來就說：「皇上明鑒，小人冤枉啊！」徽宗皇帝是個浪蕩子皇帝，喜歡鬥雞走馬，藝術水準極高，要想和他交流，必須要具有一定的共同語言才行，這一點，別說燕青明白，連高俅也深諳此道。

《漁家傲》是一闋相思艷詞，這首傾訴男女感情的詞一下子就俘虜了皇帝的心，使他頓時大起知遇之感。既然第一步順利實現，接下來的「真情告白」也就順理成章了。

燕青破了方臘，苦勸盧俊義未果，只好給宋江留言告辭。信中最後賦詩一首：

情願自將官誥納，不求富貴不求榮。

身邊自有君王赦，淡飯黃齏過此生。

這首詩，不僅表明了事情原因和自己立場，而且涵義淺顯，一望便知。對於皇帝，燕青要表述自己的才華，但對於宋江和廣大戰友，燕青只要說明情況即可，這首詩嚴格來講已經近似山歌，接近三阮、白勝擅長的藝術表達形式，為梁山好漢所能夠普遍接受。

說起山歌，小說中最喜歡唱山歌的人有三位：白勝、阮小五、阮小七。

白勝最著名的作品是黃泥岡上的憫農歌：

赤日炎炎似火燒，

野田禾稻半枯焦。

農夫心內如湯煮，

公子王孫把扇搖。

整本《水滸傳》，唯一為農民階級說話的也就是這首山歌了。白勝是什麼人？一個無業的閒漢，他不像宋江等小官吏具有穩定的收入保障，也不像晁蓋等地主老爺擁有大量固定資產，同時他也不是強盜可以不勞而獲謀生，他只是一個最最平凡不過的普通人，一個被生活重擔壓迫的人，他要生活，要活下去，他知道農民勞動的勤勉辛苦，瞭解苛捐雜稅的名目繁多，也痛恨這種不平等的現象，但是無力去改變。他唯一能做的就是將老百姓的心聲以唱山歌的形式傳播開來，希望統治階級能夠改善對社會最底層人員的政策。

白勝有美好的願望，但是生活再次欺騙了他，當他走投無路的時候，這個一心等待政策調整的小老百姓，也只有上山落草實現理想了。

三阮嚴格來講，唱的是漁歌而不是山歌。

小說中三阮共唱了五首歌，其中阮小二只唱了一首，而且還是照抄吳用陷害盧俊義的藏頭詩，全無創意，拋開不談；阮小五和阮小七可是有點即興創作能力的文藝工作者。

在迎戰緝捕巡檢何濤的戰役中，阮小五唱的是：

打魚一世蓼兒窪，不種青苗不種麻。

酷吏贓官都殺盡，忠心報答趙官家。

阮小七唱的是：

老爺生長石碣村，稟性生來要殺人。

先斬何濤巡檢首，京師獻與趙王君。

這兩首山歌，很多人都覺得不倫不類，尤其是最後一句話，完全就是宋江的口吻，一付投降派的作風，由此而來三阮招致無數口誅筆伐，什麼「革命不徹底」云云。

其實這完全是個天大的冤案！從三阮一貫表現來看，他們是最最堅定的招安反對派之一，那麼他們為什麼要唱這麼曖昧的歌？其實最後一句話，完全就是一種諷刺和挖苦！試想，「酷吏贓官都殺盡，忠心報答趙官家」「先

【綜合篇】

斬何濤巡檢首，京師獻與趙王君」這樣的話，文中一種恐嚇和威脅的意味不言而喻。

阮小五和阮小七不僅在這場遭遇戰中表現了他們的「藝術人生」，而且在活捉二哥盧俊義的埋伏戰中，再次展露了他們的即興創作才華。

阮小五唱的是：

生來不會讀詩書，且就梁山泊裡居。

準備窩弓射猛虎，安排香餌釣鰲魚。

阮小七唱的是：

乾坤生我潑皮身，賦性從來要殺人。

萬兩黃金渾不愛，一心要捉玉麒麟。

大哥阮小二比兩個弟弟要差很多，此仗只唱了一首歌，而且還是抄襲吳用的，撇開不提。正是阮家兄弟這開門見山的直抒胸臆宣言，讓盧俊義膽顫心驚，從而達到未戰先怯的預期效果。從以上不難看出，已經結婚的阮小二和未婚的兩個弟弟是不同的，成家後的大哥哪來那麼多閒情逸志唱歌解悶，倒是兩個弟弟，作為快樂的單身漢，不僅歌聲悠揚悅耳，而且涵義深刻，藝術水準極高。

有趣的是，梁山水軍中不僅三阮喜歡唱歌，船火兒張橫竟也喜歡唱歌。宋江當年誤上張橫的賊船，船到江心，張橫開始展露歌喉：

老爺生長在江邊，不怕官司不怕天。

昨夜華光來趁我，臨行奪下一金磚。

張橫是一個神仙路過也要搶一把的水匪，膽大包天，宋江聽他表明身份，除了渾身酥軟，別無出路。要不是混江龍李俊恰到好處的解圍，宋江在「餛飩」和「板刀麵」兩種小吃中已選其一。

188

李俊是水軍八傑中較有文化的人。征方臘，李俊二童一時大意，失手於太湖費保四人，誤會消除後，李俊說動四人歸降，其中引用唐朝國子博士李涉的詩：

井欄砂宿遇夜客

暮雨蕭蕭江上村，綠林豪客夜知聞。

他時不用相迴避，世上如今半是君。

李涉昔年乘船去九江，路遇水盜，水盜頭目聽說他就是大名鼎鼎的李涉，不要錢財，只要李涉即興賦詩一首，來考驗他是不是浪得虛名。李涉內心大安，當場口占一絕，群盜折服，遂放過李涉。李涉趁熱打鐵，說動盜首棄惡從善，改過自新，而盜首也慨然應允，從而留下一段千古佳話。

平心而論，李涉這首詩，水準遠不如他的其他作品傳神，想必是心慌意亂情況下所作，最後一句話頗有拍馬屁之嫌，但即便在那種情況下，他依然能夠應景而作，不得不佩服李涉的文學素養確實高人一籌。

李俊不是李涉，他寫不出這種風格的詩。但是李俊想必平時也愛看點《唐詩三百首》之類的書，能夠恰到好處地引用說明，一舉打動了費保四人的心。

李俊半世為盜，半世為官，當他把李涉這首應景詩講述給同行聽的時候，不僅保障了自己的生命，而且為破方臘重鎮蘇州立下汗馬功勞。李俊影響了費保四人一生，同樣，費保等人也影響了李俊二童後半生，七人在破了方臘後，作了化外之人，遠離戰火，一世逍遙快活去了。

李俊之所以能成為梁山水軍第一人，不僅僅因為自己帶小弟，更重要的是他曾經在李立和張橫手上兩度為宋江解圍，對宋江忠心耿耿，而且本人識文斷字，文化水平較高。宋江還是比較看中個人修養的。

李俊、三阮等人，都屬於社會底層人員，沒有接受什麼教育，他們的詩，要麼引用大賢，要麼就類似打油詩。但是梁山上還有一個階級，文化水準相對較高，那就是地主階級。

【綜合篇】

梁山上地主不是很多，大約有盧俊義、李應、史進、穆弘、孔明等人，其中盧俊義文化較高，共創作了兩首詩。

第一首是他躊躇滿志下的產物，要憑一己之力生擒梁山群盜。

慷慨北京盧俊義，遠馱貨物離鄉地。

一心只要捉強人，那時方表男兒志。

這首詩，表面上看，水平相當一般，和三阮的水準差不多，看不出這個世代大財主的真實水平。實際上，盧俊義這首詩是寫給誰看的？梁山群盜！盧俊義知道「到什麼山頭唱什麼歌」，既然是給粗鄙的強盜看的，自然不能過於深奧和文雅了。這首詩，表明了作者身份、目的、方式和理想，雖然平白，但是簡練。

盧俊義真實的水平，顯示在他被陷害去沙門島的途中，正值深秋時節，身陷囹圄的他感慨身世淒涼，不禁悲從中來，即興作詩一首：

那堪又值晚秋天氣，紛紛黃葉墜，對對塞鴻飛，心懷四海三江悶，腹隱千辛萬苦愁，憂悶之中，只聽的橫笛之聲。俊義吟詩一首：

誰家玉笛弄秋清，撩亂無端惱客情。

自是斷腸聽不得，非幹吹出斷腸聲。

這首詩才是盧俊義水平的真實體現！此時此刻盧員外可謂百感交集，心境堪比亡國詞人李煜的千古名句「一江春水向東流」！在同樣的境地下，盧俊義觸景生情，寫下了藝術水準極高的詩篇！

同樣在征大遼後，燕青在雙林渡射雁試技，宋江有感於心，口占一絕：

山嶺崎嶇水渺茫，橫空雁陣兩三行。

忽然失卻雙飛伴，月冷風清也斷腸。

宋江的這首詩，和盧俊義的《斷腸詩》頗有共通之處，一樣地感傷遣懷，一樣地對鏡自憐。但與其說宋江哀悼亡雁，不如說是感嘆未來梁山人眾的命運。梁山此時正像歸途的賓鴻，歷盡磨難千里迢迢回來後，等待他們的卻是

另一場廝殺,一場看不見硝煙的戰爭!而最終也如同雁群一樣,支離破碎,生離死別。

地主階級裡,有兩個人合作寫的一首詩相當不錯,氣勢恢宏,波瀾壯闊,那就是史進和穆弘兩位地主少爺在東京城酒樓唱和的結晶:

浩氣沖天貫鬥牛,英雄事業未曾酬。

手提三尺龍泉劍,不斬奸邪誓不休!

這首詩,可以說是《水滸傳》全書最傳神的作品!和宋江一貫政策宗旨絕對吻合!遠非那些酸不溜丟的感情詩、半通不通的打油詩所能比擬。只可惜,此時此刻,宋江已經處心積慮在準備招安,政策調整為「全盤投降」而不是當年的「懲治腐敗」!所以哪怕史穆二人的作品再琅琅上口,再無懈可擊,也不符合宋江的口味!在宋江的大聲喝斥下,兩位頗通文墨的地主少爺,也只能「默默無言」地投城外去了!宋江的這一聲罵,罵走的不僅僅是兩位下屬,更是晁蓋苦心經營的梁山無形資產。

梁山好漢身份多重,小說人物言談舉止要符合人物身份,所以我們看到,《水滸傳》中的所有詩詞,完全貼切人物行為,這一點也是《水滸傳》能成為四大名著的重要原因之一。略通文墨的林教頭能夠寫律詩;精於官道的宋江不僅能寫詩,而且會填詞;沒多少文化的武松只能留言落款;而完全文盲的李逵充其量也只能罵兩句髒話,叫兩聲可笑的口號「殺上東京,奪了鳥位」;至於小學老師吳用那首著名的藏頭詩,我已經在《燕青篇》詳細評論,在此不作重複說明。

詩詞反映人性,結局注定主題。

【綜合篇】

梁山四大色狼和四大情種

「梁山好漢」資格證書上，大多寫有這麼兩條——「好習槍棒」「不近女色」，這兩點幾乎成了加盟梁山的必要條件。譬如說晁蓋，四十多歲了依舊單身，即便上了梁山，也沒有找個壓寨夫人填補生命的另一半；再比如小說前期的九紋龍史進，得到亡父的大筆遺產，沒有如同一般的紈褲地主子弟那樣吃喝嫖賭，仍然終日射弓走馬勤練不輟，青春期的朦朧愛情離他很遠。

「不近女色」已經隱約成為梁山好漢對外宣揚道德的一種重要輔助手段，透過這種辭令，使梁山周邊城市知道梁山的「盜亦有道」既定方針，從而將影響擴大到全國範圍。梁山的宗旨是「替天行道」，政策是「只反貪官不反皇帝」，為了表明自己的正義立場，闡述被逼上梁山的無奈理由，必須要大力宣揚「不近女色」這一點。梁山好漢不能如同崔道成、王道人、王江、董海等一幹下三濫的狗強盜般強搶民女，否則將聲譽大跌，為人所不齒。

梁山一百零五個男人，當然也不是個個都是道學君子，好色的男人也有，只不過占了極少數，粗略統計，大約有四人。

梁山色狼第四名：小霸王周通

小霸王周通是個絕對無足輕重的小人物，他一出場是青州桃花山的老大，後來剪徑遇見江湖漢子打虎將李忠，不敵之下讓位，奉李忠為老大，自己退居老二的位置。李忠武藝已經相當低微，周通比他還不如，可見此人水平。

周通當強盜沒有前途，但是對愛情卻有著強烈的追求慾望。桃花山下桃花村，大地主劉太公有個漂亮女兒待字閨中，不知怎的被周通打聽到了，「窈窕淑女，君子好逑」，其實只要是「窈窕淑女」，別說是「君子」，哪怕是色狼，也有追求的權利。

劉太公自然不能把女兒往火坑裡推，斷然拒絕，要說周通果然不是當強盜的料，換作王英，肯定是連夜點齊人馬襲營。周通不一樣，他畢竟還是受大宋教育多年，雖然吃了閉門羹，但是臉皮很厚，竟然進行「強買強賣」，丟下二十兩黃金、一匹紅帛作為「聘禮」，約下日子拜堂成親。要不是魯智深恰好路過，劉小姐難逃一劫。

當強盜當到注意輿論監督的份上，這強盜委實名不副實！這說明周通很注意自己的身份！周通就因為他這表現，遠遠不能稱之為標準的「色狼」，因為他畢竟還是遵照世俗習慣來處理自己的終身大事，沒有無恥到抹煞良心的地步，所以他只能是四大色狼裡的老四，永遠別想超越前輩。

周通對「丈人」一家還是相當體貼的，魯智深躲在黑燈瞎火的洞房裡等「新郎」，周通能夠大發感慨：「丈人家太會做人家（按：節約），明日叫小嘍囉送兩桶好（燈）油來。」可以說，周通已經全心全意將劉太公一家當作自己人，雖然求婚手段比較卑劣，但是從他內心來講，相信他婚後會善待劉太公一家，進而會對桃花村一村另眼相看。

魯智深「教育」了周通後，周通在李忠和魯智深的勸說下，雖然捨不得，但也沒有繼續糾纏下去，折箭為誓，收回聘禮，解除婚約（雖然難免有小氣之嫌，但總算是顧全大局）。而且後續的情節發展中，再也沒有和劉小姐一家產生什麼瓜葛，一心一意在梁山上做他那份有前途的職業，一直到征方臘陣亡。

周通這一點比豬八戒好，周通和豬八戒行事風格很相近，都是強盜之身娶妻，被強力因素破壞，從而踏上艱苦的鍛鍊路徑。但是豬八戒取經路上，一旦師傅被捉，第一個想起的念頭就是散夥分行李，回高老莊繼續娶妻；周通比豬八戒好，中止婚約後，再也沒有起任何「復興」的念頭。可以說，周通良知未泯，但正是這一點，決定了他永遠無法成為一個合格的「色狼」。

梁山色狼第三名：矮腳虎王英

王英的故事在《扈三娘篇》已經講述詳盡，這個人物可能是梁山好漢中最露骨、最著名的色狼。在他的理念裡，「性」遠比「情」來得重要，他不需要「兩情相悅」的靈魂溝通，他需要的，僅僅是肉體上的短暫快樂，僅此而已！

王英這人，思想品德十分低下，腳伕出身，由於沒有職業操守，劫了客戶的託付商品，越獄逃竄到清風山落草。梁山好漢多數是被黑暗的官府逼迫上山的，但這條色狼算是例外。王英為什麼心理變態，我想重要原因是他的

【綜合篇】

三等殘廢，小說中介紹他「五短身材」，可能是梁山中最矮的貨色，「雞立鶴群」的他無疑是自卑的，憑他的硬件，能夠討到美貌嬌娘，無異於天方夜譚。

正是這樣的真實情況，導致了王英的性格開始扭曲，甚至到了變態的邊緣：只要是女人，就想去汙辱。我們看到，清風寨文知寨劉高的老婆，一個年紀不算小的中年婦女，王英搶了上山後，第一件事情就是關門求歡。透過燕順和宋江的對話我們還可以看出，這種事情王英做了不止一次兩次。不管年紀大小，相貌如何，只要是女人，王英就有性的衝動！他透過汙辱女性的行為，滿足其無恥的占有欲！難怪連宋江也感慨：「這個兄弟的手段（好色），不是好漢的行為。」

王英是色狼，但是沒有真正色到家！真正的色狼敢於藐視任何外來阻撓力量，譬如《笑傲江湖》中臭名昭著的採花大盜田伯光，看中恆山小尼姑儀琳，那是費盡心機無論如何也想得逞，那才是本「色」！但是王英不是，他是個瞻前顧後的膽小鬼，當燕順和宋江給他施加壓力的時候，這條色狼略一抵抗，還是屈服了，儘管他內心有很多不滿，並且也表露了出來，但是面對實力不敵的情況，他只能選擇投降。所以他只是個無恥的肉慾主義者，沒有自己的獨立思想，處於色狼中的初級階段，所以他只能排第三位。

當宋江將扈三娘作為商品「饋贈」給王英的時候，王色狼達到了「事業」的頂峰，王英得到了扈三娘的人，但是卻永遠得不到她的心，一丈青扈三娘的心，早在李逵滅其滿門的時候就死了。

梁山色狼第二名：雙槍將董平

周通、王英是梁山上的「明狼」，董平不一樣！他不僅是色狼，而且是「暗狼」，同時還是一個徹頭徹尾的偽君子！

董平的好色，小說中不曾過多交代，所以他偽裝得很好，幾乎為人所忽略。但是董平犯的過錯，比周王二人嚴重得多！

董平原是東平府的兵馬都監，地方最高防衛長官，和太守程萬里協同處理東平府日常事務。兩人一文一武，各負其責。程萬里先生有個女兒，「大

有顏色」，相貌很出眾，董平自己也是英俊風流，帥哥一位，號稱「風流雙槍將，英勇萬戶侯」，看起來兩家門當戶對，結為秦晉之好的可能性很大。

董平「落花有意」，程萬里卻「流水無情」，程萬里原是童貫的門館先生，北宋官場，大官每年可以推薦自己的門人弟子、食客下僚充當小官吏，程萬里正是這麼一位幸運兒。程萬里人品如何，小說中未曾交代。按照一般人的理解，奸臣門下，必然也是奸臣。但是我不這麼認為：蕭讓最終結局是做奸臣蔡京的門館先生終老，難道說聖手書生蕭讓人品也十分低劣？再則東平府緊靠梁山泊，屬於剿匪前線，程萬里能夠將東平府管理得水潑不進，一直到最後才被攻擊，恐怕為官口碑也不錯。

宋江委派郁保四、王定六兩人下戰書，董平的第一反應是「大怒，叫推出去斬首」，程萬里卻阻止了他，說：「兩國交兵，不斬來使。」只是決定「各打二十軍棍」而已。可以說，沒有程萬里的一念之仁，郁王二人人頭不保，所以兩人回到宋江面前，也只是「哭告董平那廝無禮」，對於程萬里，沒有提出任何埋怨之言。

所以說，程萬里可能是個清官，正是由於他的信仰和童貫不合，所以才被當作替死鬼，推上前線。

程萬里很瞭解董平的為人，董平平日裡自詡風流，實際上權欲熏心，為求目的可以不擇手段，屬於金玉其外敗絮其中的人物。這種人，怎麼能將女兒託付給他？所以董平明裡暗裡數次託人說合，程萬里只當不知，可以說，程萬里是一個有責任心的人，目光也比較敏銳。

然而董平又是怎麼對待他的？失手被梁山活捉後（注意：捉他的是一丈青和孫二娘兩員女將），唯一的功勞就是施展反水計，混入東平府，裡應外合破了城池，確保宋江比盧俊義提前立功。董平破了東平府，第一件事情就是殺進太守府，滅了程萬里滿門，奪了程小姐為妻。這種行徑，比王英尤其惡劣三分！扈三娘全家，可不是王英殺的！

董平由於其重要的「戰績」，加上他過硬的本領，以最後降將的身份，竟然名列五虎之一！宋江給予他的待遇，比王英要豐厚得多！王英只要有女

195

【綜合篇】

人即可，但董平，女人只是次要因素，權欲才是當之無愧的最大需求！而宋江，也很痛快地滿足了他的願望，兩人朋比為奸。

董平最終戰死在獨松關，他死的時候，千里之外的程小姐，恐怕也很難有什麼悲慟之心。

雙槍將人如其名，掉花槍的本領出類拔萃，而且是「雙槍」，做了可恥的兩面派。其人好色，影響惡劣，因此毫無爭議地成為梁山第二條色狼。

梁山色狼第一名：及時雨宋江

從嚴格意義上來講，宋江好的是「男色」而不是「女色」。

宋江生理機能一切正常，曾經有外室，時刻注意自己身份，王江、董海冒充他的名頭強搶民女，真正的宋江和柴進卻是無辜的受害者，怎麼看，宋江都不像是個色狼的模樣。

宋江對於女色，遠遠不如對權欲的關心，但是這不代表宋江不好「色」！宋江在做了梁山土皇帝以後，作風、派頭一向是皇帝風格，從他的人員安排、親疏程度來看，帥哥成為他的最愛。

宋江最貼身的侍衛長小溫侯呂方、賽仁貴郭盛，時刻圍繞在宋江左右，朝廷下招安聖旨，呂、郭兩人就是迎接代表之一。這兩人伴隨宋江常住忠義堂，關係親密。

孔明、孔亮是宋江的徒弟，齒白唇紅的英俊青年，難以想像，攻擊力這麼低下的宋江竟然也會課徒授業！這倆地主少爺，不文不武，論武力，被呼延灼、武松輕鬆打敗；論智力，假扮乞丐都不像。但是這一切都不能改變他們受寵的現狀！

雙槍將董平，也是一名帥哥，宋江和他初次見面，不僅沒有對他產生極大的敵意（此人是阻撓宋江成為梁山老大的唯一麻煩），反而「一見心喜」，正常嗎？而宋江提拔董平的步伐，快得令人難以置信！

梁山第一帥哥花榮和宋江的關係我就不說了。

以上種種跡象可以看出，宋江對帥哥，有著異乎尋常的癖好，讓人不禁對他的性取向產生極大的懷疑。

不僅對英俊的帥哥，宋江對相貌堂堂、氣宇軒昂的威武大鬍子也情有獨鍾。美髯公朱仝是他的前任同事和現任下屬，宋江和他的關係遠比插翅虎雷橫來得親密，宋江殺人後，朱仝不顧一切也要放他一馬，關係可謂鐵桿；大刀關勝更是明顯的例子，面對天神一般的人物，宋江心折難當，不惜喝斥林沖、秦明兩人，以換取關勝的好感。

宋江為了籠絡人心，所作所為這般過火，所以難免有遭人非議之處。宋江好的「色」，是梁山好漢對他的忠誠度的「成色」，他所重點扶持的對象，都對他忠心耿耿，征方臘回來後，倖存的天罡星裡面有吳用、關勝、朱仝、花榮、戴宗、李逵等人，不能僅僅用「巧合」兩字來解釋。

宋江是梁山第一色狼，一條陰險狡詐的幕後豺狼。

梁山好漢百樣人，就有百樣不同性格，即便下流者如色狼，四人也有四種不同風格。好在周通、王英、董平全部都是結義前犯的過失，宋江好男色而非女色，而且一百零八人大團圓後，再也沒有聽說誰誰又故態復萌了，算起來，大約是「人以群聚」，大夥的力量改變了惡習。

梁山好漢是一群真實的人，所以他們身上有優點，也理所當然存在缺點。因好色而犯錯誤是男人的缺點，毋庸置疑，所以這四個人永遠生活在好漢群體的陰影裡，只因為他們身上有不容許於自然法則的弱點，所以永遠低人一等，當然，相比西門慶、鄭屠、高衙內等混蛋，梁山色狼還差了一個數量級。

再說梁山四大情種。這四大情種分別是：魯智深、安道全、楊雄、史進。

梁山第四情種：花和尚魯智深

魯智深是梁山第一大俠。「無情未必真豪傑，憐子如何不丈夫」，大俠並不代表完全沒有七情六慾，那只是冰冷的殺人機器！

魯智深為弱女子金翠蓮強行出頭，從此踏上茫茫躲避路途；出家當了和尚，依舊為桃花村劉小姐出頭，中止了一段不美滿的婚姻；為兄弟林沖出頭，

【綜合篇】

最終連和尚也沒得做，只好去做強盜。魯智深的「軍官——和尚——強盜」三部曲，不僅不是玷汙祖先，恰恰相反正是為先祖揚眉吐氣。

魯智深是個外粗內細的好漢！為了弱勢群體仗義執言，梁山上只有一個閃耀佛性的人，這個人，唯有魯智深。

說魯智深多情，難免有牽強附會之嫌，但外表粗曠、內心細膩的魯大師，能夠成為無數人的喜愛對象，魯智深的感情世界，還是征服了相當比例的讀者。

魯智深只是略有表徵，沒有付出應有的行動，所以他只能算梁山好漢中的第四情種。

梁山第三情種：神醫安道全

神醫安道全在上梁山之前，小日子過得很舒坦，南京地面上，他算一號人物。但是不巧的是，宋江發背瘡，遍看大夫均不得好，好在張順認識安道全，大力推薦安神醫的絕學，由此而來安道全欲不上梁山而不可得。

安道全根本不想趕這趟渾水，張順好說歹說，恩威並施，方才應允。臨行之前，安道全要和一個風塵知己告個別，這個女人就是艷妓李巧奴。

安道全對巧奴說道：「我今晚就你這裡宿歇，明日早，和這兄弟去山東地面走一遭，多則是一個月，少是二十餘日，便回來望你。」那李巧奴道：「我卻不要你去。你若不依我口，再也休上我門！」安道全道：「我藥囊都已收拾了，只要動身，明日便去。你且寬心，我便去也，又不耽擱。」李巧奴撒嬌撒痴，便倒在安道全懷裡，說道：「你若還不依我，去了，我只咒得你肉片片兒飛！」張順聽了這話，恨不得一口水吞吃了這婆娘。看看天色晚了，安道全大醉倒了，攙去巧奴房裡，睡在床上。巧奴卻來發付張順道：「你自歸去，我家又沒睡處。」

宋代歌女分歌伎和娼妓兩種，李巧奴屬於後者，我猜測安道全是在治病救人的過程中結識她，恰好自己剛剛喪偶，因此兩人打得火熱。

安道全有醫生職業道德，同時是一個感情比較豐富的人，他兩面都不得罪，兩邊都討好。但是可惜的是，梁山不需要腳踩兩條船的人物，所以注定了安道全事業和女人之間，只能擇一而選。

安道全不想選擇，張順替他選了。曾經對張順謀殺未遂的水匪張旺恰好也是李巧奴的「顧客」，半夜摸進門來，被張順正好看見，仇人相見分外眼紅，張順一怒之下，殺了老鴇、李巧奴一家，並且模仿武松的行徑，四處留言「殺人者，安道全也」，栽贓陷害安道全。

安道全由此有家難歸、有口難辯，只好捲起包裹上梁山。而僥倖逃走的張旺也沒得意多久，天網恢恢，不久又被張順一行人看見，這次他的運氣不怎麼好了，被拋入揚子江中，是死是活看運氣。

安道全對李巧奴的感情，大約是真摯的，以他身份地位，能對一個妓女動真情，也算難能可貴，所以安道全能夠成為梁山第三位情種。

梁山第二情種：病關索楊雄

楊雄的故事，我在《楊雄、石秀篇》已經表述得很清楚。楊雄是一個外來創業者，在薊州人生事業達到頂峰，接替王押司，成為潘巧雲的「接盤俠」。

潘小姐生命中一共有三個男人：第一任丈夫王押司、第二任丈夫楊雄、情夫裴如海。楊雄能夠娶喪偶的潘巧雲為妻，說明他胸襟還是比較寬廣的，能夠接受這種在封建社會看來比較「委屈」的事情。

楊雄其實相當愛潘巧雲，很多人覺得楊雄這個人耳根子軟，行事沒有主見，屬於人云亦云的跟風派：石秀初次稟告姦情，他馬上相信了；潘巧雲倒打一耙，他也馬上回心轉意了；石秀再次出招，他又同意了。毫無自己的原則。

楊雄這麼做，其實正是他用情至深的表現！他的內心是深愛潘巧雲的，所以他不願意、也不希望石秀說的是真的。當潘巧雲栽贓陷害的時候，按照楊雄對石秀人品的瞭解，他絕對應該相信石秀，但是為了家庭團結，他只能犧牲石秀。

【綜合篇】

　　所以說，其實楊雄很清楚他們兩個孰是孰非，只不過為了愛情，他選擇了忍氣吞聲，他只寄希望於潘巧雲以後不要再犯錯誤了，對於之前的一時糊塗，他可以既往不咎。石秀雖然是鐵哥們，說不得，也只有委屈一下了。

　　然而楊雄算錯了一件事情：石秀是個認真嚴謹的偏執狂，認準的事十頭牛也拉不回。他自己可以受委屈，但不能見大哥吃虧。所以石秀連夜殺了裴如海，表明自己的清白。

　　如此而來楊雄再也不能裝糊塗，按照楊雄的本意，休了潘巧雲便是。但是當三方會面的時候，楊雄抵不上石秀的從中挑撥，「偷情已經是十分丟臉的事了，更何況偷的還是一個和尚」！楊雄再也無法包庇，只能將潘巧雲和侍女迎兒殺了了事。

　　不知道楊雄下手的時候，心頭有沒有湧起一股悲哀。

梁山第一情種：九紋龍史進

　　史大郎是第一個出場的好漢，我對這個人物一直相當喜愛。史進不僅是個帥哥，而且武藝出色，詩詞藝術也頗具水準。

　　史進是個熱血青年，施耐庵沒有將他當作主要人物來刻畫，我一直深深引以為憾。小說前期的史進，只關心武術方面的事項，對於男女感情，幾乎一片空白。這種情況，一直延續到他上了少華山、落草為寇為止。

　　史進上了少華山以後，可能受到朱武等人的影響，慢慢開始接觸男歡女愛，和山東東平府一名叫做李瑞蘭的娼妓產生了感情。

　　宋江攻打東平府，史進相當高興，因為他可以和這個風塵知己長相廝守了。史進主動請纓，化裝混進東平府，住進李瑞蘭家隨時當內應。

　　史進本想立功受獎，順便將自己和李瑞蘭的關係公佈，所以他去得很開心。但是史進不是吳用，吳用知道，賣唱人家絕對靠不住！（不知道吳用是否有「前車之鑒」，按照他的地位，一直沒有結婚，是否在「情」字上吃過大虧？此事無從考證，遂成疑案。）

史進是個至誠君子，一進李家大門，就一五一十交代了來龍去脈。史進不知道人性險惡！他以為憑自己的關係、禮物和感情，可以打動李瑞蘭的心，但是老狐狸吳用才是真正的聰明人，他預料的結果絲毫不差：史進被李瑞蘭一家告發，關進大牢。

史進為他的真誠付出不小的代價：被痛打兩百大板，而且受刑部位是大腿而不是屁股，疼痛可想而知。但是史進是個硬氣的好漢，面對老虎凳、辣椒水，楞是抵死不招，人品比白勝高尚不知多少倍。

史進比安道全深情的地方在於他的想法：安道全顧忌自己的身份，對於三陪女情婦李巧奴，只想占便宜，不想負責任；史進卻不管這些，能夠坦誠相待地對李瑞蘭說：「明日事完，一發帶你一家上山快活。」他所承諾的是帶李瑞蘭「全家」去快活，而不僅僅針對李瑞蘭一人而已！要說梁山百八好漢，真正用情至深的，史進能算一號！只可惜李瑞蘭辜負了史進的一片心意，最終也只落得身首異處了事。

現代武俠小說中，有個人物能和史進相媲美，他就是金庸小說《書劍恩仇錄》中的紅花會二當家「追魂奪命劍」無塵道長。無塵道長也是個情聖，當年為了心愛的官家小姐一句話：「你要愛我就斬一條手臂送給我。」無塵道長此時變成無腦道長，一言不發就砍下自己的左臂。可惜這只是個陷阱，官家小姐一聲招呼，埋伏已久的捕快頓時將重傷的無塵綁了個結結實實。紅花會救了無塵後，奪了官家小姐給無塵，大家都在想：要嘛殺了她，要嘛娶了她。但是無塵做了誰也意料不到的事：嘆氣後放了她——既然不愛，何必強求？

無塵是個現代武俠人物，與之相對比，史進沒他那麼偉大。當宋江破了東平府以後，史進毫不猶豫殺了李瑞蘭全家——怨不得史進，他已經盡力了。

史進因他的舉動，毫無疑問獲得「梁山第一情聖」金腰帶。

梁山好漢，並非個個是冷血動物，他們有感情，也懂感情，只是這種行為在強盜團體中看來，是比較不上臺面的，所以多數人將自己的感情深埋在心底沒有表現出來而已。在那個動盪不安的社會，生存是第一需求，春花秋

【綜合篇】

月終究是有錢人的遊戲，當大家為溫飽工程終日勞碌的時候，即便有感情，也顯得那麼微不足道。其實《水滸傳》完全可以寫成一本鐵血與柔情並重、戰爭與和平同生的巨著，只是考慮到施耐庵所處的那個年代，要實現這個願望實在是遙不可及罷了。

戰爭與和平

《水滸傳》是一本介於傳統演義小說和舊派武俠小說之間的文學巨著，既然是演義類武俠小說，就難免有血與火交融的宏大場面，而且戰爭此起彼伏，交替出現。

從第一回史大郎率先出場到七十回百八英雄聚義，戰鬥貫穿全劇始終，男人天性就是喜歡和崇尚戰爭的，正如女人生來好裝扮自己。生於和平年代的我們，既然無法滿足金戈鐵馬的夢想，只能將愛好轉移：男性多數喜歡看激烈的世界盃足球賽。這正是應證了一句話，「足球是和平年代的戰爭」！

《水滸傳》中大大小小的戰爭、戰鬥乃至於仇殺鬥毆，不計其數。本篇著重講聚義前晁蓋和宋江領導的大型戰役。

先說晁蓋，如我在《晁蓋篇》所說，晁天王可以做我們的好朋友，但是絕對不是一個優秀的領導。晁天王年過不惑，由於一直單身，竟然依舊青春煥發，屬於熱血男兒一類。熱血男兒給我們的印象，多數是衝動大於理性，而晁天王正是這麼一種人。

七星劫了生辰綱，事發逃難於石碣村，濟州觀察何濤率領五百捕快興師問罪，七雄倚靠天時地利和水軍優勢，打贏了開篇第一仗。但是此仗晁蓋和吳用基本沒有參與：三阮率領水軍伏擊；公孫勝利用天氣預報迎風放火，晁蓋只是大聲吆喝，加油助威而已。

上了梁山後，爆發了著名的「逼宮戰役」，然而此次戰役，立頭功的是林沖，其次是吳用，依舊沒有晁蓋什麼事。

江州劫法場是晁蓋領導的規模最大、參與人數最多、影響最深的戰役。這一仗，晁蓋盡遣精銳，大鬧江州城，火燒無為軍，從而將梁山知名度擴大到全國範圍。然而晁蓋差點為他的疏忽付出昂貴的學費——他沒有安排斷後

的路徑！一行人跟著莽夫李逵亂走直到江邊，面對前有堵截，後有追兵的情況，一籌莫展，要不是張順率領揭陽鎮水軍及時前來接應，梁山好漢難免全軍覆沒。可以說，這一仗雖然勝了，但是僥倖的成分很大。

晁蓋這個人，對自己過於自信，我們看到，江州一戰，吳用、公孫勝兩名軍師，他一個也沒帶。這種狀況一直延續到攻打曾頭市，晁蓋帶了二十個頭領遠征，但是依舊沒有帶吳用、公孫勝、朱武三名「參謀長」中的任何一名！而這次，晁天王的運氣就不那麼好了，中了「無間道」，慘死在史文恭箭下，成為聚義前唯一一名犧牲的高級將領兼領導人。

晁蓋不是個優秀的戰爭指揮官，宋江也不是。宋江領導的戰爭，雖然最終都勝利了，但是過程相當曲折，運氣占了很大比重：有些是先輸後贏，譬如三打祝家莊、大破連環馬；有些得貴人相助，譬如攻打高唐州、喬裝破華州；有些是下屬建功，譬如呼延灼詐降關勝、青面獸遊說索超；有些是陷阱立威，譬如絆馬索捉董平、護城河陷張清；有些是裡應外合，譬如時遷火燒翠雲樓、人質大鬧曾頭市等。

宋江比晁蓋能籠絡人心，運氣也好得多，一直到百八英雄聚義，他都有驚無險地度過種種難關，不得不說厚黑專家的本事，豈是熱血青年所能比擬的！

梁山大團圓後，由於實力已經隱隱和大宋政府分庭抗禮：將軍一百零八人，士兵近十萬。所以包括陸戰兩敗童貫、水軍三勝高俅，都沒有什麼值得炫耀的，因為宋末禁軍本來就是一支豆腐軍，不足為懼。征大遼完全是虛構，拋開不提。但是南征方臘可是真刀真槍的試金石，正所謂實踐出真知，同樣是以貧苦農民為主的起義軍，雙方實力就不相上下，宋江雖然最後也僥倖勝利了，但也付出了極大的代價：梁山好漢十去其八，傷亡慘重。

所有戰役裡面，我想詳細表述的是攻打曾頭市一戰。因為這一仗是唯一一場晁宋兩位指揮官都參與的戰爭，是聚義前唯一一場有梁山將領死亡的戰爭，是唯一一場槍口朝外的「對敵戰爭」，同時也是確立宋江──梁山新一代領導人身份的戰爭！意義可謂重大！

【綜合篇】

　　曾頭市位於凌州西南，具體方位不詳，但是離梁山路途遙遠——宋江讓神行太保戴宗刺探軍情，戴宗去了四五日方回來，按照戴宗日行八百里的平均速度，曾頭市大約離梁山直線距離一千里左右，可以說，在交通不便的古代，兩地書信來往，快馬需要兩天。

　　梁山和曾頭市之間的梁子，起源於一匹馬：照夜玉獅子馬。

　　段景住偷了大金國王子的寶馬，要送給梁山，結果被曾頭市截了。曾頭市是個很奇特的地方，說它奇特，因為它不屬於大宋政府管轄，它的主權在大金國——也就是照夜玉獅子馬的籍貫地。

　　段景住盜的馬，原本就是金國王子的，這宋朝人偷金國人的東西，作為金國子民，自然有責無旁貸的義務去洗刷恥辱。正所謂「師出有名」，曾頭市在道義上，無疑占據了無可爭辯的上風。

　　偷來的鑼鼓敲不得，難道偷東西還有理了？但是宋江不管，他一定要這匹寶馬。

　　梁山上跑得最快的首推戴宗，但是照夜玉獅子馬比戴宗還要更勝一籌，日行千里，宋江不能不動心。況且這馬還是遙遠的金國王子的專用駕乘，屬於獨一無二的寶馬。再兼之當年一丈青追殺宋江，宋江馬駕，要不是林教頭及時出現，宋江吉凶難卜。這三大原因讓宋江食指大動，定下遠征曾頭市的計劃。

　　話說回來，這段景住真的是誠心獻馬梁山嗎？未必吧！還不是寶馬被曾頭市截了，不服這口氣，這才跑到梁山上來求告？

　　段景住要出氣，宋江要寶馬，雙方一拍即合，曾頭市不得不面臨戰爭的烏雲。

　　曾頭市不像祝家莊，祝家莊其實不想主動惹事，它只是個三村聯防的地方武裝力量。但是曾頭市不是，同樣作為地方武裝，曾頭市惟恐梁山大軍不來，竟然教市上小兒們都唱道：「搖動鐵寰鈴，神鬼盡皆驚。鐵車並鐵鎖，上下有尖釘。掃蕩梁山清水泊，剿除晁蓋上東京！生擒及時雨，活捉智多星！

曾家生五虎，天下盡聞名！」這首歌的藝術水準很高，簡潔明了，老少皆宜，但是侮辱之意，充斥其中！

如此一來，宋江不想動手也要動手了，因為他也是「逼上梁山」，然而宋江還沒有來得及調兵遣將，有一個人卻按捺不住了，他就是晁蓋！

晁蓋能夠力排眾議去打曾頭市，源於兩點：其一，段景住為了進身，寶馬獻給宋江而不是他晁蓋！竟然還說「江湖上只聞及時雨大名」！是可忍孰不可忍！其二，前番三打祝家莊，祝家莊沒有叫小孩唱歌侮辱梁山，只是在莊門口掛了一副對聯「填平水泊擒晁蓋，踏破梁山捉宋江」而已，雖然也很無禮，但是比之歌謠，還是文明很多，況且提及的兩人是梁山的一把手和二把手，倒也算了。可恨曾頭市竟然將牆頭草吳用也帶了進來，形成三足鼎立之勢，晁蓋面臨兩大挑釁，能不義憤填膺嗎？！

晁蓋欽點的二十個頭領中，林沖、杜遷、宋萬是梁山元老，劉唐、阮小二、阮小五、阮小七、白勝是參與黃泥岡戰役的心腹，呼延灼、徐寧是最近上山的降將，楊雄、石秀、孫立三人是自己上山的，他們都不屬於宋江一派。黃信、鄧飛、歐鵬、楊林、張橫、穆弘、燕順七人中，和宋江發生過直接關係的，也只有歐鵬、張橫、穆弘、燕順四人。

晁蓋統領了一幫「自己人」，不需要軍師，只帶了五千人馬就出發了。這個陣容，和占據主場便宜的曾頭市比起來，甚至還略遜一籌！

我們看看曾頭市的情況：

曾頭市似乎更像是一個租界，宋、遼、金政府管不著的三不管地帶，所以能毫無顧忌地發展軍事。市內人口眾多，曾家五虎和史蘇兩位教頭，都有萬夫不當之勇。加之兩地距離遙遠，在家門口作戰的曾頭市無疑占有相當大的優勢。

兩軍陣前相遇，曾頭市果然是塊難啃的硬骨頭！晁蓋如此神勇，也只是鬥個平手而已。這時候，求勝心切的晁蓋犯了個原則性錯誤：沒有聽林沖的忠告，誤信人言，半夜去劫營！

【綜合篇】

　　林沖的實戰經驗是相當豐富的，作為前禁軍教頭，什麼大風大浪沒見識過？晁蓋只不過是東溪村長，要問統兵打仗，自然不是強項。可以說，在沒有軍師的情況下，林沖是難得的文武雙全人物！但是可惜得很，晁蓋沒有去珍惜！

　　晁蓋為他的錯誤付出了血的代價，成為聚義前唯一一個犧牲的頭領，梁山遠征軍也吃了個大敗仗，折損將近一半。

　　晁蓋死了，留下個「誰捉住殺死我的人，誰就是梁山新領導人」遺囑。宋江內心很矛盾，既高興又氣憤，高興的是自己終於有機會轉正了，痛恨的是還要參加領導人資格考試。在裝模作樣痛哭一把後，宋江隨即將「聚義廳」改成「忠義堂」，又將梁山人事進行了大變動，當做完這一些以後，他需要做出報仇雪恨的模樣：

　　一日，宋江聚眾商議，欲要與晁蓋報仇，興兵去打曾頭市。軍師吳用諫道：「哥哥，庶民居喪，尚且不可輕動，哥哥興師，且待百日之後，方可舉兵。」宋江依吳學究之言，守住山寨，每日修設好事，只做功果，追薦晁蓋。

　　很明顯，宋江對曾頭市是又愛又恨：它除去了自己最大的上司，但是也成為自己能否成為梁山新領導人不可踰越的天塹！吳用很瞭解宋江的心事：此時剛敗未久，人心思變，對方士氣高昂，實在不適再次遠征！因此藉口「居喪不可遠行」，一來養精蓄銳，二來仔細打聽曾頭市底細。

　　從第六十回晁蓋打曾頭市到六十八回宋江打曾頭市，中間相差了整整八回的篇幅。這麼長的一段時間，宋江不停地做兩手準備：一是繼續立功，建立自己的政績工程；二是明裡暗裡打聽曾頭市最新動態。

　　晁天王歸天後，宋江做的大事有：智賺玉麒麟，降伏關勝及其羽翼，收納安軍醫，犒賞三軍搞閱兵。宋江不斷擴大自己的影響力，既對將軍大肆施恩，同時也對士兵略加小惠，梁山上下對他可謂交口稱讚，如此而來，宋江在鞏固自己地位的道路上，越走越平坦。

　　宋江為什麼給自己搞個競爭對手盧俊義？表面上看，是多麼公平合理！但是深究起來，一來盧俊義的資歷，遠遠不能對宋江構成威脅，而事實也證

明，盧俊義是多麼「識相」！二來，晁天王最得意的戰績就是劫了北京梁中書的十萬貫生辰綱，但是宋江不一樣！他直接就破了北京一城！影響力比起來，相去不可道裡計！

當宋江做完所有這些後，消滅曾頭市已經到了議事日程上。曾頭市統帥也不是聰明人，竟然讓郁保四再次劫了宋江的軍馬，此時兵強馬壯的梁山已經可以對曾頭市完完全全說「不」了，戰爭時機已經成熟！

段景住備說（再次）奪馬一事，宋江聽了，大怒道：「前者奪我馬匹，今又如此無禮。晁天王的冤仇未曾報得，旦夕不樂，若不去報此仇，惹人恥笑。」吳用道：「即日春暖，正好廝殺。前者進兵，失其地利，如今必用智取。」宋江道：「此仇深入骨髓，不報得，誓不還山。」吳用道：「且教時遷，他會飛檐走壁，可去探聽消息一遭，回來卻作商量。」時遷聽命去了，無三二日，只見楊林、石勇逃得回寨，備說曾頭市史文恭口出大言，要與梁山泊勢不兩立。宋江見說，便要起兵，吳用道：「再待時遷回報，卻去未遲。」宋江怒氣填胸，要報此仇，片時忍耐不住，又使戴宗飛去打聽，立等回報。

宋江連派時遷、戴宗兩名最出色的間諜，順利竊取了第一手詳細材料：曾頭市紮下五個大寨，曾家五虎和史蘇兩位教師分別坐鎮，靜候廝殺。

宋江和吳用開始有針對性地分組活動了：

曾頭市正南大寨（次子曾密把守），差馬軍頭領霹靂火秦明、小李廣花榮，副將馬麟、鄧飛，引軍三千攻打；

曾頭市正東大寨（四子曾魁把守），差步軍頭領花和尚魯智深、行者武松，副將孔明、孔亮，引軍三千攻打；

曾頭市正北大寨（長子曾塗、副教師蘇定把守），差馬軍頭領青面獸楊志、九紋龍史進，副將楊春、陳達，引軍三千攻打；

曾頭市正西大寨（三子曾索把守），差步軍頭領美髯公朱仝、插翅虎雷橫，副將鄒淵、鄒潤，引軍三千攻打；

【綜合篇】

曾頭市正中總寨（幼子曾升、村長曾弄把守），都頭領宋公明，軍師吳用、公孫勝，隨行副將呂方、郭盛、解珍、解寶、戴宗、時遷，領軍五千攻打；

合後步軍頭領黑旋風李逵、混世魔王樊瑞，副將項充、李袞，引馬步軍兵五千，面對曾頭市前鋒史文恭的潰兵；

盧俊義率領燕青，領兵五百，平川小路埋伏（吳用之意）；

後援部隊：關勝、徐寧、水火二將。

此次梁山比第一次遠征，人數多了何止一倍！第一次遠征，晁蓋帶了五千人馬，連自己二十一個頭領；二次遠征，宋江帶了兩萬兩千五百人！大小頭領三十五人，包括正副兩名軍師！這支部隊，有馬軍勇將，有步兵精銳，有間諜系統骨幹，有青年近衛軍首腦，有野蠻軍團，有斷後人員，有強力增援，有臥底人質。怎麼看也是一場有勝無敗的毫無懸念的戰爭！想輸都困難啊！

曾頭市千不該萬不該，不該將功臣郁保四當作人質送給對方，宋江利用攻心計，成功瓦解了郁保四的心理防線，和祝家莊之戰一樣，裡應外合之下，順利打破曾頭市，而頭號通緝犯史文恭，寶馬雖好，卻依舊逃不脫盧俊義的暗算。但是郁保四也沒有獲得好下場，名列倒數第四位，主要工作是扛大旗，人如其名，落到一個相當鬱悶的地步。

宋江破了曾頭市，盧俊義雖然立了首功，但是他知道，自己遠遠不能撼動宋江的地位，宋江理所當然地坐上老大的位置，盧俊義當了二把手，也是名義上的「大王」，既成就了晁天王的遺囑，又合了廣大頭領的願望。

曾頭市一戰後，梁山已經如日中天，從被動應戰到主動出擊，在收伏了董平、張清等人後，梁山終於宣告成熟，進入了全書的最高潮部分：排名次。

曾頭市一戰，確立了宋江領導人身份，為全書的基調埋下深深的伏筆。其實曾頭市之戰，和中國歷史上著名的「漢武帝遠征大宛國」很相似。

漢武帝劉徹是一個著名的好馬人士，公元前104年，漢朝出使西域的使者回報：西域大宛國貳師城出產汗血寶馬，乃是馬中之王。漢武帝用千兩黃

金加同馬身等大的金馬來換，遭拒絕。劉徹旋即命令大將李廣利勞師遠征，第一次數萬漢兵經過長途跋涉，十存一二，被占據天時地利人和的大宛國擊敗；劉徹大怒，再次徵兵十萬，牛馬駱駝共十五萬，大軍浩浩蕩蕩一路西去，雖然經過饑餓、缺水、流沙、土匪和猛獸等天災人禍，最後僅有三萬漢兵兵臨大宛城下，但弱小的大宛國還是無力反抗，城中貴族謀殺了大宛國王后獻城，李廣利順利班師。此次戰利品主要包括好馬幾十匹、中馬三千匹，滿足了漢武帝好大喜功的癖好。

曾頭市和大宛國很相像，都是禍起寶馬，都是對敵戰爭，都是敵師遠征，而結果也出乎意料地相似：被強大的外來勢力消滅了。宋江隱約就是梁山的土皇帝，一個好大喜功的封建皇權支持者。

曾頭市被破後，全市自然遭受了報復，但是梁山大軍班師後，一路經過的州縣秋毫無犯。宋江破了東平、東昌兩府，做了一件很有意思的事：打破東平後，除了程太守一家和妓女李瑞蘭一家被殺外，其餘百姓不許侵犯；破了東昌，不僅不殺任何居民，連太守都由於平日清廉，饒了不殺。

宋江已經知道，梁山社區成熟了，需要招安了，既然曾頭市確定了自己老大不可動搖的位置，自然要給後續的招安工作埋下伏筆，所以在無數次的戰爭後，終於進入了難得的和平狀態。這是形勢的需要，也是歷史的必然。

【綜合篇】

愛情和友誼

　　社會是由男人和女人有機融合而成的，人和人之間的交往，難免產生千絲萬縷的聯繫，其中愛情和友誼是人類社會亙古不變的兩個永恆話題。梁山雖然男多女少，打打殺殺占了日常主要工作，但是愛情和友誼，依舊在這片貌似乾涸的土地上綻放出絢麗多彩的花朵。

　　梁山好漢婚姻狀況如何，小說中語焉不詳，明確結婚的計有花榮、徐寧、秦明、孫立、孫新、王英、張青等，絕對未婚的有吳用、公孫勝、魯智深、武松、史進、李逵、石秀、李雲等，喪偶離異的有林沖、盧俊義、安道全、楊雄等，其他人，要麼簡單說「取了家小上山」（家小未必就特指妻子），要嗎就干脆絕口不提。我猜測成家和單身的，大約對半分成。

　　《水滸傳》是一本主要寫給男人看的書，但是不代表完全是給男性閱讀，書中對於愛情的描寫，雖然不多見，但還是有跡可尋。

　　施耐庵估計年輕時有過一段刻骨銘心的失戀過程，心靈受到難以癒合的創傷，這次不成功的愛情經歷，使他對大多數年輕女性抱有深深的成見。我們看到，在《水滸傳》這本書中，女性多數是反面教材，碩果僅存的幾個好人，也基本得不到好下場。粗略分類的話，大約有淫婦、悍婦、騙子、犧牲品四大類，唯一善終的只有林娘子的使女錦兒和張清的妻子瓊英兩人。

　　淫婦系列：這個系列是最廣為傳播的，包括潘金蓮、潘巧雲、閻婆惜、賈氏四人。

　　悍婦系列：這個系列主要包括顧大嫂、孫二娘、白秀英三人。

　　騙子系列：這個系列人物也只有三位，劉高妻、李瑞蘭、迎兒。

　　犧牲品：這個系列主要包括扈三娘、林沖娘子、李師師、金翠蓮、花榮小妹、程萬里千金、玉蘭、李巧奴、金芝公主等，陣容相當鼎盛。

　　先說淫婦系列。這個系列是施耐庵刻畫最傳神的，四大淫婦各有各的手腕，各有各的計謀。潘金蓮藥鴆親夫、潘巧雲背夫偷情、閻婆惜貪婪無度、賈氏女目光短淺。她們不約而同地背叛了自己的丈夫，有些是主動的，有些

雖然是被動的，但是在錯誤的道路上越走越遠，最終身陷泥潭，不可自拔。千古以來，有很多文人墨客為她們「翻案」「平反」，訴說她們「追求愛情」的苦衷以及「悲慘」的命運，但是我一直認為：她們完全是咎由自取，不值得絲毫同情！

婚後出軌，難道不是道德汙點嗎？

這四個人裡面，潘金蓮無疑最具有代表性（施耐庵和潘姓人有仇）。潘金蓮是個有主見的女人，原先是清河縣大戶使女，因受不了男主人的性騷擾，向女主人舉報，被懷恨在心的男主人報復性嫁給殘疾青年武大郎為妻。潘金蓮結婚後，雖然家庭條件一般，丈夫硬體設施不夠完善，但是武大郎是個相當顧家的好男人，整日辛苦就為了老婆能吃好一點、穿好一點，所以生活應該比整天擔驚受怕的丫環生涯要舒心得多。如果潘金蓮能夠老老實實本份做人，到她撒手西去那天，估計都能建塊貞節牌坊，弘揚一下偉大的情操。

然而這一切都隨著小叔子武松的出現而改變。面對高大挺拔、英姿勃勃的小叔子，潘金蓮一潭死水的心泉泛起圈圈漣漪。如果潘金蓮知道「適可而止」的道理，將這種愛慕轉化成對武松的關心和愛護，「長嫂如母」，想必武松會永遠感激在心，那麼這一切都將成為一段千古佳話。

但是潘金蓮算錯了一件事：她幼稚地認為天下的男人都有一樣的毛病，以為憑自己的出色外貌身材，完全可以吸引武松的注意力，進而兩人私奔，效仿司馬相如、卓文君，做一對快樂的情人終老。潘金蓮為她的幻想付出不小的代價，她心動的只是一見鍾情的感覺，而沒有深入瞭解武松的性格，所以當她輕率地表達自己的感受的時候，遭受了人生最大的迎頭痛擊。

潘金蓮挑了個好時節來表白：十一月初冬天氣，彤雲密布，大雪紛飛，時值中午，街道一片靜寂，正是「雪夜閉門讀禁書」，無人干涉！此時告白，不僅有情趣，而且極安全。潘金蓮從約見武松開始，一直稱呼他「叔叔」，語氣相當恭敬，武松雖然渾身不自在，但是看在這聲「叔叔」的面上，強行忍耐。潘金蓮如果聰明三分，懂得見好就收，雙方都能下臺。然而當潘金蓮連說了十二個「叔叔」後，突然改口挑逗道：「你若有心，吃我這半盞兒殘酒。」武松終於按捺不住了！此時此刻，既然潘金蓮已經沒有親屬觀念，有

【綜合篇】

違家庭倫理，他武松也沒有必要再忍耐了，於是拍案而起，連聲痛罵。正是這從「叔叔」到「你」的微小差別，導致了悲劇根源的產生。

潘金蓮被罵暈了，埋下仇恨的種子，出於報復，不久便投入到大色狼西門慶的懷抱，進而在錯誤的道路上越滑越深，犯下故意殺人不可饒恕的罪惡。潘金蓮屬於崇尚愛情的人士，當她生命中出現白馬王子的時候，命運和她開了個天大的玩笑：她不僅已經是有夫之婦，而且這白馬王子是丈夫的親弟弟！當這個理想的肥皂泡破滅後，她沒有安貧樂道、寵辱不驚，反而變本加厲地報復他人，最終自己也得到應有的懲罰。當武松鋼刀插進潘金蓮胸膛的那一刻，西門慶毫無察覺，摟著歌妓獅子樓頭喝花酒，潘金蓮不僅沒有看清武松，同時也沒有看明白西門慶！所有為她「追求愛情」辯解的理由，那一刻顯得那麼蒼白無力，潘金蓮可謂罪有應得。

潘金蓮的錯誤，不在於她嚮往美好愛情的權利，而是在她心中，「性」遠遠大於「情」，她和西門慶的苟且，一半是看在西門慶顯赫的社會背景，更重要的一點，西門慶的外在魅力遠遠超過武家兄弟，武大郎自不必表，而凶霸霸的武松，潘金蓮和他相處久了，也會不滿足存在暴力傾向的家庭，所以退一萬步假設，即便潘金蓮能和武松走到一起，將來依舊會產生裂痕！潘金蓮內心是相當有野心的，她需要的是有豐富性經驗和高超性技巧的富貴官人，而不是正氣滿懷、剛毅果敢的打虎英雄！至於「三寸丁谷樹皮」的武大郎，特別入不了她的法眼。潘金蓮的悲劇源於她自身的貪婪慾望，當這種慾望令她利令智昏的時候，種下什麼樣的種子，也將收穫什麼樣的果實，怨不得旁人。

悍婦系列的顧、孫二女如我在《孫二娘篇》和《顧大嫂篇》所述，她們都是不折不扣的野蠻女友，張青和孫新是梁山上為數不多的受氣包、「妻管炎」，不必多表。倒是白秀英這個女人，頗有些看頭！

白秀英的故事，在《雷橫、朱仝篇》曾有所描述，她是山東鄆城新任縣令大人的相好，也為了「愛情」從首都東京來到山東鄆城發展演藝事業。

白小姐在首都娛樂場所裡，算不上什麼大咖歌星，充其量也不過是半紅不紫的三流小演員，但在鄆城地界還是很有號召力的！

愛情和友誼

　　鄆城白道大哥雷橫前來聽戲，白秀英沒有選擇忍氣吞聲甚至笑臉相迎，而是老虎頭上拍蒼蠅，竟然大肆譏諷，態度相當不端正。更有甚者，白小姐的父親兼經紀人白玉喬，更是脾氣大於白歌星，對雷都頭出言不遜，直接侮辱了雷都頭的人格。雷都頭江湖人稱「雷老虎」，在鄆城地面上向來說一不二，跺跺腳都能地動山搖的厲害角色，能受你們這倆賣藝的戲弄？於是乎老拳一伸，大腳一揚，白老頭頓時唇破齒落。

　　由此而來事情鬧大了，白小姐嚥不下這口氣，告了枕頭狀，新縣令將雷都頭枷鎖示眾。

　　因為白秀英當著雷橫的面毆打雷橫寡母，觸犯了雷橫可以接受的不平等條約的最底線。雷老虎霎時間真氣上湧，內力大增，一舉打通任督二脈，掙斷枷鎖，一枷將白秀英打得腦漿迸裂，從而將自己也送上一條人生不歸路。

　　白秀英空有聰明面孔，卻完完全全屬於「敗絮其中」人物。她以為有縣令做靠山，就可以為所欲為，隨便藐視法律的尊嚴，任意踐踏他人的人格。白小姐自以為是地認為她擁有特權，可以凌駕在大宋法律法規之上，成為特殊身份的人物。白秀英為她的想當然付出了生命的代價，一直到死都不明白。

　　白秀英是個不折不扣的大蠢蛋！孫、顧二女，雖然野蠻，但那也只是僅僅侷限於家庭內部，在外面她們還是相當配合丈夫的「表演」的。而白秀英，不僅沒有好好配合情人的行政工作，反而給他帶來無限的麻煩，她想做一個成功的悍婦，只是她的所作所為，已經遠遠超出了悍婦的範圍，跨入到「潑婦」的範圍，所以當她再次大施淫威的時候，物極必反送了卿卿性命也就不足為奇了。

　　騙子系列的三個女人身份很有意思：劉高妻是朝廷命官的原配；迎兒是官太太的使女；李瑞蘭是性職業者。三個人有身份高貴的，有平凡的，也有卑微的，涵蓋了當時北宋社會的三個階層。

　　這三個人，雖然身份不一，但是都從事了不光彩的經歷：騙人。但路徑也略有不同：劉高妻恩將仇報，等同騙人；迎兒是人在矮檐下，不得不配合

【綜合篇】

潘巧雲欺騙楊雄；李瑞蘭卻是心存良善，本想照顧情人史進，但是在生命受到威脅的情況下，加之老鴇的威逼，臨危變節，成為可恥的叛徒。

這三個女人，作為貴婦人，卻主動害人，而地位低下的婢女和妓女，卻是被逼無奈下協同騙人，不得不承認施耐庵這麼寫確實是大有深意。而她們的結果也如出一轍，成為好漢們的刀下之鬼。

江湖好漢，挨得打，也挨得罵，但是萬萬不能被欺騙。不管這種欺騙是主動的，還是被動的，是故意的，還是無意的，他們都時刻銘記在心，當時機成熟的時候，他們就會加倍補償。梁山好漢中，其實真正的英雄大俠並不多，在這個充斥小市民的團體，有很多人是心胸狹窄的，睚眥必報也不足為奇了。

犧牲品系列人數最多。屬於戰利品的有扈三娘、程萬里千金，成為利用對象的有李師師、花榮小妹，完全是悲劇人物的有林娘子、玉蘭、金芝公主，成為弱肉強食者的獵物有金翠蓮，咎由自取者有李巧奴。

這個系列的女子都很漂亮，有些不僅內秀，而且外在美也很突出，譬如梁山「山花」扈三娘。但是她們全部沒有好結局：要麼鬱鬱一生，要麼死於非命。

扈三娘嫁給五短身材的色狼王矮虎，想必是大大不願意的；程小姐全家被丈夫殺死，自己是弱質女流，除了背後飲恨吞聲，別無他法；李師師成全了梁山和大宋政府的一切恩怨，最終依舊要倚門賣笑為生；花小妹巧婦伴莽夫，幸福指數大打折扣；林娘子是為數不多的正面角色，最終夫妻分離，投繯自盡；玉蘭無意間成為幫兇，最終喪命；金芝公主空為「金枝玉葉」，附馬爺柴進卻是個白眼狼，自己自縊身死；金翠蓮被騙財騙色，要不是魯智深和趙員外的出現，終生將以淚洗面；李巧奴缺乏職業道德，被張順一斧砍翻，成全了「斧頭幫」的戰績。

這個系列不管是正面讚揚的，還是反面批判的，全部都不盡如人意。她們大半有自己的婚姻，但是多數沒有愛情的成分，即便有少數是夫妻恩愛的，

最終也要將其狠狠拆散。犧牲品正如其名，不愧是愛情的犧牲品，施耐庵看不得美好的愛情，無論如何也要將其破壞殆盡方才心滿意足。

縱觀小說中出現的女性人物，竟然幾乎沒有一個有好下場，這恐怕就不是簡單的一句「給男人看的書」所能解釋的。施耐庵對女性的偏見導致了他的傲慢，將這種「男權思想」深入到作品內部，這點需要我們時刻注意。當然，小說中的女性角色也不是一無是處，林娘子的使女錦兒最終難得的獲得好歸宿，嫁作尋常婦，算是獨一無二的好結局，大約也是對林沖悲劇英雄命運的一種變相補償吧。而瓊英，雖然自己壽終，但是丈夫張清戰場犧牲，算起來，大約也算不得完美無缺。

再說男人和男人之間的友誼。

梁山好漢中，除了親兄弟組合，結拜兄弟現象屢見不鮮，譬如各個結盟小團體，他們在上梁山之前，就已經是生死與共的好兄弟。再比如宋江，他最喜歡和人攀交情，而結拜成異姓兄弟也是其屢試不爽的好法寶，在柴進莊上，沒有和柴大官人結拜，反而和潛力股武松拉上交情；江州看見戴宗和李逵，對於前者倒也罷了，對於後者簡直是著意結納得很，十兩銀子就收買了其一生的愚忠；至於對林沖、魯智深、關勝等人的巴結，更是有目共睹。當然宋江需要的是強力外援，換作周通、時遷等人，宋江是不屑一顧的。宋江的這一點，很像大宋開國皇帝趙匡胤的作風，結「義社」兄弟收為己用。

但是這種「兄弟」的含金量也乏善可陳得很，宋江征方臘，面對兄弟們紛紛喪生的不妙境地，多數情況下是不以為然的，他需要的只是結果，而不是過程！只有在心腹張順殉國的情況下，才悲從中來，到西湖邊哭祭了一番；宋萬、劉唐的死，宋江也裝模作樣地哭拜了，但那場戲更像是一場商業表演秀，做給倖存的兄弟們看而已。

所謂上行下效，其他人也未必好到哪裡去。少華山的朱武，面對史進、陳達、楊春三名鐵桿兄弟的同時犧牲，沒有悲痛欲絕的樣子；秦明戰死，大舅哥花榮也沒見什麼表示；周通陣亡，同伴李忠是撒腿就逃；石秀送命，也沒見楊雄大哭一場；征方臘結束後，倖存的燕青、李俊、童威、童猛，先後毫不猶豫離開大部隊尋求發展。

【綜合篇】

　　梁山好漢，並不是鐵板一塊，還是存在嚴重的小團體現象。當然，重情重義的好漢也不是沒有，譬如彭玘之與韓滔、張清之與董平，他們都是為給搭檔報仇，無端送了自己的性命，雖然義氣深重，有組織，但無紀律，死得相當可惜。

　　梁山好漢中，最看重友誼的有三個人：魯智深、林沖、武松。

　　魯智深是最深情的人，他對林沖的兄弟友誼甚至超過親兄弟的範疇，兩人英雄相惜，肝膽相照，魯智深為了林沖，粗人竟然也變得精細起來，野豬林那一場戲，只有心細如髮的人才能構思策劃並付之行動。而魯智深對史進的友誼，從渭州酒樓上，史進大方地取出十兩銀子的瞬間，就牢不可破地拴在了一起。魯智深雖然是出家人，但是完全沒有出家人該有的「避世」思想，他依舊是熱情仗義的好打抱不平的大俠，一個友情至上的率真男兒！

　　林沖是個相當內斂的人，他將友誼深深埋藏在心裡，外表冷峻，但內心灼熱如火，也重情重義，他在梁山上唯一的知己，就是魯智深。物以類聚，人以群分，能和魯智深結成好友的人，人品如何，也可想而知。

　　武松和林沖又不一樣，武松是個頭腦相對簡單的熱血青年，別人對他一分好，他會十倍報答。宋江和他結拜，他為宋江的「登基」立下汗馬功勞；張青、孫二娘的生意很為人所不齒，但是武松能毫不猶豫和他們結拜；施恩別有用心利用武松的力量，但是施恩落水溺亡的時候，武松也大哭了一場；林沖患病了，殘疾的武松照顧他終老。可以說，武松之所以得到廣大讀者的厚愛，和他敢愛敢恨的性格有很大聯繫，假如武松不是那種「恩怨分明」的漢子，他也必將淹沒在百八人群中，凸顯不出自己的個性。

　　有趣的是，魯智深、林沖、武松三人不約而同將六和塔當作最後的歸宿地，他們全部看透徹了鳥盡弓藏的結局，只有在錢江怒潮之畔，才能體會金戈鐵馬的倥傯歲月。重情誼的他們，選擇了同一地終老，信守了梁山兄弟的情份，避免了被黑暗的官府勢力暗算的可能，算是個不錯的光明結局。

　　當然，夫妻組合和兄弟組合，譬如孫二娘夫妻，張橫、張順兄弟，由於其特殊的關係，深情厚誼也就不難想像了。燕青和盧俊義、石秀和楊雄也是

為人津津樂道的優秀組合，只不過在小說後期，一個撇下主人隱居，一個陣亡毫無表現，多少讓人覺得有點遺憾。當然像李忠和周通，那標準的屬於反面教材。

　　與其說梁山是一個起義軍，不如說是一個成熟的社區，一百零八人互為股肱只不過是美麗的肥皂泡而已，他們之間有真摯的友誼，也有漠然的關係，更有無恥的利用。團結就是力量，力量來自自身，當這種團結只占據一小部分的時候，它的未來前途也可以預料得到，梁山即便不毀在高俅、蔡京等人的陰謀詭計下，日後也會毀在趙構、秦檜等人的手裡，這是完全可以預知的事實，毋庸置疑。

【綜合篇】

小議梁山好漢的綽號和星號

梁山一百零八將，每人都有綽號和星號，有些人的綽號、星號琅琅上口，有些人卻極其一般。考證、探究這些綽號、星號的來歷，對比它們的優劣，無疑也是一種樂趣。

我根據五級法來嘗試評定：即上等、中上、中等、中下、下等。

天罡星系列：

（1）天魁星呼保義（及時雨）宋江。魁者第一也，天魁星名列第一，實至名歸。保義郎是北宋武官「軍銜」，但品級很低，只是正九品，是52階官階中的第50階，官卑職小，後來慢慢演變成小官吏的尊稱。宋江上山之前是鄆城縣押司，平時有人尊稱他為「保義郎」，一來二去，誕生了呼保義這個綽號。至於「及時雨」就不用解釋了。宋江星號上等，綽號中上。

（2）天罡星玉麒麟盧俊義。天罡星是北斗七星的鬥柄，盧俊義又實現了晁蓋的遺願，故而用了「天罡」這個大名號。麒麟是龍子，屬於吉祥神獸，玉也是富貴美石，故而貼切人物大地主的身份。盧俊義星號中上，綽號上等。

（3）天機星智多星吳用。所謂「天機不可洩露」，作為梁山的軍師，又有天機又有多智，星號、綽號都符合人物特徵，均為上等。

（4）天閒星入雲龍公孫勝。一清道人是閒雲野鶴，扣一個「閒」字極好，公孫勝在梁山上也是一直游離於核心管理層，如同雲中神龍，見首不見尾。星號、綽號均為上等。

（5）天勇星大刀關勝。關勝之「勇」，頗為少見，用兵器作外號，過於尋常。星號中上，綽號中等。

（6）天雄星豹子頭林沖。林沖氣勢雄壯，豹子頭又符合人物形象（豹頭環眼），一說林沖是「虎豹兵士之頭兒」，即「豹子頭」。星號、綽號均為上等。

（7）天猛星霹靂火秦明。霹靂火人如其名，勇猛無比，星號、綽號均為上等。

小議梁山好漢的綽號和星號

(8) 天威星雙鞭呼延灼。又是一個以兵器作外號的，呼延灼倒是貼切「威風凜凜」這個詞。星號上等，綽號中等。

(9) 天英星小李廣花榮。英氣勃勃，英武剽捷，天英星名不虛傳。小李廣貼合人物特徵，琅琅上口。李廣和花榮都是自殺而死，命運相似。星號、綽號均為上等。

(10) 天貴星小旋風柴進。沒落貴族可稱「貴」字，金聖嘆認為，旋風是「惡風」，盤旋而起，飛沙走石，小旋風配及時雨，樹立梁山的格局。星號上等，綽號中等。

(11) 天富星撲天雕李應。李應是地主，「富」字恰當，但撲天雕這個外號，應該形容輕功能力、擒拿能力出眾的人物，李應善使鋼槍、飛刀，卻敗在祝彪的手下，撲天雕外號有點名不副實。星號中上，綽號中等。

(12) 天滿星美髯公朱仝。「滿」不知何解，既不圓滿，也不滿足，如果參照搭檔雷橫的「天退星」，似乎叫「天進星」更合適。美髯公是根據鬍鬚特長而起，一般般。星號、綽號均為中等。

(13) 天孤星花和尚魯智深。既然是出家人，自然是孤獨終老，尚算貼切。花和尚外號開門見山、過目不忘，好記、易懂。星號中上，綽號上等。

(14) 天傷星行者武松。「傷」字不吉利，導致了最終武松斷臂，很不好。武二郎英雄了得，難道不能換個好字？行者看似簡單，因職業而外號，但有回味意境，還不錯。星號下等，綽號中上。

(15) 天立星雙槍將董平。董平又號「董一撞」，立字神韻大減。雙槍將人如其名，也不見奇特。星號、綽號均為中等。

(16) 天捷星沒羽箭張清。張清身材好，相貌英俊，暗器功夫了得，「捷」字用得很好！沒羽箭也符合人物特徵。星號上等，綽號中上。

(17) 天暗星青面獸楊志。楊志臉上有塊青色胎記，但這也不構成「暗」字理由。如果考慮劉唐臉上的硃砂胎記，兩人倒可以湊成一對，劉唐是天異

219

【綜合篇】

星，楊志可稱「天奇星」——楊志的履歷也十分奇特。青面獸也是貶義更多，對不起楊志的楊家將後裔身份。星號、綽號均為中下。

（18）天佑星金槍手徐寧。天罡星裡只有天佑星，沒有天佐星；地煞星裡倒是有地佐星、地佑星，考慮到徐寧是金槍手，花榮又稱銀槍手，故而花榮可改「天佐星」，將「天英星」原號送給武松即可。金槍手的外號挺威風，不錯。星號、綽號均為中上。

（19）天空星急先鋒索超。天空雲雲，渾然不解，是想說明索超腦子空空，有勇無謀？急先鋒倒是極為貼切。星號中下，綽號上等。

（20）天速星神行太保戴宗。速度、神行，非常貼切！星號、綽號均為上等。

（21）天異星赤髮鬼劉唐。異字符合，赤髮鬼也能造成先聲奪人的效果。星號、綽號均為中上。

（22）天殺星黑旋風李逵。未見其人，先聞其聲。星號、綽號均為上等。

（23）天微星九紋龍史進。史進天微星，王英地微星，一個俠肝義膽，一個猥瑣無能，真正叫人無語。九紋龍頗具藝術美，凸顯男兒雄風。星號中等，綽號上等。

（24）天究星沒遮攔穆弘。究字似乎難解，如果參考其弟星號、綽號（地鎮星、小遮攔），似乎改成「天鎮星」更合適。沒遮攔形容來勢兇猛，倒也威武雄壯。星號中下，綽號中上。

（25）天退星插翅虎雷橫。雷橫不知退一步海闊天空，與歌妓置氣，更顯心胸狹窄。若參考朱仝的星號，似乎改成「天缺星」更好——缺心眼的缺。插翅虎倒是好綽號，如虎添翼，精彩。星號中下，綽號上等。

（26）天壽星混江龍李俊。作為水軍老大，隱居泰國得享天年，壽命應該不短。混江龍也是人如其名，雖然不出彩，但也不晦澀。星號中等，綽號中上。

（27）天劍星立地太歲阮小二。阮小二是水軍頭領，不用劍，星號不好。立地太歲倒還不錯。星號下等，綽號中上。

（28）天平星船火兒張橫。張橫在揚子江做沒本錢買賣，餛飩和板刀麵請君任選，這是經商的「天平」嗎？船火兒也不見得高明。星號、綽號均為中下。

（29）天罪星短命二郎阮小五。小五何罪之有？倒是夠短命，征方臘時亡故。星號、綽號均不吉利，評為下等。

（30）天損星浪裡白條張順。張順死後封神，是個影響力人物。不如改成天波星，似乎更完美。浪裡白條琅琅上口，雅俗共賞。星號中等，綽號上等。

（31）天敗星活閻羅阮小七。敗字很不好，不如配合張順改成「天浪星」。活閻羅恐怖有餘，威風不足。星號、綽號均為中下。

（32）天牢星病關索楊雄。楊雄曾當過兩院押獄官兼行刑劊子手，這個「牢」字倒貼切。梁山好漢外號中的「病」，不見得是「生病」，而是使動用法「使某某病（受傷）」，故而，病關索就是讓關索（關羽的兒子）頭疼的人物——想必比關索還厲害！星號、綽號均為中等。

（33）天慧星拚命三郎石秀。石秀當不起「慧」字，粗魯有餘，靈巧不足。拚命三郎倒是十足十的吻合人物。星號中下，綽號上等。

（34）天暴星兩頭蛇解珍。獵戶解珍未必暴躁，不過勉強可用。兩頭蛇是傳說中不祥之物，人見必死，昔年楚國孫叔敖曾有打蛇埋蛇之舉，引為佳話。星號中等，綽號中上。

（35）天哭星雙尾蠍謝寶。「哭」字莫名其妙，可能還是使動用法，「使某人哭」。雙尾蠍對應兩頭蛇，工整、對仗。星號下等，綽號中上。

（36）天巧星浪子燕青。星號符合人物特點。「浪子」一詞在宋代指的是風流瀟灑、放浪形骸的公子哥，這個綽號的得名主要是來源於元雜劇中的燕青形象，而在《水滸傳》中，燕青的風流韻事已經被盡數刪去了，只有小

【綜合篇】

乙哥瀟灑倜儻的外形符合這個綽號。而「風流」「驕傲」未必是貶義詞。星號、綽號均為上等。

地煞星系列：

（37）地魁星神機軍師朱武。有天魁就有地魁，作為地煞老大，副軍師身份占了文人的光。只不過朱武篇幅不多，不見多少神機。星號上等，綽號中上。

（38）地煞星鎮三山黃信。對應盧俊義的「天罡星」，中規中矩。鎮三山是黃信自己取的，名不副實，胡吹大氣。星號中上，綽號中下。

（39）地勇星病尉遲孫立。孫立有進天罡的實力，當得一個「勇」字。面色淡黃也符合「病」字，尉遲恭和孫立都使鋼鞭。星號、綽號均為中上。

（40）地傑星醜郡馬宣贊。因為箭法出眾，堪稱人中英傑，無奈長得太醜，竟然氣死郡主。倒霉的郡馬爺，倒霉的宣贊。星號上等，綽號中等。

（41）地雄星井木犴郝思文。郝思文真的「好斯文」，戰績差強人意，功勞不過爾爾，因為是關勝的結拜兄弟，獲得好位置。星號上等，綽號中等。

（42）地威星百勝將韓滔。又是名不副實的一個頭領，不見威風，不見百勝，征方臘早早陣亡，是第一個戰死的降將。星號中上，綽號中下。

（43）地英星天目將彭玘。天目一說鬼金羊，是二十八宿中的凶星；一說二郎神，楊戩和彭玘都使用三尖兩刃刀。彭玘為了救韓滔而死，夠義氣，看在這一點，星號、綽號均為上等。

（44）地奇星聖水將單廷珪。據說是擅長用水攻的將軍，卻沒見他用過，名不正言不順，星號、綽號均為中等。

（45）地猛星神火將魏定國。比搭檔強，至少用神火燒過一次，殺得梁山好漢焦頭爛額，夠猛！星號、綽號均為中上。

（46）地文星聖手書生蕭讓。作為梁山上為數不多的文弱書生，因為是文人，得到了好位置。聖手書生外號，被《射鵰英雄傳》借用在朱聰頭上，化為「妙手書生」，一字之變，新舊已分。星號、綽號均為中上。

小議梁山好漢的綽號和星號

(47) 地正星鐵面孔目裴宣。作為梁山的「審判長」，裴宣一身正氣，當得起「正」字。上梁山前，他就是鐵面無私的六案孔目。星號上等，綽號中上。

(48) 地闊星摩雲金翅歐鵬。摩雲金翅就是大鵬金翅鳥，佛教「天龍八部」釋義中的迦樓羅，《西遊記》中的獅駝嶺三魔王大鵬精，實力非常強大！據說岳飛也是大鵬金翅鳥轉世，故而字「鵬舉」。歐鵬原是軍戶出身，因為得罪上司而流落江湖，是個類似林沖的人物，征方臘被龐萬春連珠箭射死，大概暗合「大鵬中箭亡」的宿命。星號、綽號均為中上。

(49) 地闔星火眼狻猊鄧飛。所謂「大開大闔」，歐鵬取闔（開），鄧飛取闔。狻猊是龍子之一，又一說是獅子，是猛獸，又和歐鵬的猛禽外號對應。鄧飛吃人肉，古人認為吃人肉會紅眼，故而號稱「火眼狻猊」。星號中等，綽號中上。

(50) 地強星錦毛虎燕順。燕順實力未必多強，錦毛虎倒是叫得響亮。星號中等，綽號中上。

(51) 地暗星錦豹子楊林。天暗星楊志，地暗星楊林，錦豹子外號極美，可惜表現一般。星號中等，綽號上等。

(52) 地軸星轟天雷凌振。轟天雷極其響亮，符合人物職業特徵，軸字難解，星號中下，綽號上等。

(53) 地會星神算子蔣敬。作為數學人才，蔣敬不愧神算子，「會」字勉強可用。星號中等，綽號上等。

(54) 地佐星小溫侯呂方。如同三國第一猛將呂布，呂方也使方天畫戟，故稱「小溫侯」。呂方武藝一般，作為宋江的禁衛軍首領，輔佐主帥，當得「佐」字。星號、綽號均為中上。

(55) 地佑星賽仁貴郭盛。作為呂方的搭檔，自然毫無疑問，占了一個護佑的「佑」字。不過，既然呂布、呂方同姓，按照常理，賽仁貴應該也姓薛才是。只不過若是這樣一來，《射鵰英雄傳》裡的大俠郭靖，可要改成「薛靖」了——郭盛是郭靖的先祖。星號、綽號均為中上。

223

【綜合篇】

(56) 地靈星神醫安道全。作為唯一的神醫，安道全不可或缺，如果安道全像張無忌一樣精通武術和醫術，甚至可以進入天罡星集團。靈字不錯，神醫二字平凡。星號中上，綽號中等。

(57) 地獸星紫髯伯皇甫端。身家最清白的頭領，沒有之一，上山時間最短，梁山唯一的獸醫，根據外形特徵給綽號，只是「獸」字不夠優美。星號中下，綽號中等。

(58) 地微星矮腳虎王英。估計是梁山好漢中最矮的一個，人品卑劣，「微」字形象。矮腳二字不錯，虎字大大不然，叫「矮腳貓」即可。星號、綽號均為中等。

(59) 地彗星一丈青扈三娘。一丈青絲長，顯然美嬌娘。作為梁山最美的女性，果然秀外慧中。一丈青又說是一種青蛇。星號中上，綽號上等。

(60) 地暴星喪門神鮑旭。性格暴烈，人稱喪門神，鮑旭果然天生強人。星號、綽號均為中上。

(61) 地然星混世魔王樊瑞。地然星又稱地默星，和樊瑞的作風截然不同，混世魔王已成代號，深入人心。星號下等，綽號上等。

(62) 地猖星毛頭星孔明。與其弟孔亮合成「猖狂」二星，作為宋江的徒弟，武藝十分膿包，只會欺軟怕硬，毛頭小子，不值一提。星號中下，綽號中等。

(63) 地狂星獨火星孔亮。與其兄孔明合成「猖狂」二星。獨火一點就著，形容脾氣火爆。星號中下，綽號中等。

(64) 地飛星八臂哪吒項充。作為奇門兵器的頭領，比變身的哪吒三太子還多兩隻手臂，外號威武！星號、綽號均為中上。

(65) 地走星飛天大聖李袞。作為項充的搭檔，用孫大聖來配哪吒，貼切。只不過「走」字略顯平淡，可改成「地翔星」。星號中下，綽號中上。

(66) 地巧星玉臂匠金大堅。作為篆刻工匠，手藝巧奪天工，巧字合適。玉臂匠稍顯拗口，不夠響亮。星號中上，綽號中下。

(67) 地明星鐵笛仙馬麟。能吹鐵笛，善使滾刀，馬麟是綜合人才，可當「明星」！外號也是充滿藝術氛圍。星號、綽號均為中上。

(68) 地進星出洞蛟童威。作為水軍頭領，外號十分貼合！哥哥進弟弟退，進退有度，配合默契。星號中上，綽號上等。

(69) 地退星翻江蜃童猛。完全和哥哥對仗，星號中上，綽號上等。

(70) 地滿星玉幡竿孟康。因為是造船大師，皮膚又白，故名「玉幡竿」，略顯深奧。星號、綽號均為中等。

(71) 地遂星通臂猿侯健。和孟康相反，又黑又瘦的侯健是縫紉大師，遂和滿一樣，不易解釋。星號、綽號均為中等。

(72) 地周星跳澗虎陳達。小說楔子中的吊睛白額猛虎，陳達估計跳躍能力強，故得此號。一說此人影射明初大將徐達。星號中等，綽號上等。

(73) 地隱星白花蛇楊春。小說楔子中的雪花大蛇，楊春估計身長體白，故得此號。一說此人影射明初大將常遇春。星號、綽號均為中等。

(74) 地異星白面郎君鄭天壽。蘇州人士，故而白淨，外號貼切，但也不見多「異」。星號中下，綽號中等。

(75) 地理星九尾龜陶宗旺。土木工程專家，和「地理」能拉上關係。九尾龜是傳說中的海中神龜，一尾對應一州。只不過陶宗旺征方臘早死，壽命不長。星號、綽號均為中等。

(76) 地俊星鐵扇子宋清。宋清可能「英俊」？鐵扇子又有何用？星號、綽號均為中下。

(77) 地樂星鐵叫子樂和。梁山的歌唱家，聲樂、取樂，都能扣一個「樂」字。鐵叫子穿雲裂石、高亢激昂，星號、綽號均為中上。

(78) 地捷星花項虎龔旺。排名如此後面，星號卻如此好聽，降將身份就是占便宜。星號中上，綽號中等。

【綜合篇】

(79) 地速星中箭虎丁得孫。非常倒霉的一個人，身上全是箭傷，又被毒蛇咬死，真要跑得快也不會這麼背運了。星號、綽號均為中下。

(80) 地鎮星小遮攔穆春。鎮不住，也遮攔不住，名不副實。星號、綽號均為中下。

(81) 地稽星操刀鬼曹正。星號莫名其妙，外號倒是不錯。作為林沖的徒弟，曹正是個正派人。星號下等，綽號中等。

(82) 地魔星雲裡金剛宋萬。和搭檔杜遷一起合成「妖魔」，是梁山的元老，武藝尋常，征方臘最早陣亡頭領之一，意義非凡。星號、綽號均為中上。

(83) 地妖星摸著天杜遷。和搭檔宋萬一起合成「妖魔」，是梁山的元老，武藝尋常，征方臘最晚陣亡頭領之一，意義非凡。星號、綽號均為中上。

(84) 地幽星病大蟲薛永。軍官之後卻流落江湖賣藝，時運不濟。幽字難解，病大蟲也難聽。星號、綽號均為下等。可惜！可惜！

(85) 地伏星金眼彪施恩。武藝低微的小惡霸，和穆春一路貨色。伏字神似，金眼大概是說有黃疸。星號、綽號均為中等。

(86) 地僻星打虎將李忠。武藝低微的小人物，湊數角色，名不副實。星號、綽號均為中下。

(87) 地空星小霸王周通。和搭檔李忠一樣，可有可無小人物。星號中下，綽號中等。

(88) 地孤星金錢豹子湯隆。長年單身漢，扣一個「孤」字，因為滿身麻點，人稱金錢豹子。星號、綽號均為中上。

(89) 地全星鬼臉兒杜興。長得難看，何「全」之有？星號、綽號均為中下。

(90) 地短星出林龍鄒淵。鄒淵外號威風，星號奇怪。星號中下，綽號中上。

(91) 地角星獨角龍鄒潤。因為腦後生瘤，人稱獨角龍，星號也帶了一個「角」字。不過，若是生了三只瘤子，豈不是叫「三角龍」？因為外貌而取外號，似乎不妥。星號、綽號均為中等。

(92) 地囚星旱地忽律朱貴。忽律一說鱷魚一說劇毒四腳蛇，不管哪種解釋，有個相同之處：「忽律」是一種善於偽裝的可怕動物，這和朱貴的工作性質很相像，這個綽號，相當貼切人物身份！囚字不好，星號下等，綽號中上。

(93) 地藏星笑面虎朱富。外號和哥哥一樣精彩，藏字可解釋為「隱藏」，星號、綽號均為中上。

(94) 地平星鐵臂膊蔡福。平字難解，蔡福為人並不公平。鐵臂膊也略顯拗口。星號、綽號均為中下。

(95) 地損星一枝花蔡慶。蔡慶也不見多「損」，一枝花不代表長得漂亮。星號、綽號均為中下。

(96) 地奴星催命判官李立。李立不是奴僕，奴字不妥。催命判官倒是貼切。星號中下，綽號中上。

(97) 地察星青眼虎李雲。施恩大概有黃疸，李雲恐怕青光眼。堂堂都頭改造成建築大匠，哭笑不得。營造殿堂不可不察。星號中上，綽號中等。

(98) 地惡星沒面目焦挺。沒面目一說醜陋，一說不給面子，總之是個挺惡的角色，但上山太晚，惡跡不多。星號、綽號均為中等。

(99) 地醜星石將軍石勇。外號中庸，星號貶義，石勇何辜？星號下等，綽號中等。

(100) 地數星小尉遲孫新。外號隨同大哥孫立，「數」字不偏不倚。星號、綽號均為中等。

(101) 地陰星母大蟲顧大嫂。如果地陰星貼切的話，孫新應該是「地陽星」。母大蟲貶義。星號中等，綽號下等。

【綜合篇】

（102）地刑星菜園子張青。星號無法對應職業，外號完全對應職業，頗為奇怪！星號中下，綽號中等。

（103）地壯星母夜叉孫二娘。女壯男弱，壯字貼切！夜叉本為佛教「天龍八部」之一，女夜叉極美，孫二娘的外號被人誤解。星號、綽號均為中上。

（104）地劣星活閃婆王定六。湊數之人，可有可無。活閃就是「閃電」，活閃婆就是電母，形容此人跑跳迅捷——可是怎麼被方臘軍的藥箭射死？可見名不副實。星號中等，綽號中下。

（105）地健星險道神郁保四。險道神是出殯時的開路神，神鬼無忌。郁保四身長一丈，腰闊數圍，當得起「健」字。星號、綽號均為中上。

（106）地耗星白日鼠白勝。耗、鼠，扣死了白勝的叛徒往事，可惜了這個表演天才。星號、綽號均為下等。

（107）地賊星鼓上蚤時遷。非常出色的人物，排倒數第二。「蚤」一說跳蚤，一說尖細樁頭，總之是個無孔不入的神探、神偷，家喻戶曉的可愛角色，星號、綽號均為上等。

（108）地狗星金毛犬段景住。又是犬又是狗，段景住內心很不滿。星號、綽號均為下等。

縱觀108人的星號、綽號，大多數還是貼切、優美的，證明施耐庵確實用了心、費了心！因為人物綽號可能前朝有所流傳，但星號都是施耐庵自己想的。

有趣的是，天罡星群體和地煞星群體，有星號中間一字完全一樣的，如天勇星關勝、地勇星孫立，天雄星林沖、地雄星郝思文，這樣的案例一共20對。關鍵字分別是：

勇猛佑雄威，平損暗巧退。

孤魁微暴異，英捷速滿彗。

這20個關鍵字裡，勇、猛、雄、魁、捷、速、巧、慧、威、英，都是美好的字眼，施耐庵喜歡，讀者也喜歡。

正如這本偉大的名著，大家都喜歡。

國家圖書館出版品預行編目（CIP）資料

秒懂水滸傳：帶你進入假公司真堂口的梁山泊 / 湯大友 著. -- 第一版.
-- 臺北市：崧燁文化, 2019.03

面；　公分

ISBN 978-957-681-732-8(平裝)

1. 水滸傳 2. 研究考訂

857.46　　　　　　　　　　　　　　　107023046

書　　　名：秒懂水滸傳：帶你進入假公司真堂口的梁山泊
作　　　者：湯大友 著
發 行 人：黃振庭
出 版 者：崧博出版事業有限公司
發 行 者：崧燁文化事業有限公司
E - m a i l：sonbookservice@gmail.com
粉 絲 頁：　　　　　　　網　址：
地　　　址：台北市中正區重慶南路一段六十一號八樓 815 室
8F.-815, No.61, Sec. 1, Chongqing S. Rd., Zhongzheng
Dist., Taipei City 100, Taiwan (R.O.C.)
電　　話：(02)2370-3310　傳　真：(02) 2370-3210
總 經 銷：紅螞蟻圖書有限公司
地　　　址：台北市內湖區舊宗路二段 121 巷 19 號
電　　話：02-2795-3656　傳真：02-2795-4100　網址：
印　　　刷：京峯彩色印刷有限公司（京峰數位）

　本書版權為西南財經大學出版社所有授權崧博出版事業股份有限公司獨家發行
電子書及繁體書繁體字版。若有其他相關權利及授權需求請與本公司聯繫。

定　　價：399 元

發行日期：2019 年 03 月第一版

◎ 本書以 POD 印製發行